鏡文學
驚悚劇場
影像故事集

5月
與影視平台簽約

6月
首映

第三階段：
短片拍攝

2019

8月－10月
劇本修改

11月－12月
短片前製、拍攝

2018.　2019.
12月－2月
剪接、後製

鏡文學
驚悚劇場大事記

第一階段：
故事大綱徵件

7/25
徵件開始

10/31
收件截止

11/1-11/22
初審

11/23
複審

11/24
決審會議

11/30
公布得獎名單

12月
確認得獎者參加編劇課名單

2017

2018

2017. 2018.
12/23 – 2/10
編劇課

2/21
提交劇本全文、故事短綱

2/27
劇本審查會議

3/1
公布名單

3/5
劇本簽約

第二階段：
完成短片劇本全本

5月 – 7月
徵求導演與
製作團隊

嫉妒滋養的，是怎樣的佔有欲？

虎 BIG CAT

片長：30min ｜ 導演：陳宏一 ｜ 編劇：王仁芳
演員：吳昆達、林意箴、蔡淯梨、昶瑋 ｜ 劇照師：廖俊凱

重拾青春後，你願意也重燃愛情嗎？

樂園 LAST STOP: PARADISE

片長：30min ｜ 導演：林冠甫 ｜ 編劇：蔡得豪
演員：許時豪、廖雅珺、班鐵翔、應采靈、范姜泰基 ｜ 劇照師：魏妤珊

看不見，就是不存在。

打掃 PERFECTLY SPOTLESS

片長：26min ｜ 導演：卓立 ｜ 編劇：余佳穎
演員：温貞菱、蔡淑臻、饒紫娟、簡怡欣 ｜ 劇照師：黃曉楓

她的帳號、她的男友，接下來是她的人生……

完美 Lily LOGIN TROUBLE

片長：28min ｜ 導演：沈騏 ｜ 編劇：王仁芳 ｜ 原創小說：周若
演員：王渝屏、黃河、丁巧唯 ｜ 劇照師：comus

禁養寵物的公寓內，
兩個孩子偷偷地掩蓋著氣味……

住戶公約第一條 NO PETS ALLOWED

片長：28min ｜ 導演：劉邦耀 ｜ 編劇：Beck
演員：白潤音、白小櫻、謝欣穎、張詩盈 ｜ 劇照師：李孟庭

我又在相同時間、地點被撞死了，
要怎麼才能擺脫無限迴圈？

肇事者逃逸 HIT AND RUN

片長：25min ｜ 導演：王威翔 ｜ 編劇：黃囧熊
演員：林鶴軒、韓笙笙、洪群鈞、安乙薔 ｜ 劇照師：陳威逸

TUNNEL

導演：李育丞 ｜ 編劇：張耀升
子熙、吳昆達、童毅軍、黃淑媚 ｜ 劇照師：林柏緯

目錄

引言：一根火柴一箱火藥

張耀升

你你聽過〈賣火柴的小女孩〉這個童話故事嗎？有人說，這是一個關於階級與母愛的故事，然而它更像一個關於拍電影的寓言。

故事是這樣的：在一個下著大雪的跨年夜，一個小女孩為了生活上街賣火柴，如果火柴沒賣完，返家之後，她會被父親毆打。然而過客匆匆，沒有人為她停留，失溫邊緣的她只好點燃火柴溫暖自己，火光劃過，他在閃起的光亮中看見聖誕樹、聖誕大餐與朝思暮想的祖母，然而火光一滅，幻想就跟著消失。為了維持幻影，她不斷地劃下火柴，最後一根火柴燃盡之後，她的生命也到了盡頭。

年輕的時候，我曾聽人將這個安徒生的童話故事引申為藥物上癮的隱喻，每一根火柴都是一次嗑藥，最終嗑掉了自己的生命。這可一點都不溫暖，還充滿警示意味，日後當我開始從事影視產業，也聽過不少業外人士出於擔憂，說著拍電影充滿危險，千萬要「適可而止」，不要像賣火柴的小女孩一樣沉迷於不切實際的幻境。

然而，這些人都不知道，問題不在火柴，因為這個漫長的驚悚劇場過程，就是一根根火柴接連劃下的歷程。

任何一部電影或劇集，不管規模如何史詩、製作如何宏大，都是來自一個微小而原始的概念，那就是火柴劃下，火光乍現的一瞬間。但是一瞬間要延續不中斷，要讓火光能持續整場、映照出整個故事的人物、結構、世界觀，那需要的可不只是一根火柴。

驚悚劇場，開始於一個概念，一根火柴的徵求。

難題從徵件之前就遇到了，一般人對影視行業並不熟悉，對於「概念」也不清楚，那如何徵件？幾次開會討論後，我們決定徵求一般人比較容易理解的「故事大綱」。

那個態度大抵就是：好吧，總得先劃下第一根火柴吧！

徵件過後，第一根火柴的火光熄滅，於是，第二個難題出現：幾乎沒有一篇作品符合「故事大綱」的要求，它們幾乎都是短篇小說。

「故事大綱」與「短篇小說」是截然不同的，簡單來說，故事大綱是爲了往下製作劇本的前行，是以服務劇本爲主要目的，裡面所需要呈現的是人物歷程與故事結構，不需要文筆與修辭，不應該有對話，更忌諱那種說理不清時就利用文筆與修辭呼嚕嚕動人心弦的情緒鼓譟（對需要實際執行的劇本來說，這簡直是文筆敷衍），然而這些不需要、不應該與更忌諱卻幾乎每篇都有。

那就劃下第三根火柴吧！先選擇有潛力的參賽者，再開課教會他們編劇寫作這門專業。這是整個過程中對編劇來說最痛苦的一部份了，入選的學員原本對自己都有相當的信心與把握，卻得來這裡被摧殘折磨，打掉重練，有的一打就成灰，連怎麼重練都不知道。

經過長達半年漫無天日的修改、重寫，新手編劇賣肝賣血，寫完了作品，殷殷期盼的眼神望向我們，才發現慘了，一根火柴是小事，一籃火柴也不礙事，但是要眞的拍出來，需要的就不只是一箱火藥了。

在台灣的影視業界，故事開發的團隊不少，但能成功開發的並不多，開發完成後還能接續製作、拍攝，完成影視作品的極爲稀少。那既然這麼稀少，既然是別人做不到的事，那我們就來做吧！一聲令下，找上影視製作的業界龍頭華文創，徵案尋求製作團隊，打算一次開拍。短片的劇本挑選原則必須考慮劇本原創性、獨特性、可拍性以及市場性，我們最後挑出了假身份、SM、回春、輪迴、兒童問題、女性壓迫的主題，這些題材在市面上也有類似的作品，但它們都寫出了新方向，再由我額外多寫一部偏向藝術性，以生命權爲主題的劇本，在驚悚的框架下一起合唱，爲《驚悚劇場》齊鳴出七部合音的樂曲。而那些資金、付出與相對應的問題，根本就是七箱火藥一起炸，一度灰頭土臉但靠著強運還是炸出一批好作品。

課程之餘，我們詢問學員這堂課對大家的幫助，沒想到除了劇本上的意見交換之外，居然有超過一半的學員說：「現在我知道怎麼寫小說了。」而說這些話的不乏是第一堂課就信心滿滿說自己專長是「寫小說」的學員。既然我們能將他們一開始並不合乎故事大綱的「類小說」改寫成完整劇本，而他們又自稱已經懂得怎麼寫小說了，當我們決定出本驚悚劇場的專書時，編輯部的同仁便提出了「小說」讀者的數量遠大於「劇本」讀者，而我們又希望能吸引更多對故事有興趣的作者加入我們，那麼，何不支付稿費請各位學員將劇本改寫回小說，並且出版一本附上部分劇本內容的小說集呢？也許這才是最接近文字讀者的文本形式啊！

小說與劇本雖然同爲文字作品，但是這兩種文字形式在本質上截然不同：劇本不是獨立作品，是要將文字影像化的拍攝說明書，為了讓眾人方便工作且各部門的工作人員之間理解沒有落差，要以乾淨清楚、減少情緒形容詞為主要目標，在小說中利用大量文字營造「孤單」氣氛，或進入角色內心挖掘更深處的意識源頭。但是換做劇本，就必須將「孤單」化為影像可表達的元素組合。此外，在小說這門藝術中，敘事觀點是現代小說中極為重要的技術，意識流或後設小說都是為了將「敘事觀點」發展至極致或推翻的作品，同樣的，影像作品中也有敘事觀點，看得出整個故事是貼近哪個角色或是平均分配，然而影像的敘事觀點一旦跳躍很容易出現敘事上的錯亂，令觀眾不知該跟著哪個角色走。相對於此，小說更顯自由，舉例來說，〈隧道〉在劇本與影片中都是貼近男主角的敘事觀點，接近小說中的第三人稱有限觀點「他」，但是到了小說中換成第一人稱的「我」也可行，這個「我」甚至還可以在女主角死後代替女主角陳述生前的經歷，而偷渡了全知觀點才能給出的女主角私密過往，而且包裝進「我」的敘事中，這是小說相對自由開放且精彩之處……透過書中小說與劇本選摘的對比，讀者便可以從敘事觀點、寫作策略等面向對比出從小說到劇本的脈絡，並作為自己未來創作的參考。

驚悚劇場十一部劇本、十一篇小說，以及從中挑選拍攝的七支短片都已完成，對新手編劇與我們來說，是一趟奇幻旅程。回想起劃下第一根火柴的時候，整個企劃團隊是多麼擔心自己就跟賣火柴的小女孩一樣最後會失溫而亡，還好電影是個魔法，有了魔法加持，編劇與我們一起弄假成真，創造了一個充滿光的美麗境界。

這大概是去年一整年最辛苦也最美好的事件且沒有之一了！

虎

王仁芳

老周每天都會去看那隻虎。

下午三點是管理員餵食老虎的時間，老周總是目不轉睛地盯著，管理員將血紅的生肉塊，一口一口地送進老虎的尖牙之下，碾碎、嚼爛。

芸卉現在不知怎麼樣了？從那件事發生時算起，已經過了三百二十一天，將近一年，老周依然每天準時來動物園報到。即使演練過無數次，老周還是無法眞切體會妻子的心境。

老周本名周廷，父母親年紀很大才生下他，喜獲麟兒又是獨子，希望他此生能立身持平，不慍不火。老周竟也如父母期望，天性恭謹謙愼，溫順平和。父親在老周高中時去世，老周早早考進公家機關，在國稅局當事務員。老周勤懇、認分，國稅局事務繁重，常常加班到夜晚，但老周總是部門裡最後一個離去的人，也因爲他的認眞，三十歲上下就被擢升爲科長。老周還孝順，和母親相依爲命，除了工作，就是買好吃的、好穿的、好玩的給母親，一到假日，便帶母親四處遊山玩水。

老周從沒想到自己的事，一晃眼已是四十歲，仍舊是光棍一個。周圍的人常常熱心幫他介紹對象，老周卻總有事無法赴約，不是年邁的母親跌跤了，就是辦公室臨時召開重要會議，放了相親對象幾次鴿子之後，旁人也對幫他介紹一事意興闌珊了。

就這樣，到了五十六歲，當九十二歲的母親在睡夢中祥和地過世之後，老周辦了莊嚴隆重的葬禮，而後功德圓滿，老周覺得自己終於可以退休，過過清閒日子。意外總是發生在人生的轉角處，老周的退休宴上，闖入了一個來撒潑的女人。這個在秋末時分仍穿著輕薄碎花洋裝的女子，直直走進餐廳包廂，旁若無人地拿起桌上的酒杯，往桌邊一位男稅務員的臉上潑去，在場的公務員鮮少目睹這種衝突場面，皆如驚弓之鳥。女子大罵男人負心，和她上過床後就拋棄她。這小伙子剛進老周這個部門沒多久，年輕氣盛，喜歡到處逗女孩兒玩，欠下這感情債也不讓人意外，但女子這樣當眾給他難看，一時還眞不知該怎麼收拾。兩方還在對峙，老周站起身來，端起酒杯敬這位女子。

「兩位不要激動，小人忝列公門數十載，今日退休，辦了這桌酒席，若不嫌棄，留下來喝杯水酒，大家有事情慢慢談。」

女子咧開嘴角。

「你是古人嗎?說什麼話我聽不懂。喝酒是吧?」

女子拿起桌上的紅酒，整瓶附到嘴邊一口氣喝下去。

眾人面面相覷，始作俑者小伙子將臉埋在紙巾後面，吭都不敢吭一聲。老周看這樣下去不是辦法，請大家散了，之後會再補請一頓，眾人掃興地離去，小伙子也趁隙溜走。瞬間包廂只剩下老周和女子，女子又開了一瓶酒來灌，老周坐在女子身邊靜靜地看她喝，突然女子哇地大哭出聲，趴在老周身上痛哭流涕。

三個月後，老周又在同一家餐廳宴客，只是，這一次是他的結婚宴，娶的正是那日在他身上哭得肝腸寸斷的女子吳芸卉。同事和親戚對這樁火速結合的婚姻多有議論，老周的歲數比芸卉整整大兩輪，戀愛沒談過半次，做人又太過老實、不解風情，芸卉這麼輕易答應下嫁，十之八九是看上了老周的錢，老周這樣的情場初級生，未來的日子肯定不好過。但老周完全不以爲意，在他眼裡，活潑外向的芸卉爲他單身寂寞的生活注入了色彩，付出點物質什麼的，完全划得來。老周單身的時間長，因此練就了一身好廚藝，爲了生活更加寬裕，日後還可能生養孩子，老周便拿退休金開了間牛肉麵館作爲事業第二春。

牛肉麵館店面不大，生意卻很好，除了溫和的老周人緣好之外，大家也都相信老周一定用料實在，物超所值。往往才十一點多，店裡就坐了好幾桌客人，時刻都是人聲嘈雜。芸卉每日總是花枝招展地坐在麵館內的某一桌，做些挑挑菜、擺擺碗盤等不費力氣的小工作，即使這樣，她仍是撒嬌喊累，肩不能挑手不能提的。老周疼老婆，一貫不勉強她，有什麼事情都自己攬下來，一概承擔。於是芸卉常常只是在麵館裡呆坐著，玩玩指甲、弄弄頭髮什麼的，不明就裡的客人，還以爲芸卉是老周的女兒。一些男客偶爾和芸卉調笑個幾句，芸卉竟也不反駁，和男客有來有往，言談曖昧。老周不以爲意，覺得芸卉只是年輕貪玩，耍耍嘴皮子也沒什麼，倒是男客們知道兩人是夫妻後，皆大爲尷尬，不敢再上門光顧。

芸卉覺得日子百無聊賴，成天血拼逛街也有膩煩的時候，老周想起，許多朋友退休後都會上上才藝班、學學樂器打發時間，便勸芸卉去上課，學費要多少給多少，不用操心。既得到了這份「許可令」，芸卉便卯起來報名了：插花、攝影、游泳、舞蹈、烏克麗麗，什麼最夯她就學什麼，即使每樣東西芸卉都三兩下就失去興趣，但好玩的東西還多著呢，一點都不愁。說穿了，她就是厭惡被困在這間麵館裡，她害怕這樣下去，轉眼就是一輩子，花樣年華的大好時光絕不可浪擲在這些油煙和滷肉味中。然而，隨著活動愈來愈多，芸卉在家的時間也愈來愈少，老周一個人要顧店實在忙，也沒空管芸卉每天到底在做什麼。日子一長，老周愈是勞頓憔悴，而芸卉卻是愈發地身材姣好、明豔動人。

就這樣，結婚沒幾個月，芸卉就和健身房的教練Alex好上了。更巧的是，Alex剛好姓王，肌肉發達又年輕得肆無忌憚，喊他一聲「小王」，反倒讓他得意洋洋。外形的美好和偷情的刺激對芸卉來說都是附加的好處，最讓芸卉迷戀的，是Alex和她一樣張揚的性格，以及追求冒險的靈魂，芸卉覺得Alex真是世界上和她最相配的人了。當然，芸卉無意放棄老周的錢，只是她也從沒想過要遮掩。消息很快地傳開，芸卉明目張膽地花老周的錢和Alex約會、逛街，四處玩樂，街坊鄰里人盡皆知老周戴了頂大綠帽子，只有老周仍是毫不知情，還在一個人埋頭苦幹。

老周總在深夜打烊後苦苦等門。這天他完成最後的清潔工作，擦著汗走到後場椅子坐下休息，從圍裙口袋拿出手機，拉開老花眼鏡，吃力地在螢幕上找到芸卉的號碼，按下撥出鍵，電話卻總在鈴響一陣子後，轉入語音信箱，老周不停地撥了一通又一通，直到打過去時完全沒有回應，猜想是芸卉的手機已然沒電，老周才作罷。這時，外場突然傳來些聲響，老周急急走到前方查看，卻發現店面裡外空無一人，只有一隻虎斑野貓蹲坐在外場的桌子上。老周無奈地笑笑，想接近摸摸那貓，那貓卻立刻飛也似地竄走，還掃落了一筒筷子。老周嘆了口氣，蹲下身收拾好筷子，一抬頭看見牆上的月曆，月曆上這個月的某幾天被用紅筆圈了起來，老周從櫃檯拿來紅色麥克筆，把今天也圈起來，紅色的圈圈已然佔滿了月曆三分之一的篇幅。老周終於放棄等待，關上店門、拉下鐵門，從後場上了二樓住家。

隨著芸卉深夜未歸的次數愈來愈多，老周開始檢討自己是不是哪裡做得不夠好，他想多多了解芸卉的世界，甚至想和她一起學習才藝。芸卉哪裡肯？放浪地肆意揮霍，有了個老周在其中，還怎麼快活得起來？更何況她還養了個男人呢。光想到老周要加入的這念頭就讓她倒胃口，她滑頭地三兩句推託掉老周的提議，每日一有機會，照舊逃出家門。

芸卉愈是逃避，老周愈是心急。趁著一日中午麵館生意不忙，老周臨時決定提早休息，到健身房想要接老婆下課。不去倒還好，這一去竟發現健身房的學員名單裡根本沒有吳芸卉這個名字。老周百思不得其解，明明每日芸卉必來的就是這間健身房。老周撥了芸卉的手機，同樣沒接，但奇怪的是，他好像隱約聽到芸卉的手機鈴聲在附近響起。弄不清楚芸卉到底在哪的老周，循著鈴聲四處尋找，看見一群學員擠在舞蹈教室外，教室門被反鎖著，學員皆不得其門而入。然而，芸卉的手機鈴聲卻從上鎖的教室內傳了出來。聽見有人在裡頭，學員們敲門吆喝著裡面的人趕緊開門，下一堂課即將開始。教室內的人沒有回應也就罷了，與此同時，竟還從門後傳出男女歡愛的喘息之聲！眾人譁然，無法忍受有人在公共場所如此舉措。一名學員想把門撞開，教訓教訓裡面胡來的人，老周卻在此時吱聲，勸阻了要破門之人，正當眾人感到莫名其妙時，某人冒出一句：「難道你是怕捉姦在床難看嗎？」老周立刻臉色鐵青，學員們恍然大悟，默默閉上了嘴，卻用眼神交換著無數的不可思議。再也待不住的老周掩著臉，匆匆逃離了現場。

芸卉玩累了終於回到家，老周切了盤上好的牛肉給她，芸卉大快朵頤的時候，老周裝作不經意地、旁敲側擊地問起健身房的事。芸卉慢慢聽出了端倪，非但沒有丁點罪惡感，還毫不避諱，鉅細靡遺地告訴老周她和 Alex 相處細節。老周聽不下去，打斷了芸卉。芸卉大笑出聲，嘲笑老周裝聾作啞，明明是個在意得要命的大醋桶，卻連質問的膽量都沒有，芸卉伸出手就要抓向老周的褲襠，訕笑著說要瞧瞧老周到底是不是個男人，褲襠裡的東西到底是不是個假貨。老周慌張避開，轉身躲上二樓。芸卉仍是誇張地哈哈大笑了許久，索性撥了手機和 Alex 聊起天來。

當天深夜，芸卉側躺在床上，睡得十分香甜，她的呼吸均勻，像是在做著什麼美夢。一把在月色下反射著亮光的尖刀，從芸卉雪白的脖子上輕輕劃過，卻差距零點幾公釐，沒有真的觸碰到她的肌膚。拿刀子的人正是老周，他坐在床緣，無聲地用刀子在妻子的身體周圍比劃著。第二次，老周把刀從芸卉的眉心、鼻頭劃過，到上下嘴唇、下巴，這次同樣相差幾公釐，但老周持刀的手更加用力，冒出青色的血管。第三次，老周把刀尖瞄準了芸卉的右眼珠，沉靜地、用力地、緩緩地逼近……突然，芸卉睜開眼睛瞪著老周，眼珠黑白分明。

老周從床上嚇醒，意識到只是一場夢。天才濛濛亮，老周朝身旁一摸，芸卉不見蹤影，看來又是徹夜未歸。老周自己也不知怎麼回事，就像控制不住地每晚不停地做夢，一個又一個黑色的夢，憤恨的種苗，埋在老周心裡，不知不覺間發了芽、生了根，每個夜裡，老周在夢中演練了千百種殺死妻子的方法：買老鼠藥下在妻子的茶裡、趁妻子熟睡時勒死她、妻子下車後用力朝她撞去、把釘子敲進妻子的頭蓋骨，或是更爽快的，直接拿把菜刀將她的臉劈個皮開肉綻。妻子在他的夢裡每死一次，醒來後，老周的心情就會舒坦一點點，但下一次襲來的痛苦卻又更加劇烈，老周只好在夢中再想出更兇殘的方法將妻子殺死，反覆循環，如同無間地獄。

諷刺的是，現實中清醒的老周，永遠不敢對妻子的作爲有任何不滿，甚至只是言語反駁也不敢，面對芸卉的無視、嘲弄，他唯一的反應，就是低下頭，淡淡地說聲：「回來就好。」

那日是個晴朗的好天氣，夏季慵懶的芸卉竟難得早起，進到浴室梳洗化妝，不用說老周也知道，妻子又要去約會了。瞪著妻子放在床沿、準備穿出門的藍色露背花裙，老周突然衝動地從抽屜裡抄出剪刀，準備狠狠剪碎那件過分耀眼的裙子，卻在這一刻，從裙子口袋掉出一張門票，上面日期壓的是週日。出人意表地，這對偷情男女竟然選擇了那間最近新進幾隻可愛企鵝的「熱帶風情」私人動物園當作幽會地點。這樣衝突的組合，反而激起了老周的好奇心，究竟在光天化日之下，動物園對喜愛新奇刺激的芸卉來說有什麼樂趣可言呢？聽到芸卉從浴室出來，老周不動聲色地將票塞回裙子口袋，把剪刀拽在懷裡，芸卉看了老周一眼，沒察覺任何異樣，隨口編個謊言，就拎起包包出門去，老周不發一語地看著她離去。

等妻子走遠之後，老周走下樓，寫了個臨時店休的告示，貼在店門外。接著他查詢了「熱帶風情」動物園的地址，動物園位於不是太遠的市郊，老周搭上公車，一路晃到了動物園口。動物園的外觀簡陋殘破，「熱帶風情」四個大字掛在門口，製作粗糙毫無美感，油漆也剝落了一大片，看起來是經營不善的一家動物園。老周叫醒了售票亭裡的工作人員，買了張門票，信步遊蕩在園區裡。園區道路沿途牆邊貼著一排破爛小海報，上面用紅字書寫著「孟加拉猛虎餵食秀！真！尖牙！」，看來是這個動物園的招牌活動，旁邊還畫著卡通的老虎圖像，老虎張著血盆大口想要恫嚇人，卻顯得滑稽好笑。老周立刻明白過來，這間私人動物園不僅管理不佳，對待動物的方式也很隨意粗暴，恐怕未必有正式執照。動物身處的環境很糟糕，純粹靠著自然野性本能在生存，園方的賣點也只剩這個，目標對象是那些愛尋刺激的遊客，讓他們來這裡和這些「野生動物」多些接觸。

愛刺激的芸卉，目標應該就是這個吧？老周沿著小海報指示的方向走，一路上上下下，來到了猛獸區。猛獸區四處荒煙蔓草，許久沒有好好打理，高低起伏自成野趣，幾口洞穴開在最深處，暗不見底，似是讓這些獸們有個陰涼的避世之處。猛獸區最角落，有一個露天的表演場地，環狀觀眾席此刻空蕩蕩的，前方舞台中央有一個巨大的獸籠，一隻體積龐大的虎被鎖在獸籠裡，這隻大虎在籠內能前後移動的空間不過方寸，光看就覺得難受。虎正在籠裡打盹，毛皮有些泛黑，沒有光彩。籠子不遠處，一名園區動物管理員拿著刷子和水管正在清洗籠子周邊。老周沿著觀眾席，一階階走近虎籠，最後停在觀眾席第一排，老周彎身，雙眼盯著正在睡覺的老虎，老虎的身軀隨著打呼規律地一起一伏。老周看得入神，管理員叫喚老周，告訴他前兩日餵食秀已經表演結束，下一次的演出是在週日，若是來得及時，還能體驗親手餵老虎。老周生平第一次靠老虎這麼近，他不敢相信，這隻安睡的獸，竟是叢林之王？

老周不知不覺又向獸籠走近了兩步，一股刺鼻的氣味撲來。「那是肉食動物的味道啊。」管理員警告老周，離吃肉的虎太近不是好玩的，虎的攻擊性往往瞬間爆發，這一秒還乖巧恬靜，下一秒就能把人生呑活剝。管理員說起曾經有位同事因爲清洗的時候沒注意，整隻手臂差點被虎咬掉，他邊說邊笑，竟像是玩笑一般。但下一秒他又突然正色道：「其實老虎很聰明的。」成天和虎相處在一起的管理員，像是把虎當作自己最熟識的友人，絮叨起牠的一切：虎能在森林裡稱王不是沒有原因的，像豹子就只會亂咬一通，虎會靜靜地觀察，不隨便顯露，總是審時度勢，最後再一擊中的。在他的描繪裡，虎比人類還要優秀，還要值得珍視。

正說著，籠裡的虎幽幽地醒了過來，牠舔舔手指，眨了眨眼，抬起頭，發現老周正望著牠，人與虎四目相對，虎的眼睛炯炯有神，和周遭簡陋灰暗的環境成爲對比。這一刻，老周相信了管理員的話，或許這隻虎眞能通人性。老周問管理員，這個牢籠是否夠堅固，如何能困住這頭威猛的虎？管理員顧左右而言他，強調籠子的材料多麼堅實、籠子的鎖多麼精密，十幾年也不見損壞，老周點頭附和，卻將眼光投向籠鎖，圍繞著籠鎖的是幾條粗鐵鏈，鐵鏈上附著了生鏽的斑斑痕跡，老周陷入了沉思。

接連幾日，麵館的生意都特別地好。老周備料、煮麵、切肉、熬湯，天天汗流浹背，不再年輕的身子每每出現疲態。陳太太和張媽媽是店裡的老顧客，也是住在附近十幾年的老鄰居，陳太太爲人豪爽熱心，有話直說，對於老周這頂綠帽子的事終於不能再忍，她勸老周當斷則斷，否則錢財如浮雲流水不說，更慘的是會累壞自己的身子，芸卉這女人根本就不值得他這麼拚死拚活地付出，她愈罵愈起勁，把芸卉狠狠地數落一頓，只差沒直說她就是個準備謀害親夫的潘金蓮了。

話沒說完，芸卉竟從麵店後場大步走出來，一旁膽小的張媽媽嚇得差點從椅子上跌下來。芸卉並未向陳太太發火，卻轉過身來質問老周爲何換掉家中保險箱的密碼。陳太太背後說人雖有些理虧，但還是認為道理是站在她這兒的，既然芸卉在場，那更是時候好好教訓她一番，她要芸卉潔身自愛，別再成天想著吸乾老周的血。芸卉不顧店裡還有客人，抄起裝醬油的小瓷盤就往陳太太身上砸，一砸不中，瓷盤落地的碎片飛散四濺。陳太太沒料到芸卉如此潑辣，氣弱了三分，雖嘴上仍不饒人，卻帶著張媽媽趕緊走人，還不忘嘆息老周真是前世惹到了狐狸精。其他客人看這情形也覺不妙，紛紛付錢離去，老周不斷向客人們致歉，提早關了店門。濺起的瓷盤碎片割傷了芸卉的手，芸卉仍在氣頭上，任由血滴落下來，老周趕緊上前想幫芸卉處理傷口，芸卉卻推開老周，抬起手、張口吸吮了傷處，眼睛眨都不眨一下。老周向芸卉千交代萬解釋，保險箱換密碼是因為店裡遭了小偷，因為芸卉多日沒回家，所以還來不及跟她說，他從來不曾心疼過自己給芸卉的每分每毫。老周說得口沫橫飛、口乾舌燥，芸卉卻不真的在意，她唯一想要的，只有新的密碼，在她眼裡，這是老周必須為她做的，這是她為何會嫁給老周的原因，老周絕不可背叛她。

夜晚，牛肉麵館裡空蕩蕩的，沒有裝潢、沒有桌椅，也沒有客人，像是一個奇異的平行空間。老周睡到一半，聽見樓下傳來聲響，於是大半夜的，他從二樓下到一樓麵館。老周在一樓四處張望，他幾乎辨認不出這裡是他的店，他看見一個男人駝背的背影，男人正拿著油漆刷，粉刷麵館裡的牆壁，整面牆的大半已經被他漆成了紅色。老周著急地跑向前，抓住那個人的肩膀想阻止他。那人轉過身來瞪著老周，老周嚇了一大跳，因為漆著紅色油漆的人正是他自己。老周再度被嚇醒，原來又是一場惡夢，他感到頭痛欲裂。看一看鬧鐘，指針才剛剛指向清晨五點，老周卻再也睡不著了，他起身走進浴室梳洗。

早晨的市場已然很熱鬧，婆婆媽媽、餐飲業者和散客們熙來攘往，將窄小的巷弄塞滿，腳踏車和機車穿梭其間，攤販們熱情地招呼著大家，各式蔬果、海鮮、肉品和雜貨，色彩繽紛地鋪排開來，迎接早起的鳥兒們。然而老周卻鬱鬱失神地穿過熱鬧的街道，對周遭事物恍若未聞。他轉進市場角落處的一個牛肉攤，那是他每隔幾日就會來批貨的攤販。攤車上，一塊塊夾帶著白色油花的大牛肉塊，漂亮地鋪排在鋪面，老闆手起刀落，俐落地將牛肉切成整齊的小方塊。老闆看見老周，有默契地幫他挑選了三大塊牛腩、五大塊牛腱，立刻處理起來。老周沒多說話，靜靜在攤前等著。好一段時間，老周都像在神遊太虛，魂不附體，直到老闆喊了好幾聲他的名字，老周這才清醒過來。他吃力地接過兩大袋生牛肉塊，付了錢。看著老周虛弱的樣子，老闆忍不住嘮叨，叮囑他年紀大了要顧好身體才行，錢賺再多也帶不進棺材裡。老周微笑著謝過老闆，拎著肉離開了市場。

老周走回麵館的途中，突然聽見幾聲貓咪的哀鳴。老周停下腳步，四處探頭尋找了一番，終於在路旁停放的轎車後方發現一隻虎斑貓，這貓竟然就是上次不小心跑進店裡的那一隻。虎斑貓蜷縮在輪胎旁哀叫，老周靠近查看，牠的前腿受傷了，正潺潺流著血。老周小心翼翼地一手把貓抱在懷裡，一手拎著兩袋牛肉，把貓咪帶回家。回到麵館後場，老周仔細地幫貓咪處理傷口，輕輕地上藥、輕輕地包紮，還不時溫柔低語安撫貓咪。虎斑貓輕「喵」了幾聲，像是在回應老周，老周的眼淚不知怎地，悄悄地流了下來，漸漸地他的淚水無法抑止，最終轉成了嚎啕大哭。

週日，又是個豔陽天，清晨的陽光灑進老周和芸卉的臥室。芸卉哼著歌，拿出一瓶香水，前前後後輕輕噴在身上。她穿著一件黃綠色系的大露背花洋裝，臉上的妝容十分完整。芸卉前幾日被瓷盤碎片割傷的右手虎口處，長形的傷痕仍很豔紅，但她不以爲意，也沒有包紮，傷口就像是一道美麗的刺青一般掛在手上。老周走進臥室看著芸卉，她仍在和自己的眉毛奮戰，拿著修眉刀對著梳妝台的鏡子，怎麼修仍是不滿意。雖然一看就知芸卉是要出門，但老周還是開了口，邀芸卉一起去山上走走，看看老周老母親的墳地。芸卉一聽，原本大好的心情壞了一半，多煞風景啊，好好的日子居然要去墳地？芸卉沉下臉，隨意敷衍幾句打發老周，沒料想老周仍是叨叨不休，說結婚快滿一年，芸卉還從未和老周上山過，一向最孝順的老周，想把妻子介紹給母親，讓母親能爲老周放下心中的牽掛。說到後來，老周可以說是堅持了，這是婚後他第一次如此堅持一件事。芸卉惱怒，將修眉刀往梳妝台一甩，她是何許人也？軟的都不吃了，更何況用硬的，她下了最後通牒，老周要敢再多說一句，她保證接下來一個月，他都見不到自己的人影。老周終於沉默，芸卉將注意力再度放回到自己的眉毛上，一邊開心地哼著歌。

「熱帶風情」私人動物園門口，芸卉下了計程車，Alex早已經等在那裡，芸卉看見Alex，跳上去就是一陣又抱又親，Alex靠在芸卉耳朵邊不知說了些什麼話，兩人曖昧地相視而笑，互摟著腰，甜蜜地一起走進園區。他們渾然未覺、想都沒想過的是，這次老周悄悄地跟在他們的後方，他的神色陰沉，亦步亦趨，像是要用眼神吞掉眼前的兩人。

入園後，芸卉和Alex沒有猶疑，直接往猛獸區走，老周沒料錯，他們是奔著那猛虎餵食秀而來的。前方傳來芸卉高分貝的嘻笑聲，老周趨近幾步，躲在不遠處的樹叢後面偷看。Alex和芸卉站在舞台上的獸籠前，大虎像往常一樣待在籠子裡，但這個時刻，整個舞台和觀眾席附近居然其他一個人影都沒有，Alex向芸卉炫耀自己特地挑了這麼一個好時機，剩他們和虎「共處一室」。Alex從地上撿起幾枚碎石子，瞄準欄杆縫隙，嘗試投擲石頭到虎身上，虎意興闌珊、無精打采，正趴在地上休息，不太想理會籠外的人類們。兩人自娛自樂，每投出一顆石子，芸卉便尖笑一聲，石子觸到虎的身體時，芸卉更是又叫又跳、異常興奮。Alex手中的石子再度投出，這枚不小的石子大力地砸中了虎的肩膀，虎惱怒地低吼一聲，站起身來，芸卉和Alex齊聲哈哈大笑。芸卉奪過Alex手上的石頭，決心和這發怒的虎一較高下。芸卉助跑一陣，用盡全身力氣死命擲出，這一丟正中老虎的眉心，老虎大發雷霆，朝著籠外狂暴地吼叫，不斷撞擊柵欄，聲音傳遍了半個園區。

站在樹叢後的老周看到這幕，臉色一變，他期待著什麼的事，似乎慢慢發生了。芸卉拿出相機，要 Alex 幫她和狂暴的虎拍照，她的臉上掛著燦爛笑容，身體則拗出各種性感的姿勢，和兇惡的虎產生強烈對比。若是虎一時間安靜下來不再攻擊，芸卉又會再度丟出石頭激怒牠。甚至爲了更激起虎的反應，芸卉將光裸的臂膀整隻伸進柵欄內，吸引虎來攻擊，當虎要撲上來的時後，又迅速抽出手臂，如此來回數次，使虎煩躁不安。這下連 Alex 都覺得芸卉玩得有些過頭了，勸她收手，差不多就可以了。偏偏芸卉這人最聽不得人說，愈是被攔阻就愈發張揚，她將整個身子貼上柵欄，赤裸的後背幾乎嵌進柵欄縫隙裡，同時她也不斷更換位置，將籠內的虎耍得團團轉。Alex 不停地按著相機快門，隨著芸卉的行徑愈加大膽，照片也愈發精彩。樹叢後的老周看呆了，眼前的這個女人是他的妻子嗎？這樣的芸卉，幾乎成魔。

突然間砰的一聲！芸卉背後的獸籠柵欄如同爆炸般瞬間斷開。

虎終於撞破牢籠，向芸卉急衝而上，一瞬間撂倒了她。虎張大口，尖牙刺進了她的左腿，芸卉發出淒厲的慘叫聲。Alex 驚慌失措，第一直覺便是上前拉住芸卉，然而同時間虎仍在後方不斷用力撕扯，Alex 的力氣哪裡敵得過這隻兇猛大蟲？一來一往間，芸卉眼睜睜看著自己的腿與自己的身體慢慢撕成肉、牽成絲，根根分離，愈扯愈鬆。伴隨著椎心的疼痛，芸卉尖叫到嗓子瘖啞，空氣中的叫喊聲轉變成碎裂的鴉鳴。虎猛力一扯，終於將芸卉的左腿整隻卸下，含在口中。芸卉的面容因疼痛而扭曲，糊成一團的下半身飄來陣陣血腥味，Alex 幾欲作嘔，終於失去了力氣，雙腿癱軟，死命地爬出餵食秀場地。他行經過的地面上，躺著幾條原本用來鎖虎籠、已經斷裂的鎖鏈，鏽蝕得一場糊塗。樹叢後的老周遠望著這一幕，像是石化了一樣，一動也不能動。這時，血流如注的芸卉緩緩抬起頭，老周驚詫地發現，妻子扭曲的嘴角居然隱約帶著一抹似笑非笑的表情，她沙啞的喉音轉成低喃，像是得到了某種奇異的平靜。血腥激發了虎的狂性，牠將奪來腿吐在一邊，再度衝上前撲殺芸卉，這次虎直接咬住了芸卉的腰，芸卉像壞掉的布娃娃一樣任虎擺布，踉踉蹌蹌地整個人被拖入洞穴之中。不一會兒，老周的耳邊便傳來虎啃咬咀嚼妻子的聲音。

之後，Alex 因爲驚嚇過度，被送到醫院療養了很長一段時間；老周沒有對「熱帶風情」私人動物園提起告訴，同意這只是場意外，簡單迅速地辦妥了芸卉的喪禮。附近鄰居們又在背後閒言碎語，認爲老周根本就恨透了這個背叛他的妻子，芸卉的死對老周來講才是喜事呢。老周從不辯解，也從未跟任何人提起過自己看到的一切。

一年後的某天，陳太太和吳媽媽一如往常地又到老周的牛肉麵館光顧，這次招呼她們的，是老周的新任妻子小如。陳太太和吳媽媽對小如讚不絕口，誇她能幹又溫柔，完全是老周的賢內助，兩人很有默契地略過芸卉不談，但從和對方交換那意味深長的笑容來看，兩任妻子的對比，彼此早都了然於心。至於老周呢，以前那個老是慌慌張張，凡事都迎合他人、鞠躬哈腰的老周似乎消失了，雖然還是一樣溫溫和和，反應不快，但是對於每件事都像是有了自己的主見。牛肉麵館的生意和以前一樣好，但老周隨心隨性，想放假的時候就掛上牌子休息一天。一切似乎都往好的方向去了，但是老顧客都察覺到，老周煮的牛肉麵的味道跟以前有些不同，像是少了一味，但要細究，卻說不上來到底是缺了什麼。

午後兩點鐘，老周卸下圍裙，和小如知會一聲，到後場換了身衣服，從後門離開麵館。

「熱帶風情」私人動物園的位置仍在那處市郊，現今卻改了個名，叫「福安」動物園，是被某位有錢的買主買下，重新整頓了一番，就連招牌的印刷字體也比過去有設計感。那頭虎如今被安置在一個比較寬闊、有強化玻璃圍住的園區內，除此之外，還跟遊客們隔了道寬寬的護城河流，那種伸手就能觸摸到虎的事情再也不可能發生了。雖然隔得遠，但老周每天下午來報到的時候，虎都像老遠就認得他似地，一見他來便走到強化玻璃牆邊，翻滾或是吼叫個幾聲，向老周打招呼。待餵食時間結束，管理員將餵食的閘門關緊，鎖好。老周準備離去，他抬頭看看天空，雲層有些厚，雲朵邊緣烏黑又綿捲，氣象預報說颱風即將來襲。老周叮囑著管理員該給虎多加些防護，也別餓著牠，管理員嫌棄老周囉嗦，每天還不都一樣嗎？無論明天是個什麼日子，老周都還是一定會來這兒報到，來看這隻虎，每天每日，風雨無阻。

・劇本摘錄・

7	
時間	日
場景	內景　周記牛肉麵館

△正午最忙碌的時分，芸卉和一名精壯男子，健身教練Alex（男，三十三歲）坐在麵館最中間的桌子，桌上擺了幾份健身房DM、報名表，Alex幫芸卉介紹著課程，兩人靠得很近。

△周廷幫客人結帳，眼睛卻注意看著Alex和芸卉，十分不悅。

△頭上的電視傳來新聞的聲音。

記者（V.O.）：天氣太熱，孟加拉虎也要吃冰塊「清涼一夏」，工作人員就是透過這條「祕密通道」，把老虎的下午茶送進去——

△Alex指著新聞對芸卉說悄悄話，芸卉咯咯笑，秀手機貓咪的照片給Alex。

△周廷走近兩人，硬擠出不自然的笑容。

周廷：要不要先吃點東西？免費招待。

芸卉：教練邀我去試上幾堂課，免費招待。

△芸卉和Alex相視一笑。

Alex：老闆要不要也來練練身體？

周廷：不用了。

芸卉：（對Alex）走吧。

△周廷看著他們離開店內，鏡頭停在周廷的表情上。

8	
場景	夢境

△樹林意象。

△背景的樹林漸漸變暗，愈來愈多的光點浮現，他們漂浮、變化、閃爍。

9

時間	場景
夜—日	內景　周記牛肉麵館／周廷家

△閃接特寫貓的眼神、花紋、尾巴、動作。

△深夜，周廷完成最後的清潔工作，伸展了一下痠痛的腰背，在店內的椅子坐下休息。

△周廷抬頭看了看時鐘，差十分鐘就午夜十二點。

△虎斑貓從後場慢慢走向周廷，在他腳邊蹭呀蹭的。周廷抱起貓咪，和牠一起望著門外，芸卉依舊沒有蹤影。

△虎斑貓在一旁吃著飼料，周廷坐在桌邊倚著頭瞌睡，此時門外傳來腳步聲，周廷驚起，天色已經亮了。

△酒氣沖天的芸卉走進，周廷急急起身，上去幫她拿包包。

△芸卉沒搭理周廷，搖搖晃晃地走上樓，周廷一路跟上。

△芸卉回到房間，直接睡倒在床上。

△周廷跪著細心地幫芸卉脫下高跟鞋、絲襪。

△絲襪脫到一半，周廷發現芸卉的大腿處有幾道紅色的指甲抓痕，心疼地撫摸著，動作溫柔細膩充滿愛慕與感情，芸卉回應了這樣的動作，發出溫柔的呻吟，周廷抱著芸卉，好似小孩膩在母親懷中。

周廷：妳好好睡覺，我會陪妳。

10

時間	場景
日	內景　周廷家

△周廷提著大包小包的食材回到家。

周廷：（喊）芸卉？

△鏡頭特寫周廷的表情，他聽到樓上有芸卉的喘息聲和撞擊聲，周廷表情一變。

△周廷很慢很慢的走到冰箱前，把食材一一放進冰箱。

△傳來 Alex 與芸卉對話

Alex：（學老虎吼叫的聲音）

芸卉：我好害怕喔。

Alex：改天帶你去看那隻老虎。

△周廷打開電視，切開剛買的西瓜並吃了起來。

△Alex從房間內走出來，看了周廷一眼。

△周廷看著Alex走出店外。

△芸卉披上衣服走出房門，坐到周廷對面，看著正在吃西瓜的周廷。

△芸卉搶走周廷手上的西瓜，自己吃了起來。

△周廷看著芸卉，半晌，自己走出店外。

11	
時間	日
場景	外景　公車站

△鏡頭看見周廷在公車上激動的表情。

12	
時間	日
場景	外景　熱帶風情私人動物園/門口

△公車載著周廷到達終點站，動物園。

△周廷走近動物園，眼前招牌上面寫著幾個字型歪曲、顏色醜陋的大字「熱帶風情」。

△周廷在動物園外的坡道走著。

樂園

蔡得豪

不知道為什麼，就夫妻而言，若妻子原先是柔順的小女人，隨著歲月的洗刷，總會進化成兇巴巴的生物，小女人的模樣蕩然無存。

你身邊有沒有這樣的愛情故事？

大學開始交往的情侶，經過了當兵、就職等考驗，終於跑到婚姻。但是生活如此艱難，於是家庭主婦出外工作，轉變成雙薪家庭。當太太的事業漸漸比丈夫成功，更能支撐起一個家，太太的音量變大了，開始得理不饒人，加上家事與財務工作分配不當，雙方話題變少，氣氛愈來愈僵。偏偏丈夫又處於中年危機，自信低弱又無能為力。

金堅就是一個典型的例子。

五十五歲的金堅膝下無子，將生命的熱情全部給了妻子與工作。他們倆是大學同學，金堅是熱愛運動的籃球系隊隊員，妻子蔡淑女則是班代，頻繁相處的日常將他們推向愛情，畢業後決定攜手開創未來。

關於蔡淑女，有人猜她三十八歲，多數人覺得她四十二歲，持之以恆的運動習慣、有品味的細心打扮，加上保養品的效果，讓蔡淑女不像同齡婦女那樣顯老，是個五十四歲的美魔女。

事業成功的蔡淑女前幾年就提前退休了。剛入行時，她只是個保養品櫃姐，機運正好搭上精油療法的熱潮，因此擁有一群關係良好的名媛客戶，最後扶搖直上，成為雄霸一方的保養品企業經理，薪資比丈夫還高。

蔡淑女與貴婦名媛們推心置腹，退休後更開啟古董家具的買賣生意，居家生活的檔次提升許多，要說夫妻的經濟支柱是蔡淑女一手撐起的也不為過。

過著高檔次的生活，經常出國旅遊，蔡淑女可謂是人生勝利組，唯一看似失敗之處便是過於早婚，讓她有時不禁幻想，若生活伴侶是別人，那會是怎樣？

但是金堅不會懂得這些。

對金堅來說，擁有妻子是全然的幸運與幸福，經營登山運動用品店的金堅，由於妻子跟貴婦們交好，許多生意來自於妻子的推介。但他抗拒奢侈的應酬，而崇尚環保生活方式的他，也因弄錯方向而顯得邋遢，看不下去的妻子總為他打點一切。

這是一個幸福的男人，沒有老婆就會天下大亂的那種。

所以當蔡淑女提出離婚打算的時候，金堅根本不知所措，驚呆了。

逐漸消磨的愛情要如何挽回？有些夫妻會一起培養新的興趣，有些人則是整形、上心理諮詢課程。金堅為了挽回妻子的心，特地選在結婚三十周年紀念日的前夕邀請老婆到山上露營，對金堅來說，老婆最重要，其他都是次等的。蔡淑女在提出離婚選項後，經常對丈夫冷嘲熱諷、故意作對，此次倒是爽快答應丈夫的邀約，心中其實別有目的。

為了讓妻子享受這趟旅程，金堅精選一個供電供澡堂的露營地。露營是個考驗合作默契的活動，金堅想著：露營嘛，就是要對著山景與溪流，嚐點自然樸實的料理，就像大學聯誼去溪邊烤肉一樣。於是自告奮勇地掌廚。

金堅在坎事帳裡架起一座卡式爐，放上一鍋水，點火，熟練的動作令人安心。蔡淑女在營地另一角掀起一塊白布，整齊地鋪在一張桌子上，她仔細地整平布面，非常重視的樣子。

金堅手上拿了一小簍洗乾淨的蔬菜，在桌上擺好，有紅蘿蔔、馬鈴薯、洋蔥。蔡淑女在另一角工作，白色小桌上擺好一人份刀叉餐具、高矮水杯各一，表情一絲不苟。

金堅將蔬菜削皮和切塊，放進滾水中，說：「老婆，再等一下就有好吃的金家特製咖哩飯唷！」

無人回應，金堅轉頭一看，蔡淑女正坐在一張鋪著白色桌布的小方桌前，誇張做作地打開餐巾，輕巧地鋪在自己腿上，姿態優美華麗。不知道哪來的廚師對著一隻放在平底鍋上的鴨腿，撒上一點點的香料，鴨腿表皮在鍋中熟成，一點點的焦脆並發出滋滋聲。廚師將鴨腿夾起放在到擺盤精緻的瓷盤中，一盤法式經典的油封鴨腿端到蔡淑女前方。金堅完全看傻了眼。

蔡淑女露出燦笑，「Bon Appétit！」拿起刀叉，切向餐盤內的油封鴨腿，吃了一口，美味的震撼力隨即全面攻陷她的精神，天地萬物都比不上這一隻鴨腿，要多纏綿有多纏綿！

蔡淑女眞心感動地拍手，「Bravo！美味！」在肉還未完全融化在舌尖之際，又喝了一口紅酒，「天吶，和紅酒眞是絕配！」

廚師非常得意：「謝謝誇獎！」

金堅顯得急躁地問：「這到底是什麼？」

廚師謙和有禮而且自信滿滿：「油封鴨，Duck Confit。」

金堅一臉尷尬：「對不起，我不是在問你。我是在問我老婆！」

蔡淑女帶著還在回味鴨腿美味的表情說：「這是油封鴨，Duck Confit。」

金堅有點生氣：「我也不是在問這道菜。老婆，他是誰？」

「他是廚師啊，我叫的特別外送服務，Uber-Eat VIP，五星主廚到你家。」

「我們正在露營耶，妳還叫外送！」

蔡淑女一臉天真：「對啊，好險營區有地址，不然差點就找不到呢。」

廚師彬彬有禮地端上一盅湯：「小姐，洋蔥湯按您的慣例，在主菜吃第一口後再上。」

蔡淑女表情柔和，露出幸福的微笑說：「謝謝，你們的服務每次都這麼周到。」

金堅急著說：「老婆，那妳不吃咖哩飯了嗎？」

蔡淑女略顯爲難：「嗯——對不起耶老公，我今天胃口不好，不能吃太重口味的食物。」

金堅長長地嘆了一口氣：「老婆，那還有椅子嗎?大廚，也給我一份餐點。」

廚師面有難色，尷尬地裝忙東找西找。

蔡淑女面露歉意，但更多的是得意：「對不起耶老公，我只有叫一人份。」

金堅愕然：「這到底是什麼熊貓外送，爛死了！」

「這個不是Food Panda，是Uber-Eat！」蔡淑女正色糾正後，又愉悅地吃起鴨腿，刀叉切骨喀哩喀哩，不時發出「嗯」、「喔」、「天吶」等讚嘆，像是在拍美食節目。

囫圇吞棗嚥下咖哩飯的金堅仍然相信一句諺語：「Happy wife, happy life」，他雖然生氣，但是度假還在繼續。金堅在營地獨自架起帳棚的支架，將固定繩釘在地上，專業而確實。蔡淑女沒有搗蛋，只有偷吃步地拉一條延長電線，在帳棚內將床墊隨意掀開，按下電動充氣機的某個按鍵，充氣床墊就快速地脹起來，優美華麗。

金堅在帳棚外圍鋪了幾個防蛇細網，一邊喘氣一邊說：「老婆怕蛇，我再多弄幾個好了。」好丈夫就是這樣，事事將老婆放第一。

蔡淑女鋪上兩個睡袋，一個寒酸普通，枕頭的位置放一個簡單的充氣枕。另一個則是特別大、特別舒適，再放上一個鬆軟又高級的絨毛枕頭。蔡淑女看著高級枕頭，非常滿意地抹抹手。

夜晚，帳棚外掛了一盞驅蟲燈，帳棚周圍噴上防蚊液，點燃蚊香。

金堅頭髮微濕，剛從露營地的澡堂回來，穿著涼鞋、短褲，手上拿著浴巾與換下來的髒衣褲，走進帳棚。蔡淑女已經換上紅色絲質睡衣，臉上貼了片黑面膜，舒舒服服地躺在「貴妃榻」上翻看雜誌。帳棚內高掛一個照明閱讀用燈，蔡淑女身旁有一個吐霧的小燈，還有一個行動冷氣，吹著涼涼的風。金堅被風吹得打起了噴嚏。

「老婆，妳什麼時候買冷氣的？我不知道妳這麼期待這次的露營。」

蔡淑女娓娓道來：「因爲我剛剛吃完烤鴨，怕燥熱，所以我上網訂購的，六小時直送，ASAP，as soon as possible。」

金堅長長地嘆一口氣，覺得有些古怪，仔細嗅了兩下：「欸？這是什麼味道，我買的防蚊液是這種怪味嗎？」

「什麼怪味，你很沒品味，這叫做檸檬草！混合薰衣草精油，有安神、舒緩與放鬆的作用！」

金堅這才知道蔡淑女身旁那個緩緩吐出白煙的不是燈，而是精油香氛機。

「妳怎麼會帶這麼多東西來露營？」

「是你說結婚三十周年要露營，我只是配合你，但要用我最舒服的方式。」

金堅悻悻地說：「這樣哪裡是露營，一點氣氛都沒有……。」一邊將浴巾與髒衣褲收進行李袋裡。

蔡淑女沒有理他，蓋上雜誌，舒服地鑽進棉被裡，並說：「你關燈！」

金堅倔強地反問：「爲什麼是我關燈？」

「你比較近，你關燈！」蔡淑女一臉理所當然。

金堅關上燈，躡手躡腳地鑽進自己那一側的睡袋，閉上眼睛。

蔡淑女敷著面膜閉著眼睛說：「Siri，播放音樂清單，睡覺歌曲。」帳棚內隨即充滿手碟混合蟲鳴鳥叫、流水的心靈音樂。

「爲什麼會有音樂？」金堅覺得莫名其妙。

「我買冷氣的時候順便買了藍芽音響，不聽心靈音樂我睡不著。」

「老婆，妳不覺得這樣太浪費地球資源了嗎？這些電力，還有這次買的東西，我們家裡原本都有。」金堅好聲好氣地勸。

蔡淑女從鼻子哼一口氣：「科技發達又不是我的錯。」

金堅一臉茫然，覺得人生很難。

蔡淑女又說：「這首叫做〈河流的夢想〉，你聽，是不是有一種源遠流長又安心的感覺？瑜珈老師說在這首歌裡，手碟輕靈的鼓聲代表回家的渴望，像鄉愁一樣在你心裡砰砰響。」

金堅抓了抓頭：「嗯，我現在真的有一種在家的感覺。」

隨她吧，金堅心裡默唸著「Happy wife, happy life」，鑽出睡袋靠過去，隔著棉被輕輕抱蔡淑女說：「老婆，我們好久沒有那個了。」

蔡淑女冷冷地回道：「我在敷臉。」

金堅只好說一聲「喔」，並轉回去。

過一下又轉過身來：「老婆，那敷完臉呢？」

蔡淑女連眼睛都沒睜開：「很熱，不要！露營很累！」

金堅只好又說了「喔」，並轉回去。

不知睡了多久，昏睡的金堅被自己的打鼾聲嚇醒，睡眼惺忪地往蔡淑女那一側撲抱過去，邊說：「老婆，我不管，三十周年耶，我要——」話說到一半，他發現自己只抱到一團空氣。

金堅趕緊掀開蔡淑女的棉被，哪裡有人？只有一個皺皺的枕頭。

帳棚外有個人影跑過去，金堅終於警醒：「老婆？」

金堅走出帳棚，看見紅色絲質睡衣的背影，飄動的裙襬像隻紅色的金魚，在引誘著金堅。金堅喊著：「老婆！妳要去哪裡？」

蔡淑女頭也不回地奔跑進一條森林小路，金堅一邊叫著「老婆」，一邊追趕，多虧平常運動的鍛鍊，金堅跟蔡淑女逐漸拉近距離。

金堅一邊跑一邊叫著：「老婆！妳怎麼了？不要一直跑啊！」好不容易拉住她，掙脫後又被金堅抓住時，蔡淑女竟然發狠咬了金堅的手！金堅痛得放手：「老婆妳幹麼！神經病啊，妳要去哪裡！回來！」雖然放開手，但依然追著蔡淑女在森林裡奔跑。

在蔡淑女的前方有一處光點，而且愈來愈大。

金堅追著蔡淑女到一處燈火通明的不知名園區門口，蔡淑女忽然停下，露出笑容，金堅趕上前去緊緊抓住蔡淑女的手，深怕她再逃走。

園區的門口高大，強光照著他們，從背影看來倒像兩個牽手的青梅竹馬。園區的自動門緩緩開啟，一個身穿管家式西裝的年輕男子走了出來，態度溫和禮貌，張開雙手表示歡迎。

年輕男子緩緩地說：「蔡小姐好，我們等您很久了。」逆著光的身影讓人看不清臉龐。

金堅故作勇敢：「你是誰？你怎麼知道我老婆姓什麼？」

年輕男子「啊」的一聲：「您就是金先生吧，我眞失禮，容我自我介紹，我姓賈，賈寶玉的賈，」手掌迎向蔡淑女，「蔡小姐是我們的客戶，已經在我們樂園度假 Villa 訂了七天的房間。」

金堅轉頭問：「老婆，妳有訂飯店？」

蔡淑女回應：「對啊，我已經訂了，而且一次訂兩間房，你一間我一間，我們可以好好休息，不然你打呼這麼吵，誰受得了。」面不紅氣不喘，從容不迫，根本不像中邪亂跑的瘋子。

管理人賈先生欠身，向兩位做出「請入內」的手勢。

金堅立刻說：「我不要，老婆，我們回去露營，這裡陰陽怪氣的，又在荒郊野嶺，我們最好別進去！」立刻牽著蔡淑女要走。

蔡淑女把金堅的手甩開並說：「不要拉我，我要去！Google 上說這間飯店有四點九顆星！」

金堅急得隨便想個理由：「那我們露營的東西怎麼辦？東西都還在營區。」

賈先生仍優雅有禮：「金先生別擔心，兩天前蔡小姐已經將行李寄到飯店裡，我們都已經整理好擺進房間了，露營區也能幫忙你們整理。」

這到底是怎麼回事？金堅根本反應不過來。

蔡淑女坦白了：「老公，我就跟你明說了，我本來就沒有打算要露營，這次會答應跟你來，就是要帶你來樂園度假Villa的。現在不管你要不要，我都要住進去，反正行李都在裡面了。」

金堅還在震驚，無法回答。

蔡淑女接著說：「我的貴婦朋友說，她們有些朋友，夫妻感情不大好，來這裡住個幾天都變得好快樂，更愛彼此了。如果你眞的愛我，就跟我一起進來。」她停了一下，像是做了個決定，「我也沒有辦法強迫你，你不來，我們的緣分就到這了，我會請律師寄通知給你。」

金堅聽到律師兩字終於回過神來，趕緊跑到蔡淑女身邊，緊緊抓著蔡淑女的手說：「誰需要律師？我們才不需要律師！走，我們一起進去度假。」

賈先生微笑地再做出一次「請入內」的手勢，樂園大門再次啟動，待三人進去後，又緩緩地闔上。

在一個四面潔白的房間，賈先生用手持式金屬感應器，爲金堅做全身掃描，蔡淑女在一旁的小桌前塡寫資料。白色是一種過於超現實的顏色，亮眼得扭曲了空間感，導致金堅有點頭暈，四周像是失去應有的稜線，他覺得自己像是部落客準備開箱的商品，放置在白色的三角棚內，並且失去了影子。

賈先生確認表格後說：「謝謝蔡小姐，這樣就完成 Check-in 了。再麻煩兩位通過一下安檢門。」他指了指旁邊灰色的安檢門，門上有個綠燈。

金堅與蔡淑女依次通過安檢門後，金堅忍不住抱怨：「住個飯店這麼麻煩啊。」

賈先生謙和又帶點謹慎地回答：「這是爲了各位住戶的安全，畢竟四點九顆星也是來自於我們對住客的重視。」

賈先生拿出兩套房卡與導覽地圖，「這裡是兩位的房卡，等等從右邊大門離開後，會經過我們度假村的白夜大道，再走約五分鐘，就會到蔡小姐的房間，金先生的房間就在對面。」

賈先生確認兩人走出大門後，將安檢門關閉，門上的燈光由綠轉紅。

離開安檢小屋的兩人走在鋪磚路上，兩側的路燈上與樹上有串燈與浪漫掛飾：愛心、氣球、戒指，有著戀愛故事的主題。

金堅緊緊牽著蔡淑女：「老婆，好久沒有跟妳一起散步了。」

蔡淑女沒有回話，只是怔怔地看著周圍的燈飾與愛情主題的裝置藝術。

金堅又說：「妳記得我們第一次夜遊嗎？就是我們大一的迎新宿營，要蒙著眼在救國團的青年活動中心裡探險。」那些快樂的事歷歷在目。

「喔，記得。你流很多手汗，很噁耶。」

金堅故作輕鬆：「那是因爲有美女牽著我，我小鹿亂撞。」

「我不是說大一，我是說現在，你手汗很多。」

金堅趕緊放手，用褲子衣服擦手，還用嘴巴呼呼地試圖吹乾，可是不只手汗，連脖子、背後、腋下都有汗。確定自己把手弄乾後，又緊緊巴著蔡淑女的手。

金堅陷入回憶：「妳大一的時候好秀氣，講話溫溫柔柔。而且妳以前有點嬰兒肥，圓臉圓眼睛多可愛啊。」他轉過頭看著她，「後來妳實在減得太瘦了！」但這一刻金堅卻有點疑惑：「老婆，妳是不是變胖了？我怎麼覺得妳現在看起來臉有點圓？」

蔡淑女生氣地甩開手：「你才變胖！我才不想說你，大學時候打籃球系隊，六塊腹肌多好看，現在只有一圈油，你這個海豹啤酒肚！」

金堅還很得意：「哪有什麼難看，臉書上不是說現在流行『爸爸肚』嗎？妳看！」用力往自己肚子一拍，可是金堅沒有拍出意料中的肚腩砰砰聲，反而是拍在肌肉上的啪啪聲。

「我的肚子不見了！」金堅嚇了一跳。

「唉呦！恭喜你重獲腹肌囉，金同學！」蔡淑女滿臉笑意。

「這是怎麼回事？」金堅不可置信，再轉頭看，「哇！淑女，妳的臉，妳的身體！」原本只是臉部的細微變化，現在蔡淑女連身形都已經恢復成二十歲的模樣，就像個大學生，但是蔡淑女並不顯得驚慌，反倒很沉溺其中。

蔡淑女自言自語：「沒想到效果這麼棒，現在皮膚摸起來好彈好潤！」

金堅訝然：「這眞是太神奇了傑克！」金堅有點困惑自己怎麼會說出令人尷尬的流行語，「老婆，現在到底是怎麼回事？」

蔡淑女解釋：「這裡是會讓人重返年輕的樂園。只要住進來，就會變年輕，就像是——」

「《來自星星的你》！」

「《回到十七歲》！」

變年輕是個無法想像的概念，他們的興奮狂喜只能用抱在一起來表達。過了兩、三秒，金堅突然感到少年般的火熱害臊，輕輕推開蔡淑女，有點臉紅。身體裡混亂的荷爾蒙與各種激素衝撞他的每個關節，也衝撞了他的心，他決定復刻一次大學時代的告白詞！

金堅慎重勇敢：「蔡淑女同學，我很喜歡妳，妳願意跟我在一起嗎？」簡單的對白有著單刀直入的熱情。

三十幾年前的情話依然動聽，字字句句將他帶回告白的畢業典禮，不安與孤注一擲的心是顫抖而狂喜的。可是此次他的對手不是一個眞正二十歲的少女。

蔡淑女哪有什麼少女羞怯：「哪那麼容易！喜歡我就來追我啊！」

金堅搞不清楚：「蛤，什麼意思？」

蔡淑女說：「欸，我看起來像是那種隨隨便便就答應跟別人在一起的女生嗎？」得意自在地快步往前走，嘴裡還哼著〈我是女生〉這首歌。

金堅一時傻住，不知道該說什麼，只能愣愣地亦步亦趨跟著。

兩人依著地圖走到蔡淑女的房間門口。

蔡淑女說：「好啦，想在一起，那至少先從吃飯約會開始吧，明天晚上我們約會，餐廳你看地圖決定。明天我就好好享受一下，幫你打分數。」回春效果太過顯著，身體輕盈了，連心也跟著自由，讓她輕鬆說出調情的話。

金堅不甘示弱：「好哇，誰怕誰，明天我就讓妳重新墜入愛河。」

蔡淑女搖搖頭：「動作要快喔，不然這裡帥哥很多，夜景又浪漫……。」

互道晚安的兩人，有點興奮又有點開戰的意味，蔡淑女細細打量眼前這位挑戰者，心滿意足地關上門。

住進樂園後的第二天，約是剛過黃昏的入夜時分，盛裝的蔡淑女開了門。蔡淑女穿著法國六〇年代的晚宴迷你裙，露膊設計，A線條，腰間白色雪紡上綴有淡粉黃色的立體花朵。門外站著西裝革履的金堅，西裝是粉藍混著深灰的色調，咖啡色的領帶襯著咖啡色的皮鞋，他拿著一束百合花，身後停著一輛充滿氣勢的黑色轎車。

蔡淑女調侃他：「哇，金同學這麼浪漫啊，還帶花？」

「當然啊，蔡同學『第一次』跟我約會吃飯，不送花怎麼讓妳印象深刻。」

「你不錯嘛，哪像大學時送我玫瑰，多俗氣啊！」

不過短短幾個小時，金堅卻判若兩人，天知道為什麼！

金堅帶著她走近轎車，語氣浪漫地說：「我現在看起來年輕，但是腦袋還是成熟的，現在是升級版二・〇的老公。」

蔡淑女面帶喜悅地反駁：「什麼老公，你不是說我們才『第一次』約會嗎？」

金堅幫蔡淑女打開車門：「那蔡同學什麼時候會『第一次』嫁給我？」

蔡淑女不理他，但心情與前幾日大不相同。蔡淑女坐上車，金堅順了一下西裝外套的領子，神采奕奕地走向車子的另一側，開門上車。

法國餐廳內，蔡淑女翻著菜單。餐桌上點著燭光，放著潔白的餐盤與銀製餐具，座椅則是洛可可風格S形胡桃木椅腳的復古餐椅，酒紅色的綢緞有著織花繡鳥。周圍的客人也如同兩人般二十歲的長相，在桌旁等候點餐的服務生倒是顯得老練一些。

「蔡同學，我幫妳點餐。」金堅轉頭對著服務生說：「少爺，開胃湯品請給我焦化洋蔥湯，前菜要蘆筍沙拉，主菜是油封鴨腿，Duck Confit，甜點要栗子燉奶佐焦糖醬。兩份，湯品請在主菜上桌後立刻上，謝謝。」

蔡淑女眼睛一亮，頻頻點頭。

服務生熟練地抄寫並收走菜單離開。

蔡淑女說：「幾小時不見，怎麼覺得你換了一個人似的？」

「是換了一個人啊，還長出腹肌。」

「短短幾個小時，你哪裡弄來這套西裝？」

「科技發達又不是我的錯。」金堅惡作劇地回。

蔡淑女假裝不在意：「油嘴滑舌。」

這才是愛情嘛，眞正好的愛情，會讓大家發光發亮和進步。

好時光如夢幻，一轉眼，前菜餐盤已空。顯老的服務生將前菜的沙拉盤撤走，端上油封鴨。

金堅開始說明：「我早上上網查過了，Duck Confit是將油封鴨腿泡在鴨油與橄欖油中長時間低溫慢烤，直到『關節內縮』爪部的骨頭露出來，就是最好吃的時候。妳試試一口肉配一口紅酒。」

蔡淑女依言照做：「嗯，鴨腿果然與紅酒很搭。」她有點搞混了，本來就喜歡的料理，融化在她的舌尖除了肉味之外，似乎還有些甜甜的東西。

金堅繼續說：「鴨肉緊縮、內裡軟嫩，而且冰在鴨油裡可以保存好久，一直維持在最美味的那一刻。」

「看看你，怎麼變得滿嘴美食經。」

「因爲妳愛吃啊！」金堅故作柔情。

蔡淑女有點羞赧：「你少來！」

兩人從餐廳離開時沒有叫車，而是從法國餐廳慢慢走回房間。老派約會就是得散步，製造一點相處的時間。金堅送蔡淑女到房間門口，把一路上幫忙拿著的花遞給她。

金堅故意問：「怎麼樣，燭光晚餐與浪漫散步，老派約會還動心嗎？」

「還可以囉，那下一招你打算怎樣？『你不要寫奇怪的詩給我』。」

金堅笑著說：「我都不知道妳喜歡聽徐懷鈺！」

蔡淑女說：「現在你知道啦。」

金堅漸漸靠近蔡淑女，她則閉上眼，百合花因爲被擠壓，香味顯得更馥郁襲人。

她深深吸氣，嬌嗔著：「你看啦，把送給我的花壓傷了。」

金堅仍目光如夢：「明天再送妳一束吧。」

蔡淑女快步打開門，回頭說：「那我進去囉。」

「不請我進去喝一杯咖啡？」

蔡淑女搖搖頭，故作可惜：「沒辦法，你明天得去幫我再買一束花。」

金堅只好說：「晚安。」

「晚安。」蔡淑女一臉光彩。

愛情這件事，若沒趁年輕時學會，以後就難抓住訣竅了。當愛情碰上了生活中那些亂七八糟的瑣事，人們就感覺不到愛情。但金堅多麼幸運！他得到再次年輕的機會。

回到房間的金堅，終於忍不住放聲高喊「Yes！Yes！Yes！」，他看向窗戶外正對面蔡淑女住的小屋，興奮得睡不著。身體裡混亂的荷爾蒙與各種激素，驅使著他突然做起伏地挺身。

金堅數著：「一、二、三……。」

隔日中午，金堅穿著比較輕鬆的白襯衫、牛仔褲，想邀請蔡淑女吃午餐，攜著一朵簡單的金莎花，他按了電鈴等在門前。金堅再按了一次門鈴，無人應門。

金堅改為敲門：「老婆，妳在嗎？」

仍舊無人回應，金堅只好失望離開。

蔡淑女正在咖啡廳和其他男人聊天吃下午茶。兩人杵在一張無椅高腳桌前，男人正在吃貝果，蔡淑女則是正在喝馬克杯裝的咖啡。這不算是出軌，只是一次小小的魅力測試。委屈了半生，終於得到釋放。

蔡淑女興致高昂：「眞的假的？你說你以前是棒球選手？哇，難怪手臂肌肉這麼發達。」一邊捏捏棒球男的手臂，一邊「哇喔」的發出讚嘆。

棒球男故意更用力地拱起二頭肌展現男性魅力，一邊探問：「妳做什麼的？是一個人住進樂園嗎？」

蔡淑女謊言如水：「沒有啦，我和姊妹一起來的。我是芳療師，專門替人做精油按摩與紓壓的。你有在上健身房嗎？會不會肌肉痠痛？我可以教你幾招唷。」

棒球男說：「我們運動員都比較笨，學不會，還是今天晚上我去妳房間，妳來教教我？」

「哇，這麼直接！」

蔡淑女並不介意這樣的遊戲。本來嘛，她住進樂園求的就是青春的籌碼，她樂於當個輕佻的俏女郎，穿梭在眾追求者中，隨興所至地揀選伴侶。金堅的進化她也樂觀其成，但原先她心中打的算盤是，金堅在這裡愛上別人了她也無所謂。大家都開開心心的，不能說誰受傷誰勝利。

正當她從桌面拿起原本當作點菜單的紙跟筆，要寫下自己的房號與電話時，園區的廣播傳來金堅的聲音：

「淑女，我不知道妳在哪裡，但我真心希望妳能聽到我寫給妳的這封信。今天是我們三十年的結婚紀念日了，好快啊。」

「酷喔，用廣播告白。」棒球男留意起來。

蔡淑女尷尬地敷衍：「對啊，真是愛得轟轟烈烈……。」

咖啡店裡幾乎所有人都在聽廣播，並夾雜竊竊私語與訕笑。

「三十年是怎麼樣的概念，有點說不清楚，如果真要用一個數字的概念，那，我們已經一起吃了一萬零九百多頓晚餐了。妳不覺得很神奇嗎？一萬個日子就這樣過去了。一開始我不太會賺錢，但妳對我的求婚也是一口答應，也許那年的我們什麼都不懂。」

棒球男想了想，說：「三十年沒什麼了不起吧，在樂園裡的人都差不多。」

蔡淑女沒有回答，只是專心地聽。

「我們沒有孩子，那時候我跟妳說，『淑女，沒關係，這樣就不會有人來瓜分我對妳的愛。』我鼓勵妳有自己的工作與生意，找個能夠投注熱情的目標。」

說到痛處了，蔡淑女對男子說：「對不起，我想起我還有事情，那我先走了。我們再聯絡。」話一說完就急忙離開。

蔡淑女逃出咖啡店，在馬路上狂奔。園區到處都聽得到金堅的聲音，金黃色的太陽照在身後，影子拉得好長。

「後來我們生活變好了，也過得比較揮霍。昨天的百合花、法式料理，那真的沒有什麼。」

金堅在一個白色的播音間，唸著自己手上的稿子：「以前，這些事都是妳打點的，我也知道這些妳都可以自己買，也從不覺得爲妳做什麼、送妳什麼，會有什麼了不起，但至少，現在這是我觀察過妳的喜好，而且發自內心想做好的一件事情。」

蔡淑女跑過昨日的法國餐廳，有著夸父追日般的決心。

「愛就好比騎馬或是說法語，沒趁年輕時學會，以後就難抓住訣竅了。現在，我們好幸運擁有再來一次的機會，再年輕一次，現在讓我們再愛一次，好嗎？」

蔡淑女跑進一棟白色建築物，那是樂園的行政辦公室。

金堅拿下廣播用的耳機。一個穿著白衣白褲、看起來近三十歲的女工作人員，安慰地拍拍金堅的背，幫忙收耳機與播音系統，並說：「希望你太太會聽見，祝福你。」

金堅苦笑了一下，點點頭，走出播音間。

長廊上，金堅聽見蔡淑女的大呼小叫。

蔡淑女對櫃檯人員大叫：「剛剛廣播的是我老公欸，快說他在哪裡！」

一名三十歲上下、白衣白褲的男行政人員，好說歹說，想勸阻蔡淑女闖入屬於工作人員區域的長廊：「小姐，眞的非常不好意思，沒有賈先生的許可，一般人是不可以進入工作區的，請在櫃檯這邊的白色沙發區稍等。」

金堅大喊：「老婆！」

蔡淑女還搞不清楚方向：「老公？老公？」

金堅快跑出長廊，越過男性行政人員，緊緊抱住蔡淑女：「妳跑去哪裡了，我找妳找好久啊。」

金堅喜極而泣，蔡淑女也急得兩頰發紅，感動得大哭，與金堅抱在一起。

蔡淑女穩定情緒後說：「沒有啦，我一個人去喝咖啡吃早餐。」轉頭對男性工作人員囂張得意地說，「跟你說，他是我老公！」

金堅牽著她的手：「老婆，我們回去吧，我帶妳去吃晚餐。」

兩人走出行政大廳，一鬧一折騰，此刻太陽已經下山。街燈還未點起，而天上有星。

金堅說：「現在呢？要去我房間還是妳房間？我們可以叫客房服務。妳一定累了吧，妳看妳頭髮都亂了，一定跑了很遠。」

蔡淑女裝作爲難：「嗯——對不起耶老公，我胃口不好。」

「好啊沒關係，妳想去哪我都會陪妳去。」

蔡淑女笑笑地問：「老公，你還記得我們的第一次是在哪裡嗎？」

金堅眯起眼睛，仔細回想，露出豁然開朗的神情：「這麼大膽的提議！」

蔡淑女說：「前幾天露營你還不是迫不及待。」

金堅問：「那我們要去哪裡？」

蔡淑女笑得好色情：「就這裡。」

金堅又問：「就這裡？」

蔡淑女語帶取笑：「對啊，紀念我們『第一次』在一起，金同學。」

金堅立刻將蔡淑女公主抱，並說：「這時候，要叫老公。」

金堅抱著又叫又笑的蔡淑女，走入行政大樓旁邊的樹叢裡。街燈一同點起像煙火，比星星還浪漫。

兩人一邊笑著，一邊打開蔡淑女的房門，蔡淑女的蓬頭亂髮中，還卡了一些樹葉。金堅衣衫凌亂，襯衫扣子全壞，面容泛紅，手上還有抓傷。兩人看起來比較像是被搶劫。才剛踏進屋內，突然砰的一聲，蔡淑女嚇到躲進金堅的懷裡。原來是久候在房間裡的賈先生以拉炮彩帶歡迎。「恭喜金氏夫妻三十年結婚紀念！」

蔡淑女的房間被布置得浪漫富有情調。床上撒滿玫瑰花瓣，窗台與桌前點了幾個精油蠟燭。賈先生身旁有兩位穿著白衣的行政人員，一男一女，也是三十幾歲容貌，一個拿蛋糕，一個拿著一份合約書。

賈先生看了兩人的模樣，隨即會意，自嘲：「啊，看來是我多事了，你們已經都搞定了呀。蔡小姐眞幸福，有這麼一位情比金堅的丈夫。金先生剛剛跑來哀求我，說找不到您，非得要借用我們的廣播間，沒想到他這麼浪漫。」

金堅充滿感激：「謝謝賈先生幫忙！」

「我想，金先生一定能告白成功，就趕快來你們房間布置，誰知道……欸，果然年輕人就是荷爾蒙旺盛！」

蔡淑女嬌羞地說：「賈先生，謝謝你。」

賈先生說：「既然兩位已經和好了，我這邊也跟你們提一下。我們樂園度假 Villa 原本是日租訂房制，但也有爲長期租客提供服務，兩位會想再住一陣子嗎？」

「我老婆說好就好。」金堅一副「老婆最大」的愛情傻瓜樣。

蔡淑女立刻答應：「當然好啊，我想一直住在這裡，出去外頭搞不好就沒有青春了。」

「那麼，我們有一份公益性質的合約，非常適合你們。只要簽署了這份遺愛人間的器官捐贈書，在遙遠的未來回饋社會的話，就能加入我們永遠住客的計畫，可以一直住下來，而且免費。」

金堅同意：「當然好啊，原本手機就可以做器官捐贈的註明了，沒什麼不好。」

兩人在合約書上簽了名，臉上洋溢著笑容。賈先生帶著合約，領著兩名行政工作人員離開。

金堅送走了他們，順便關了燈，摟著蔡淑女說：「老婆，三十周年紀念日快樂，我們來吹蠟燭。一、二、三！」

吹熄蠟燭，周圍陷入一片黑暗。

金堅在人群之中喝著酒，旁邊穿著性感的女子一直向他搭話。

性感女子自顧自地說：「原來昨天就是你在廣播啊，真的好感動喔。」

一旁另一個偏瘦的女子搭腔：「對呀，真的是很感動欸，那時候我跟我老公在吃飯，他一直吃一直吃，都沒聽見。要是我老公有你一半的浪漫就好了。」

性感女子問：「啊你老婆怎麼突然不見了？」

「在那裡。」金堅指向舞池中央，蔡淑女舞技滿分，正和一群人跳著排舞。

這裡是樂園的夜店，設備很新、燈光炫目，但放著 Disco 時代的歌曲。

偏瘦的女子驚嘆：「唉呦，唉呦，這麼會扭！」

蔡淑女原本跳著舞，突然跑去參加另外一處酒客團體，團體一陣歡呼，漸漸地更多人圍過去。

偏瘦的女子好奇：「他們要幹麼？」

性感女子說：「好像要灌酒比賽，金先生我們一起過去看，金先生？」

金堅已經拋下兩個瞎妹女客，專心地想要擠進人潮，但是人潮太多進不去。

此時蔡淑女用一個啤酒漏斗在努力喝酒，與一個男子比賽，那男的就是在咖啡店搭訕蔡淑女的棒球男。另外兩名男客分別幫蔡淑女與棒球男倒酒。蔡淑女勝利，全場歡騰。

蔡淑女笑說：「謝謝！承讓，承讓！」

棒球男用手臂擦著嘴角：「沒想到妳會來比賽，而且我居然還輸給妳。」

蔡淑女說：「我只是來湊湊熱鬧。」

棒球男探問：「既然我輸了，那有什麼處罰嗎？」

蔡淑女不明白：「什麼處罰？」

棒球男色瞇瞇地說：「我不知道，也許去妳房間就知道了。」

棒球男突然霸道地抱住蔡淑女，蔡淑女還來不及反應，金堅就搶先一步揮拳打在棒球男身上。棒球男雖然一時反應不過來，但隨即便憤怒地揍向金堅。

「不要打了！不要打了！」蔡淑女雖然嘴上這樣嚷嚷著，但是她看起來很開心。

金堅終究抵不過健身多年的棒球男，鼻青臉腫地倒地。

「老公！」蔡淑女立刻蹲下身抱著金堅。

飯店房間內，金堅躺在床上，蔡淑女正要打開醫藥箱，想幫金堅擦藥。金堅慢慢地張開眼，坐起身。

蔡淑女阻止他：「不要起來，你剛剛打架受傷了，我幫你擦點藥。」

金堅說：「我不痛啊，不要緊的。」
蔡淑女拿棉花沾藥要幫金堅擦藥，可是一直不太確定剛剛棒球男到底打傷哪裡，只好隨意在他臉上這邊擦一點，那邊擦一點。
蔡淑女一臉疑惑：「好奇怪啊，他剛剛到底打你哪裡，我怎麼找不到傷口？」
「一定是老婆的細心照顧讓我瞬間全好了。」
蔡淑女沒好氣地瞋他一眼：「傻瓜，你說什麼吶！時間晚了，今天早點睡吧。」她隨手收好醫藥箱。
金堅得寸進尺的問：「老婆，可以那個嗎？」
「你現在是病人，不可以！」

隔日，金堅起床後走進浴室梳洗，刮鬍子時看著鏡子，突然感到疑惑：「昨晚不是跟別人打架了嗎？身上的傷呢？」一個不留神，刮鬍刀刮傷了臉，他看到傷口瞬間就癒合了，只留下一道淺淺的細紋。
金堅嚇到跌出浴室，心臟快速跳動著。
蔡淑女問：「怎麼了，你幹麼坐在地上？」
金堅立刻起身：「老婆，妳看我，昨天跟別人打架，今天身體卻一點傷口都沒有！」
蔡淑女看了看，不覺這有什麼好驚奇的：「那又怎樣？你現在是年輕人，恢復得快吧！」

「妳看這個。」金堅想試著證明，就拿起手上的刮鬍刀往自己手指上橫向劃去，出現一道血痕，但傷口緩緩癒合，頃刻間就完全修復了。

蔡淑女眼睛瞪大，表情驚恐，隨即拿了桌上的水果刀，往金堅手臂砍去，傷口也是立刻癒合。一驚慌，刀子摔在地上。

「啊！老婆妳砍我幹麼！很痛！」

蔡淑女抬起金堅的手翻看，傷口無蹤，只留下淺淺的疤。

蔡淑女將刀子遞向金堅，示意要金堅拿刀砍她，金堅在蔡淑女手上輕輕劃了一刀，傷口被切開後又緩緩收攏，似有生命般，像是含羞草。

金堅問：「我們到底變成什麼了？」

「我不知道！我不知道！」蔡淑女陷入混亂。

不知道是爲了實驗，還是爲了證明自己仍然正常，激動的兩人互砍起來，房間內鮮血四溢，兩人甚至把彼此的手臂、背脊、胸膛都砍到血肉模糊，但傷口癒合速度快得都來不及感覺到痛。

跌坐在地的夫妻終於冷靜下來，躺在充滿鮮血的房間內喘息。兩人衣服破爛，沾滿了血，但毫髮無傷。

金堅下了決定：「我們……我們去找賈先生問個清楚。」

稍作整理的蔡淑女，穿著性感到賈先生辦公室。一進門，就故意色誘地坐到賈先生的辦公桌上。

蔡淑女語氣柔軟但略帶生硬：「賈先生，門房他們說，簽了合約就不讓我們出樂園，是什麼意思呢？」

賈先生蓋上筆記型電腦，看了蔡淑女一眼：「抱歉蔡小姐，我正在忙，有什麼事嗎？」

「沒有啦，我是想說，好久沒有看到我媽媽，也害怕我的客戶會找不到人，能請假出去嗎？」

賈先生回答：「沒辦法，規定就是規定。」

「拜託通融一下嘛，」蔡淑女站起來，彎腰懇求，「如果賈先生願意幫幫忙，要我付出什麼代價都可以。」

賈先生不為所動地說：「蔡小姐有看過《醜女大翻身》這部韓國電影嗎？對男人來說，整形過的女人跟怪物沒兩樣。還請蔡小姐為自己保留一點尊嚴。」

蔡淑女冷冷地說：「那好，賈先生，可以告訴我這樣是怎麼一回事嗎？」蔡淑女從口袋拿出小刀，往自己手上大力劃了一刀，鮮血濺出，但傷口立刻癒合。「賈先生，你能不能跟我解釋一下？」

賈先生不正面回答：「不過是妳的身體復原能力好了一點，有什麼問題嗎？」

蔡淑女抿了唇，走向門口，又停下來回頭說：「今天不問出什麼，我們是不會離開的。」

蔡淑女打開門，金堅從門口拿著棍棒衝了進來，並直接往賈先生揮了過去。賈先生雖然閃過，但踉蹌跌倒，金堅趁勢踩住賈先生的手，並用棍棒猛敲賈先生的小指，賈先生的小指傳來骨頭的碎裂聲。

賈先生慘叫：「啊！你打死我好啦，我死也不會說的。」

金堅發狠：「可惡！反正你的身體馬上就會復元了對吧！」

金堅丟開球棒，改用拳頭一下一下打在賈先生的腹部、頭部。賈先生力竭倒地，臉上眼睛都是瘀傷，還流著鼻血。金堅停手。

金堅問：「你的身體沒有馬上復原，這到底是怎麼一回事？」

賈先生哀求道：「我說！我說就是了！你們進到樂園後之所以會變年輕，是因爲你們經過了一道輻射門，把你們的細胞都年輕化了，而且也讓你們身體的復原能力大幅提升。」

金堅追問：「然後呢？」

賈先生不敢看向金堅眼睛：「沒有然後了。」

蔡淑女在旁邊出主意：「老公，敲他膝蓋！」

「好！」金堅拿起球棒，瞄準賈先生的膝蓋，作勢要打下去。

賈先生大叫著：「七天！七天！」

金堅大聲問：「什麼七天？」

賈先生喘著氣：「七天……如果我是你，我不會在這裡浪費時間。」

「你講清楚！」金堅憤怒的吼完，又是一拳打在賈先生的腹部。

「呼，呼……反正你們再囂張也沒多久，經過那個手術後，會將你們的壽命濃縮成七天。」

聽到這裡，金堅與蔡淑女互看了一眼，眼神充滿惶恐。

蔡淑女大叫：「解約！我們要解約！快幫我們解約！」

賈先生冷冷地說：「不可能，已經太遲了。」

金堅突然拿起棍棒往賈先生的手猛砸，賈先生痛苦地大叫：「求你們了！那個輻射手術是不可逆的，你們就算殺了我也回不去了。你們自己回去好好看那合約，裡面都有寫，而且是國家認證的合約，就放過我吧……。」

金堅放下棍棒，坐倒在地，蔡淑女不可置信地摀著嘴，眼神充滿惶恐。

蔡淑女自言自語：「我們、我們快回去看看，一定是賈先生搞錯了。嗯嗯嗯，一定是！老公，我們走吧！」隨即慌亂地開門跑出去。

夫妻兩人回到蔡淑女房間查看合約書，愈看愈絕望。

樂園是國家級醫療機構，提供最新、最人道的安樂死，歡迎認為餘生已了無生趣的人前來。透過輻射激發細胞潛能，剩餘的壽命將會回春至二十歲，唯有人腦無法回春，會在七天後腦死，留下一身新鮮器官。本份合約的交換條件如下：簽約者可在樂園享受七天最美好的青春，不須支付任何費用，唯須同意七天腦死後捐出全身器官，以供國家內更有權力與未來的病患使用。

金堅癱坐在床上，「剩七日壽命，扣掉前面的日子，我們是只剩……兩天嗎？」

眞相總是讓人難以接受，原先奇幻體驗的美好破壞殆盡。兩人默默不語，蔡淑女一邊睜大眼睛一邊掉淚。

蔡淑女嚎啕大哭起來，說話斷斷續續：「對不起，都是我害了你！我不該硬要你跟我進來的……。」

金堅走向前抱住蔡淑女，並撫摸著蔡淑女的頭，故作堅強，緩慢但有點顫抖地說：「不要緊，只要能和妳在一起，不管是七天還是二十年都一樣，而現在我們都很年輕。」

蔡淑女一邊重複喊著「對不起」，一邊在金堅的懷中淒厲大哭，金堅抱著蔡淑女，眼神凝重，慢慢掉下淚來。

清晨的樂園門口，賈先生身上多處包紮，被敲斷的手臂打上石膏，老老實實地用三角巾吊著。金堅背著小冰箱，拖著一個大行李箱，蔡淑女緊緊跟在身旁。
賈先生問：「你們確定要離開園區嗎？你們只剩下不到一天的時間。」
金堅說：「我們想到外面去，這次旅行的目的就是想露營與陪陪老婆。」
蔡淑女提著小型行李袋沒說話，緊緊牽著金堅，身體微微顫抖，眼睛張大直視地板，嘴巴微開。
賈先生示意門口近三十歲模樣的男性人員開門讓兩人出去。
金堅對著妻子柔聲地說：「走吧。」
兩人穿過樂園大門之際，在後方的賈先生說：「路上務必注意安全，請別弄傷自己身體。」
金堅沒有回話，也沒有看賈先生一眼，帶著蔡淑女筆直往前。
露營地仍像幾天前一樣，所有東西都在，時間彷彿被凍結了。金堅卸下了身上的行李，長嘆一口氣，蔡淑女目光呆滯，仍不敢相信這既定的事實。
金堅看了看蔡淑女，握住她的手：「肚子餓嗎？想不想吃點什麼？我來弄給妳吃。」
蔡淑女看了金堅一眼，眼神往下，沒有回答。
沒得到回應，但金堅仍開始準備做飯。架起一座卡式爐，放上一鍋水，點火，熟練的動作令人安心。蔡淑女在白色小方桌前坐著，靜靜地看著金堅燒水。金堅把要煮的食材整齊排放在餐桌上，並拿起刀子準備切菜。蔡淑女起身走向金堅，輕撫金堅的手。
蔡淑女輕輕地說：「我來切菜吧，你每次切的都太大塊煮不爛，大老粗的。」

金堅有些鼻酸，露出一個有點苦的微笑，悽酸地說：「不用啦，老婆大人去坐著休息，我來弄就可以了。」

蔡淑女抱著丈夫，親了親他的臉頰，說：「露營是個考驗合作默契的活動，結婚前也都是我做給你吃的，這次就交給我吧！」

金堅見她堅持，只好罷手，轉身研究藍芽播放器，並用手機選了幾首快樂浪漫的情歌播放。蔡淑女將蔬菜削皮、切塊，並隨著音樂輕輕哼著歌，又從樂園帶來的小冰箱拿出各種食材。蔡淑女陸續端出了一鍋咖哩、烤明蝦、炒青菜、煎牛排、烤香腸、烤干貝。擺放整齊後還開了一罐紅酒。

金堅摟住蔡淑女的腰：「謝謝老婆大人的晚餐。」

蔡淑女有點哽咽地說：「傻瓜，你可是因爲我少了二十年的壽命……。」

「我不介意，至少妳在我身邊。」金堅眞心實意。

最後的晚餐，怎麼會不好吃呢？

飯後的兩人神情放鬆。

金堅問：「妳還記得我們的第一首歌嗎？」

蔡淑女回答：「當然記得，幹麼？」

金堅點選手機音樂，藍芽播放器開始播放起耳熟能詳的旋律，是〈第一支舞〉，緊接著是熟悉的歌詞：「帶著笑容你走向我」。金堅隨著歌詞起身，向蔡淑女微微鞠躬，右手往左腹擺。

蔡淑女手掩著嘴，笑著流淚：「你很討厭欸！」隨即站起來牽著丈夫的手。迎新、宿營總是有這樣的故事，還說不上是朋友的男女，在這首歌中，逐漸將眼神望向彼此。他們這一望，便是半生緣。兩人手牽著手，跳起舞來，相視笑著，最後緊緊擁抱。

夜晚，帳棚外掛了一盞驅蟲燈，帳棚周圍噴上防蚊液，點燃蚊香。金堅重新固定好帳棚，檢查防蛇網，專業而確實。蔡淑女則幫充氣床墊補氣，鋪開棉被，那睡袋與充氣枕已經不需要了。

金堅從露營地的澡堂回來，穿著涼鞋、短褲，手上拿著浴巾與換下來的髒衣褲，走進帳棚。蔡淑女已經換上睡衣，手中拿著一罐保養品。

蔡淑女說：「趴下，我來幫你擦點乳液。」

金堅一邊趴著一邊說：「現在很年輕啊，幹麼擦保養品？」

蔡淑女用帶來的保養品幫金堅按摩，「忙一整天，按摩一下比較好睡。」推推按按中，蔡淑女偶爾去搔癢丈夫的腰間，金堅扭動翻身與她打鬧一陣。兩個人不再說話了。

金堅起身關了燈，抱住妻子躺在棉被裡。

蔡淑女不想閉眼。

金堅在她耳邊輕輕地說：「妳先睡，睡一覺起來之後，就好了。」

在金堅搭的帳棚旁邊，搭起了另一個純白的簡單醫療帳棚。幾個穿白衣、戴髮網的人，從夫妻的帳棚走進走出。那些白衣人，個個抱著裝有血色固體的透明盒子，依序從兩人的帳棚走出。作業流程標準、確實，而不匆忙。白衣人將小盒子們帶進醫療帳棚裡保存收好。

拿著記事板的白衣人似乎是領導，對著其他人說：「快一點，這些都要趁新鮮保存。」

其餘白衣人只是應了聲，聽不出任何情緒。

領導白衣人撥通手機：「賈先生，我們處理好了，下午就可以送貨。」

電話另一端是樂園行政辦公室，裹著紗布的賈先生，正在用沒斷的那隻手講電話：「辛苦了，客戶要求下午移植，務必不能出錯。」

一切作業完成，幾個白衣人拆卸白色帳棚後離去。

帳棚內，原本金堅與蔡淑女躺著的位置，蓋上了一條又厚又重的白布，一旁，金堅的手機螢幕顯示爲八點五十九分，然後走到九點整，手機自動撥放〈第一支舞〉，他期待著在這首歌中能站起身。

露營地裡只剩下金堅與蔡淑女的帳棚。

· 劇本摘錄 ·

9	
時間	夜
場景	園區酒吧

△園區酒吧，金堅和蔡淑女坐在吧檯。

蔡淑女：你確定不跳舞？

金堅：我老骨頭跳不動了。

蔡淑女：老骨頭？

金堅：乾杯乾杯。

△金堅蔡淑女碰杯喝酒，金堅扶著肚子。

金堅：我去一下洗手間。

△金堅離開位子前往洗手間，上次在餐廳看到的甜蜜情侶帶著濃濃酒意靠在吧檯點酒，甜蜜情侶的男子跟蔡淑女閒聊。

男子：上次你們也去吃法國菜對不對？他們蝸牛、紅酒都有夠讚。

蔡淑女：我也記得你跟你老婆。

△甜蜜情侶互視而笑。

男子：我們在這邊才認識的，我老婆待在家。

女子：你老公不會是那個廣播男吧？羨慕你，我老公都不知道野哪裡去了。

男子：其實，我們想問你要不要跟我們一起玩。

蔡淑女：玩什麼？

女子：老公也可一起來啦。我們本來只想試試三個人，四個人好像也很刺激。

蔡淑女：Excuse me？雖然阿姨也一把歲數了，這種玩笑你還是自己留著就好。

女子：都到這了，你怕啥呢？

△女子邊說手邊摟到蔡淑女身上，蔡淑女把手撥開。

蔡淑女：你們在幹麼？

男子：都在樂園沒啥好矜持了啦。

△男子手也上來，緊緊抱著蔡淑女，蔡淑女扭身無法

掙脫。金堅從廁所出來，見狀把男子推開，男子摔出去跌在地上。

金堅：搞什麼啊？老婆你有沒有事。

蔡淑女：老公我們回去吧，這些人好奇怪。

△蔡淑女揉著自己的太陽穴，兩人正在起身，只見男子拿一酒瓶狠狠砸在金堅頭上，金堅頭破血流。

蔡淑女：老公！

10

時間	夜
場景	蔡淑女房內

△飯店房間內，金堅坐在床上，蔡淑女幫金堅擦藥。

△蔡淑女拿開止血紗布，金堅有一道長長的劃痕從右耳後劃到頸部。

蔡淑女：都幾歲了還這樣。

金堅：沒關係，不太痛。

△蔡淑女以棉花棒清創傷口時，傷口卻漸漸變細變小，只剩下一道略為粉紅的疤痕。

蔡淑女：啊！

金堅：怎麼了。

蔡淑女：你的傷口不見了。

金堅：蛤？

△蔡淑女拿起桌上剪刀，對金堅的手臂劃出傷口滲出血痕，傷口瞬間癒合。蔡淑女一驚慌，剪刀摔在地上。

金堅：很痛！老婆你砍我幹麼！

蔡淑女：老公你看！

△金堅的傷口無蹤，只留下淺淺的疤。

△兩人對看一眼，蔡淑女向金堅點頭示意要金堅拿刀砍他。

蔡淑女：我怕痛我自己試不了。你幫我。

金堅：老婆我做不到。

△蔡淑女再往金堅手上一刀。

金堅：怕你痛的，我做不來。

蔡淑女：口口聲聲說爲我好，快點試。

金堅：我做不來。

△蔡淑女再往金堅手上一刀。

蔡淑女：什麼都爲我好，膩不膩。

金堅：我都是爲你好啊，試就試。

△金堅小小力的在蔡淑女手指上輕輕劃了一下，傷口復原了。

蔡淑女：痛死我了，你怎麼這麼大力。

△蔡淑女用力往金堅身上捅一刀。

金堅：你要我命啊！

△兩人互砍起來，房間內頓時血漿四溢，兩人甚至把彼此的手臂，背脊，胸口砍到血肉模糊，但傷口仍隨即癒合。

金堅：你要我試的誒。怎麼這麼盧。

蔡淑女：我盧？

金堅：你要我做的誒。

蔡淑女：砍上癮了嗎？

金堅：蔡淑女，我事事都你優先，疼你呵護你，不夠嗎？

蔡淑女：對對對，從流產那天起你就都這樣，很煩我夠了。

金堅：就是這樣，我很罪惡，對你好也錯了嗎？

蔡淑女：都幾十年了，你還在那邊對不起對不起，我再也不要聽見對不起！

△互砍一陣，全身血跡卻無傷的兩人冷靜下來，在充滿鮮血的房間內躺著喘息。

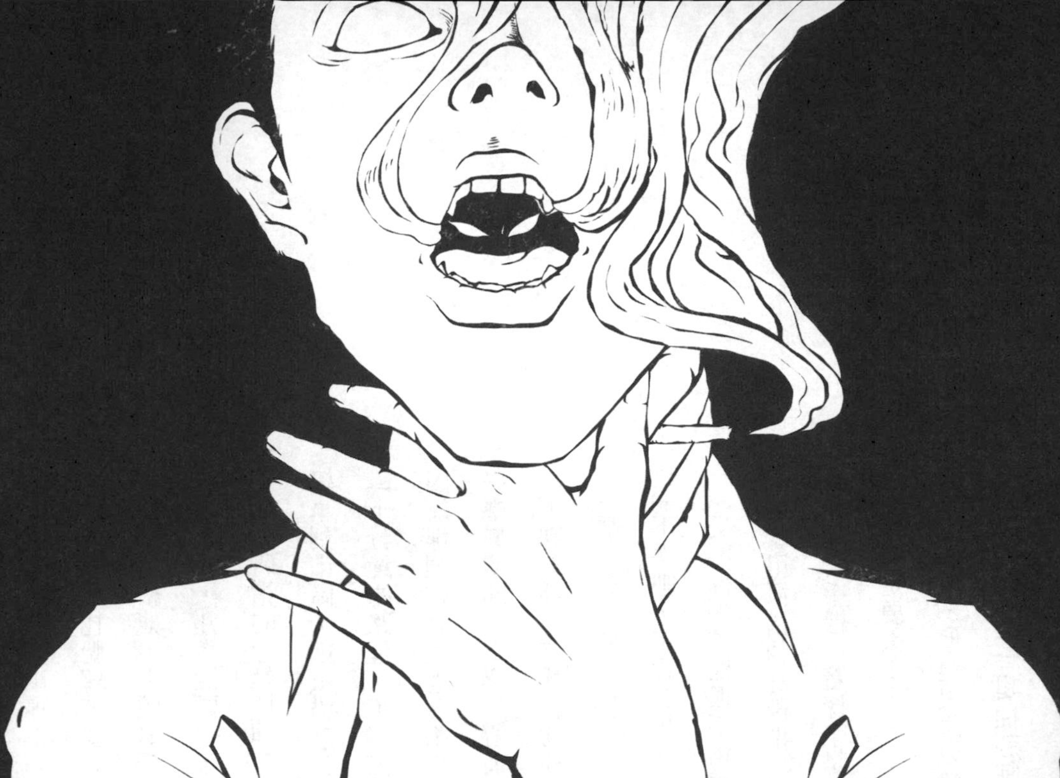

墓塚

羅門

中學的課似乎永遠沒有盡頭，特別是最後一堂。

邦彥單手托腮望著窗外發呆，根本沒把心思放在課堂上。這時坐在斜後方的東奕遞了張紙條給他，上頭寫著「今天走墓仔埔回去，有好東西讓你見識」。不知葫蘆裡賣的是什麼藥，邦彥回頭望了東奕一眼，只見他挑了一下眉毛，露出神祕的笑容。

東奕所指的「墓仔埔」是位在學校後方的一塊墓園山坡地。一般來說，放學後若不搭校車到市區，則須沿著校門前的大馬路步行四十分鐘。若是走墓仔埔抄捷徑，只需要二十分鐘的路程。不過即使如此，還是鮮少有學生會走捷徑。一方面是校方會勸導，因為那裡曾發生過女學生被姦殺、棄屍等社會刑案；另一方面則是墓仔埔總流傳著一些靈異傳聞，令學生避而遠之。

下課鈴響，同學們紛紛收拾書包準備放學。此時阿坤一邊運球，一邊朝邦彥走來。

「喂，等下要跟汽修科打全場，有算你喔，不要跑。」

「下次吧，待會有事。」邦彥搖搖頭。

「又不行！這樣很不夠意思耶，你等下要幹麼？」

邦彥用拇指朝身後指了一下。阿坤順著望去，只見東奕背著書包，坐在教室後方的窗台上滑手機。看樣子是在等邦彥。

「你們是要去……。」阿坤比了一下抽菸的手勢。

「不知耶，他還沒說要幹什麼。」邦彥聳聳肩，將剛剛的紙條拿給阿坤看。

自從和東奕一起抽菸廝混後，邦彥便減少在球場上的時間。對此阿坤頗有微詞。

雖然東奕也曾試圖拉攏阿坤一起抽菸，但阿坤認爲這會降低他的肺活量，所以沒去嘗試。道不同不相爲謀，不知道是不是因爲這樣，阿坤和東奕兩人似乎不怎麼對盤。

「靠！不知道要幹什麼就隨便答應，你他的狗喔！」阿坤將紙條揉成一團，扔到地上。

「你不要在那邊亂講話。」

「你眞的不來跟我們打球？找東奕一起也行啊。」

「他不會啦。下次早點約，一定幫你打爆汽修科那些雜碎。」

邦彥揮揮手，背起書包，朝東奕走過去。阿坤再度望向東奕，他仍然坐在窗台上自顧自地滑手機。是裝作什麼都沒聽到嗎？

傍晚的天空一片火紅，邦彥跟東奕兩人穿過重重疊疊的墳墓堆。此處與其說是墓園，倒不如說是亂葬崗。墓碑任其倒塌，陣陣蟲鳴從芒草叢傳出。邦彥平時多半搭乘校車，偶爾陪東奕抽菸才會走這，不過今天看來不單只是要抽菸而已。

東奕回頭張望，確定附近沒人後，便從口袋裡掏出一根捲菸樣的東西，遞給邦彥。

「哈一根，包你爽死。」

「這啥？」

「大麻，我乾哥弄來的。」

一聽是大麻，邦彥瞪大眼睛，慌張地將叼在嘴上的捲菸取下。

「這行嗎，不怕被抓？」

「嘖，所以才帶你來這啊。最好這裡會有人來抓。」

「這我玩不起，你自己哈就好。」邦彥將大麻菸遞還給東奕。
「幹，沒種，糙俗辣！」
看來這就是東奕所謂的好東西。兩人坐在墓園的矮牆上吞雲吐霧，只不過邦彥抽七星，東奕抽大麻。
「這裡面還有混些新玩意，超爽的，你眞的不要試試？」東奕將抽一半的大麻菸遞到邦彥面前，再次煽動。
「下次吧，我還沒鬱卒到要抽那東西。」邦彥揮揮手拒絕。
「幹，有時候覺得你眞的是……。」
東奕板著臉不再說話，默默地望著遠方。
邦彥想起第一次跟東奕學抽菸也是這樣的情況，好像不跟著做，就不是朋友。個性剛強的阿坤似乎就不吃這一套。邦彥掏出手機打發時間。不知爲何，他今天一點也不想待在這，只打算抽完菸馬上離開。
一陣沉默，只剩蟲鳴與風聲。
「操，那什麼東西！」東奕突然喊道。
邦彥立刻抬起頭來望過去。然而除了一塊塊墓碑跟隨風搖曳的芒草外，並沒有什麼值得大驚小怪的東西。
「哪裡？什麼東西？」
「就在那邊啊！」

東奕用手指向前方，但邦彥依然什麼都沒看見。

「哪有什麼？你有幻覺喔。」

「嘖！」

東奕啐了一口口水，起身朝前方走去。邦彥沒有理睬，低頭繼續滑手機。沒多久，待邦彥再次抬起頭時，東奕已經走到墓塚層層堆疊的山坡上了。那裡有個相當大的家族祖墳，墓塚前方有個像涼亭般的屋頂。

「你幹麼啦！下來，我要回家了！」邦彥大喊，但東奕像沒聽到似地繼續往前走。不得已，邦彥只好起身跟過去。仔細看才發現那座祖墳似乎年久失修，墓碑上爬滿青苔，用來擺放供品的石墓桌也早已坍塌，長滿雜草。墓碑兩側各有一扇生鏽鐵門，裡頭應該是通往擺放骨灰罈的地方。

邦彥遠遠地看見東奕走進右側的那扇鐵門。

「現在是什麼情況？」邦彥心裡咒罵著。照理說，那兩扇鐵門應該是要上鎖的，大概是鎖早已鏽蝕，但走進那種地方會不會太大膽，吸大麻眞的會這樣嗎？邦彥走到鐵門前，猶豫著要不要跟著進去。他打開手機照明往裡探，地上一窪窪積水，裡頭黑漆漆一片。

「喂，不要鬧了，我要回去了！」邦彥在外頭大喊。

裡頭一點動靜都沒有。東奕眞的走進去了嗎？邦彥希望只是自己看錯，但大麻菸屁股就被扔在鐵門前，他人確實走進去了。邦彥拿出手機想撥打，卻沒有訊號，怪了，剛剛明明就還可以上網啊？

天空轉爲暗墨朱色，幾隻蝙蝠在空中盤旋。不管邦彥在外頭怎麼喊，裡頭就是沒有動靜。邦彥走到祖墳外圍查看，四周一片荒蕪，並無特別異樣。無計可施的邦彥再度回到鐵門前。

「黃東奕！你他媽的再不出來，我就眞的要走了！」

邦彥剛喊完，一個黑影突然從裡頭竄出，嚇得他跌坐在地上。定睛一看，原來是一隻黑貓。他狼狽地爬起來，拍拍屁股上的灰塵。此時黑貓躬起背站在原地，黃綠色的眼睛惡狠狠地瞪著他。邦彥打了個冷顫，趁著最後一絲天光趕緊轉身跑回家。

到家後，天色已完全暗下來。邦彥稍微平復心情後，便馬上撥手機給東奕。但接手機的是他母親。

「東奕在洗澡，你有什麼事嗎？」

「洗澡！他已經到家了？」

聽到這樣的回答，邦彥感到十分訝異。剛剛幾乎全程用跑的，以距離來看，東奕不可能比自己早到家才對。邦彥甚至懷疑，接手機的人眞的是東奕的母親嗎？

「對，在洗澡。請問你什麼名字？我晚點請他回電。」

直覺告訴邦彥，別說出名字，她或許不是人……

邦彥匆忙地將手機掛斷，一股詭異的感覺盤據在內心。原本打算晚點再撥一次電話，但卻又害怕接起手機的不是東奕。邦彥不想再聽到那「疑似東弈母親」的聲音，就算她眞的是也不想。

隔天，東奕一直遲至中午才來學校。

「媽的，你昨天到底是怎樣？」邦彥一見到東奕，便急忙想問清楚昨天的事。不過東奕沒有回話，只是直愣愣地望著他，布滿血絲的眼球像一夜沒闔眼。由於臉上一點表情也沒有，無從判斷是在生氣，還是抽了大麻恍神。

「你在不爽？」邦彥接著問。

東奕坐在座位上，依舊一句話也不說。眼球動也不動地盯著邦彥，嘴角卻不斷地抽動，像是想說什麼卻無法開口的樣子。邦彥見過幾次東奕發脾氣，沒有一次是這副模樣。他不敢再繼續問下去，但心中的疑問與恐懼卻不斷地膨脹，此時在他眼前的人眞的是東奕嗎？

下午的歷史課是出了名的無聊，老師除了會唸課本之外，什麼都不會。剛上課沒多久，坐在靠牆位置的東奕便開始用頭去撞旁邊的牆。一開始只是輕輕碰觸，同學們都以爲他只是在打瞌睡。但之後愈來愈用力，也愈來愈急促，連老師也覺得不對勁。

「那位同學，你怎麼了，身體不舒服嗎？」

老師一詢問，東奕立刻停止。不過就在大家都以爲沒事而繼續上課時，他突然抓狂般地用頭用力撞牆，嚇傻全班同學。坐在旁邊的女學生甚至跳起來，躲到教室後方。

在老師跟其它男同學幫忙下，東奕被拉到走道，才停止這瘋狂的行爲。冷靜下來後，他一臉茫然地坐在原地發愣，像是受到什麼驚嚇似地全身微微顫抖。

後來邦彥陪著東奕去保健室，然而不管護理師阿姨怎麼詢問，東奕始終低著頭不發一語，只用點頭跟搖頭來代替回答。

趁著護理師去準備冰敷袋而離開時，邦彥趕緊挨近東奕身邊低聲問道：「喂，不要嚇我，你到底是怎樣？」

「幹……我真的不知道發生什麼事，我什麼都不記得……。」東奕抬起頭，面露些許驚恐。

「靠！什麼叫『什麼都不記得』，你記得我是誰吧？」

「夠……廢話……。」

聽見東奕恢復原本的說話口氣，邦彥感到有點心安，至少眼前這位是東奕本人沒錯。

「那你還記得什麼？」

「我只記得……她壓著我的頭去撞牆，然後一直問你的名字……。」

「誰？」邦彥心頭一驚。

這時保健室的門突然被打開，護理師阿姨拿著冰敷袋走進來。

「拿著，先用這個敷頭。你聯絡父母了嗎？還沒就先去打電話，叫他們帶你去醫院檢查，怕腦震盪什麼的。」護理師阿姨將冰敷袋拿給東奕，然後轉頭對邦彥說：「這位同學，你也趕快回去上課，剩下的我來處理就行。」

邦彥望著東弈，希望他能把話說完，但護理師阿姨卻一直盯著邦彥瞧，彷彿在問「你還愣在這幹麼？」不得已，邦彥只得離開。

晚上，邦彥用 Line 傳了訊息給東奕，表面上是慰問關心，實際上卻是想知道到底是誰（或什麼東西）在問他的名字，但東奕只回覆了一個笑臉圖。之後不管怎麼追問，東奕始終只回覆笑臉圖。那個笑臉圖愈看愈詭異，讓邦彥有種彷彿被「獵食者盯上」的感覺，難以入眠。

現在他不知道該擔心的是東奕，還是自己……

那天之後，東奕變了。不再躲到廁所抽菸，不再討論棒球運彩，也不再玩手遊。有時跟他說話，也有一種像是處在不同時空的感覺，完全搭不上線。特別是每當問起墓仔埔的事，他就會像失了魂一般，露出那種令人不寒而慄的表情。這樣的情形雖然不明顯，但卻有愈來愈嚴重的趨勢。

某次體育課時，同學們都在籃球場上鬥牛，東奕卻一個人站在球場旁的樹蔭下，跟看似不存在的人說話。

「我不知道，我不知道……對不起，對不起……。」當邦彥試圖前去關心時，才發現他面露驚恐，渾身顫抖，不斷地在道歉：「對不起，對不起……求求你放過我們……。」

這樣的情況反覆發生幾次後，同學們也都漸漸察覺到了。

對邦彥來說，除了有時個性太強勢之外，東奕一直是個不錯的朋友。一年級時，幾個學長找他麻煩，是東奕幫他擺平；藏在書包的香菸被教官搜到時，也是東奕幫他背黑鍋。

「沒差，要記過就讓他記，反正我爸媽都離婚了，也沒人管我。」東奕當時是這樣說的。

邦彥覺得東奕會抽菸，某種程度也是向父母做無言的抗議。所以東奕現在這樣的情況，能幫他的好像只剩自己，但該如何做呢？

同學私底下都覺得東奕腦袋秀逗了，邦彥卻不這麼認為。雖然看不見東奕在害怕什麼，但他卻能似有若無地感受到……

「沒有中邪這種事，絕對是抽大麻的關係。」在聽完邦彥的敘述之後，阿坤如此斷定。

「是嗎……抽大麻眞的會這樣？」

邦彥將抽完的菸屁股扔進馬桶，接著再點燃一支新的。這已經是第三支了。墓仔埔的事一直悶在心裡，他覺得非要找個人談談不可，否則下一個發瘋的可能是自己，於是下課時便把阿坤拉到廁所。

「你不是說裡面還混了其他東西，搞不好是辣大麻或殭屍浴鹽。」

「那是什麼鬼東西？」

「嘖，你是不知道有種東西叫 Google 嗎！」

邦彥吸了一口菸，陷入沉思，然後緩緩說道：「我覺得不像……還是有些事情很怪……。」

「哪裡怪？」

「……你知道嗎，他每天放學都一個人走墓仔埔那條路回去……。」

「那你有跟過去看他在幹啥嗎？」

邦彥搖搖頭。發生這種事，誰還敢去那種鬼地方呢？

「這就對啦，一定是一個人躲到那抽大麻。」

邦彥望著阿坤，努力強迫自己相信這樣的推測，但內心深處卻不這麼認爲。

阿坤似乎看透了邦彥的疑慮，接著說道：「我坦白告訴你，管他是吸毒還是中邪，我勸你離他遠一點比較好。」

「這太機車了吧，這樣還算是朋友嗎？」

「會拉你去吸毒的，不會是你的朋友。」

「大麻不算毒品吧，很多藝人不是也在抽？」

「你看他現在這個樣子，你認爲那只是大麻嗎？」

邦彥把頭撇開，避開阿坤的視線。雖然他講的頗有道理，但邦彥無法接受他對東奕那種輕蔑的態度。

阿坤挨近身子，輕輕地拍了拍邦彥的肩膀，接著說道：「而且……如果眞的是中邪，跟他走太近，你難道不怕那些髒東西也找上你？」

邦彥轉頭，瞪大眼睛望著阿坤。他痛恨阿坤看出他最害怕的事情，那「疑似東弈母親」的聲音又再度在耳邊響起。他深深地吸了一口菸，試圖安撫自己，不知道當初東奕教他抽菸時，有沒有預見到現在的情況。

隔天上午，課上到一半，邦彥被教官叫進辦公室問話。

「教官早就知道你們兩個有在抽菸，也睜一隻眼閉一隻眼，但哪些東西不能碰，你們自己應該心裡有數吧。」

邦彥點點頭，沒有答話。一定是阿坤告的密，邦彥心裡咒罵著，他開始後悔告訴阿坤這些事。辦公室的氛圍讓他緊張，特別是每個經過的老師的目光，都會讓他覺得自己像個被公審的犯人。

「除了菸，你們還有抽其他東西嗎？」教官接著問道。

「我沒有……。」

邦彥微微低下頭，避開教官的視線。

「你沒有就好，那黃東奕呢？」

邦彥搖搖頭。

「也沒有？……你如果沒有說實話，這樣是在害他喔。」教官提高音量。

邦彥低著頭不說話。

一陣沉默後，教官嘆口氣，用稍微柔和的語氣說道：「教官知道你們是好朋友，但該如何拉他一把，而不是讓他愈陷愈深，你自己要想清楚。看看他現在的狀況，你不覺得你也有責任嗎？」

邦彥依然低頭不語。教官知道再問下去也不會有什麼結果，便不再追問。這次的問話大概只是個警告吧。

回到教室後，邦彥根本無法專心聽課。他回頭望了東奕一眼，只見東奕盯著黑板，眼神有些渙散，看起來就像靈魂出竅一般。邦彥從筆記本撕下一張紙，然後寫下「要不要跟我說一下，你在墓仔埔到底發生什麼事」，再將紙條摺好，寫上「東奕」，然後遞給後面的同學。紙條依序傳下去。

沒多久，教室後方突然一陣騷動，坐在東奕旁邊的女同學高聲喊道：「老師，他又發作了。」

邦彥轉頭望去，只見東奕不斷地拔自己的頭髮，右邊頭皮已露出紅紅一片。詭異的是，東奕面露微笑，但卻瞪大雙眼盯著邦彥。

「黃東奕，你知道你自己在幹麼嗎？黃東奕，黃東奕……。」

班導師叫喚了幾聲，東奕都沒理會，繼續拔自己的頭髮。

「班長，快去找教官過來。哪個男同學，先去把他的手壓住，不要讓他再拔了……。」

班導師喊道。

坐在附近的男同學趕緊將東奕的手壓住。即使如此，東奕仍然面露駭人的笑容瞪著邦彥。

邦彥知道，如果東奕的詭異舉止眞是吸毒的關係，就不會因爲自己問起墓仔埔的事而發作。有個看不見但令人恐懼的東西潛伏在那裡，而且那東西似乎盯上了自己……

◉

東奕這次的狀況讓老師們緊急開會個案討論。

「通知家長了嗎？」

「上次就通知過了。爸媽都離婚，對小孩子愛理不理的。」

「應該是吸毒啦，有學生跟我反應他身上有怪味。」

「既然懷疑吸毒，那就送警察機關去檢驗啊！」

「王老師，你不能學生隨便講，就抓去驗尿，會被家長告你知不知道？」

「沒錯，除非有人明確指認，不然隨便送去檢驗，會有問題。」

老師們議論紛紛，辦公室鬧哄哄的。

邦彥站在辦公室外頭，猶豫著要不要進去。

「東奕現在幾乎跟瘋了沒兩樣，不管是待在學校或者被送去勒戒，應該都沒差別吧。說不定被送勒戒還會接受更完善的照顧，我這是在幫他，不是在害他。我這是在幫他，不是在害他……。」邦彥不斷地說服自己，但還是無法下定決心。

然而最後說服邦彥的，還是阿坤那句話——

「你難道不怕那些髒東西也找上你？」

當天下午，東奕的父親便趕到學校處理，對於兒子遭受吸食非法藥物的指控非常不滿，在辦公室大吵大鬧。

「我告訴你，我的小孩沒有吸毒。」

「黃先生，我們沒有說您的小孩吸毒，只是合理懷疑，建議您帶他去醫院檢查一下。」

「那就是不實指控，你憑什麼這麼說！」

「有學生看到了。」

「哪個學生看到了？我去問他！」

「不方便透露。」

辦公室裡一片混亂。然而就在師長們商討該如何處理時，眞正嚴重的事發生了。

下課時間，邦彥跟阿坤一起上廁所。說實在的，他本來想一個人來的，順便抽根菸靜一靜，但阿坤卻一直纏著他。對於阿坤向教官告密的事，邦彥一直耿耿於懷，但現在自己又有什麼資格說別人呢？

「我跟你講，這樣絕對是在幫他。他繼續這個樣子，幹，就算不去勒戒，也會進龍發堂。」

兩人站在小便斗前小解。阿坤滔滔不絕地一直講話，但邦彥一句也聽不進去。

「就算不是在幫他，你也是在幫其他同學。你看小玉，每天坐他旁邊都被嚇得半死。要是我，操，打死都不坐他旁邊，誰知道他哪天會不會一刀朝我捅過來……。」

阿坤一直說個沒完，看起來似乎還有點興奮。邦彥這才發覺阿坤有多麼厭惡東奕。

此時，一股燒焦的味道傳來，邦彥揮手示意阿坤停止說話。

「你有沒有聞到什麼怪味？」邦彥嗅了嗅。

「有啊，屎味跟尿味……。」阿坤沒好氣地回答。

「是有什麼東西燒焦了嗎？」

邦彥話才一說完，位在兩人後方的廁間傳出東奕的聲音——

「把我搞死，你也躲不掉，把我搞死，你也躲不掉……。」

兩人對看一眼，接著阿坤使了個眼色，邦彥轉身慢慢走到門前。東奕的聲音愈來愈大，並且開始厲聲尖笑。

「哈哈哈……把我搞死，你也躲不掉，把我搞死，你也躲不掉……。」

邦彥慢慢把門推開，只見東奕坐在馬桶上，正用打火機燒自己的臉。從臉頰燒爛的程度判斷，似乎已經燒了好一陣子，頭髮都已熔成捲曲狀。

「哈哈哈……我已經說出你的名字，哈哈哈……我已經說出你的名字……。」

東奕瞪著邦彥，尖笑聲依然持續著。邦彥被嚇得退後好幾步，跌坐在地上。阿坤見狀，衝上前去把東奕的打火機搶下。

「喂！還愣在那幹麼！趕快去找老師啊！」

阿坤朝著邦彥大吼，邦彥這才回過神來，急忙衝出去找老師。

之後，救護車直接開進學校。望著東奕被抬上擔架，邦彥想起在墓仔埔時，東奕曾取笑他是個糙俗辣。如果今天兩人的情況對調，東奕一定不會爲了自保而出賣朋友。

他寧願替朋友背黑鍋，也不會出賣朋友……

隔天下起大雨，天色昏暗到即使是正中午，也必須將教室的燈打開。

早上第一節又是歷史課，上課沒多久，邦彥便開始打盹。睡夢之間，他突然感覺到有隻手壓住他的頭去撞桌子。砰的一聲，受到驚嚇的邦彥趕緊抬起頭，發現老師正站在他面前，而全班同學在盯著他瞧。

「陳邦彥，這麼好睡啊，要不要老師拿一條被子給你，免得著涼。」幾位同學笑出聲來，邦彥有些不好意思，趕緊打起精神坐好。但令他感到詭異的是，老師站在離他一大步的距離，手應該搆不著才對。邦彥打了個冷顫。

「都上課多久了，你課本還沒打開啊。」老師瞪著邦彥說道：「四十七頁！」邦彥趕緊翻到四十七頁，赫然發現裡頭夾了一張紙條，寫著「她說……下一個輪到你。」紙條是用紅色原子筆寫的，明顯是東奕的筆跡，但字跡潦草，勉強能辨識的就這幾個字。邦彥愣了一下，趕緊回頭，只見東奕的座位閒置在教室後方，並無任何異狀。那這紙條是怎麼來的呢？

邦彥一直告誡自己別再去想東奕的事，但那厲聲尖笑又開始出現在耳邊，「哈哈哈……我已經說出你的名字……。」

到了中午吃飯時間，雨依然下個不停，窗外的校園灰濛濛一片。

「喂，你知道嗎？東奕自殺了耶。」

剛從福利社買便當回來的邦彥，才一坐到位置上，一旁的女同學便湊過來說道。

「眞假！他不是在住院嗎？」邦彥瞪大眼睛。

「就在今天早上，大概是從醫院溜出來吧。從天橋上跳下去，直接被公車輾過，想到就超噁的。希望那台公車不是我們學校的校車，不然我以後都不敢坐了……。」女同學連珠炮似地說個沒完。

此時，邦彥胃口盡失，打算去廁所抽根菸。然而就在起身時，眼角餘光瞄到一位紅衣女子坐在東奕的位置上。他急忙轉頭正眼望去，卻發現一切正常，東奕的位置一個人也沒有。邦彥覺得自己似乎開始精神耗弱。

「喂，你在看什麼東西啊？」女同學問道。

「沒什麼……。」

邦彥沒有正眼看女同學，依舊在環顧教室。

「我已經知道你的名字。」

邦彥不懂女同學在說什麼，只覺得她的聲音變了，好像在哪聽過。

「妳說什麼？」

邦彥轉頭看向女同學，此時她已是一位披頭散髮、面色死白、嘴唇發黑的紅衣女子，兩眼睜得大大地瞪著邦彥，嘴角卻露出黏答答的微笑……

邦彥驚聲尖叫。

打掃

余佳穎

我想，我再也不會看到那樣乾淨的城市了。

說起我居住的H市，和一般大都會沒有不同。混亂的交通、吵雜的街頭，人與人摩肩擦踵——明明很近，卻是彼此相隔無垠宇宙的數萬顆的心靈。非常寂寞。說起H市，頂多是這樣了；不過，令我驚訝的是，H市的相鄰縣市，Y市，儘管和H市很像——我是說，譬如人相處的方式、生活品味和茶餘飯後的話題一類——但卻有個完全不同的、非常特殊，甚至令我感到毛骨悚然的地方。

Y市的居民，非常愛乾淨。

小時候第一次來Y市，沒想太多，只覺得那整潔的市容、清新的空氣，及晶亮磁磚、潔白牆壁組成的城市景觀萬分迷人。「好想住在Y市」、「宜居城市第一名肯定是Y市吧」我常暗中羨慕著Y市。可是，當我長大，一次次看著不斷為人稱道、一塵不染的超強Y市時，頓時，我感到恐懼。

Y市的市民，真的快樂嗎？

◉

「看不見就是不存在。」

朱婷喃喃自語，從櫥櫃中取出工具箱。

她額上泛起數粒汗珠，自髮際，沿肌膚滑下，滯於鼻尖閃耀。

朱婷一聲不響，提起工具箱，慢悠悠地移動至白牆；抬起頭，見牆上貼著幾張海報、月曆與泛黃簡報。她伸手，將海報、月曆和簡報通通撕下，扔進垃圾袋。

舉目環視，純白的房間，唯有這裡，始終留有一道黑色汙漬，如墨漬，緩緩由中心暈開。

朱婷顫抖，鼻尖的汗水滑落。她身穿白衣，雙眼透著淡淡的光，奇異地反射出瑩亮光采。朱婷忍著淚水，深吸氣。

她還記得，再清楚不過了。約莫三天前，這房間仍是灰塵滿布，和今天完全不同。當時，朱婷慵懶地躺在床上。好幾天沒洗澡的她，散出濃重汗味，可她並不在乎，將自己與被單捲成一塊。

她成天躺在十坪大的租屋處，滿屋子占地成堡壘的衣衫，散落各處。有些迷失了方向的零散衣物，橫躺在原本該是潔白無漬的地面。各種醬汁與飄零的灰塵結成塊狀，沾黏於地面。已經夠小了的套房，除朱婷外，還有蒼蠅等生物陪伴。

嗡嗡嗡，嗡嗡嗡。

朱婷揮了揮耳邊的生物，自床上一躍而起。拉開被子，翻下床。她翻山越嶺，跨過堡壘型的衣衫臭襪，走到木櫃前，取出殺蟲劑，朝未收拾的瓶罐泡麵碗隨意亂噴。食物容器傳出哀鳴，殺蟲劑獨有的刺鼻味竄出。她拿了垃圾袋，將垃圾塞入，隨意綁個結，扔在地以示了結。

然後，再次倒回床上，翻起上衣，抓了肚皮。

登時，手機響起。

朱婷嚇得不輕，輕聲驚叫一聲。鎮定以後，她在床上翻找，尋找傳出聲音的位置，接起電話。

那頭傳來高分貝的女聲：「喂喂喂？是朱婷嗎？」

朱婷愣了：「妳是？」

「我房東太太啦！」

那頭的人喘著氣，聲音激動。粗喘的嗓音讓朱婷幾乎能想像出她在電話那頭的模樣：頭髮散亂，睜大著眼，嘴巴歪了一邊，止不住地微微顫抖。或許她正用沒握著電話的那隻手，稍稍遮住自己的嘴，好使人不生懷疑。

「房東太太？有什麼事嗎？」朱婷問。

「來！我跟妳說！妳趕快把房間收乾淨，聽到沒？我請報社給妳做個採訪，幫妳把上次的事情洗掉！」

朱婷眼睛睜大，急回：「什、什麼意思？」

「時間訂在大後天，就快到了！唉，妳沒聽懂，就是我請記者來採訪妳，幫妳寫篇報導，刊在新聞上面，順利的話，妳工作就不會那麼難找啦！還有機會回去勒！」

朱婷面色一僵，沒有回應。

她陷入沉默，任由房東太太於另一頭嚷著。

她從未遺忘媒體的可怕——正是新聞記者的報導使她丟了工作。

那時的情況混亂：鎂光燈四起，台下滿是她聽不清的髒話、辱罵與不堪字詞。新聞記者使了勁地往前推擠。朱婷還記得甲報社的記者，露出令她感到噁心的笑容，瞇著眼不離她。眼看她失足，對方便毫不遲疑地按下快門。日後，甲刊物上刊出了數張相片，配上她的呆愣臉龐，以及用手遮掩臉面，以免被飛來物件砸傷的姿態。

當然，以及，最聳動的標題、最糟糕的內容。

朱婷對新聞記者的不信任便從那時開始。她丟了工作，鎮日蝸居在家，無事可做。後來，她買了數本雜誌刊物，有本名爲《愛家居》的家庭刊物，猛力報導了關於她的事件始末；另有數家報紙，均以大篇幅報導了她的醜事。

標題是這樣寫的：

打掃達人驚傳作弊，新星朱婷慘遭除名。

現在想來，Y市就像架空於另個時空，遺世獨立的特殊星球吧。

擔任實習記者期間，我曾訪問一位居住Y市的小妹妹。我問她，妳認為Y市市民是真的愛乾淨，還是假的愛乾淨？據我所知，Y市的家居清潔外包公司數量眾多，打出「專業清潔，與市共榮」的 slogan。每次到Y市，我都想這樣的口號說法，究竟有沒有一絲虛假？比如說，作弊？把垃圾集中掩蓋，而非真正處理解決？這很常見吧。還有，若要我莫名服膺於某個價值觀底下，且真心誠意、毫不懷疑，我怎麼想，都認為只有宗教或超能力般的洗腦才有辦法做到。

結果，那妹妹彷彿我說了什麼汙辱她的話一般，吃驚地瞪著我。我忘不了她看我的眼神——一輩子都忘不了。

之後，我告訴自己，我再也不要踏進Y市了。

我害怕成為那樣的人。

朱婷哭了。

她花上不少時間，將報導讀畢。她相當專注，且緊張得啃指頭；她是這樣小心翼翼，接連讀了數次，實在不清楚確切次數，也許是幾百次、上千次。她母親多次來電，都被打發，才減少撥打次數。

朱婷實在不曉得如何面對母親，只好先對她冷淡，或是敷衍幾句「沒有問題」、「正在努力找工作」云云。母親體貼，表示了解朱婷的處境。掛電話前，母親不忘噓寒問暖，告訴她「有事記得跟我說」，朱婷險些哭出聲，只好咬住手指。

鮮紅的血液滑落。

朱婷出了神，房東太太等得不耐煩，問道：「喂！喂？朱婷？妳在嗎？」

朱婷回神：「啊……有啦，我在。」

「在就說話啊！我剛剛說的妳聽到沒？」

「不是啦，啊——」

「什麼？」

「上次記者也都亂報啊，寫得很誇張。我怎麼知道妳叫記者來，他們會不會又亂寫。」

朱婷心生恐懼，歷歷在目的是某位中年婦女，微胖，頭頂捲髮，身穿紅黃碎花洋裝，踩著黑色跟鞋，當時站在台下，朱婷清楚地看見她咧著牙，臉孔扭曲，雙眼似要冒出火來，嘲諷地喊：「原來妳的獎是作弊得來的啊！」這話衝進朱婷耳裡，她近乎昏厥地退了好幾步。

朱婷支吾其詞，含糊向房東太太傾訴，說她不信任媒體啦，對媒體的印象不好啦。她當然知道房東太太熱心，一向將她視為親女兒，現在更為她辛勤奔走，試圖幫她洗刷名聲。不過，聽著朱婷的推辭，房東太太心急，近乎憤怒地大喊：「不然妳還有什麼辦法？」

朱婷一楞。

房東太太說得沒錯。

是啊，她還有什麼辦法呢？

環視房間，朱婷深吸一大口氣。

朱婷決心振作，上街購買各類白色飾物、擺設與家具。

她眼露精光，將渾身髒衣褪下，洗澡，穿上潔白衣褲、工作圍裙、白手套，準備打掃。先是將數堆衣物逐一撿起，扔進洗衣機，再掃地、拖地、打蠟。由裡到外，無一遺漏，就連極小極細微的窗框邊緣，朱婷都不放過。

不過，使朱婷心有擔憂的——那黑色汙漬。

橫亙在白牆中間，無處可藏，儼然一嬌豔黑花，格外突兀。

朱婷焦慮得咬起手指。

「新星清潔爭霸戰」驚傳作弊，冠軍慘遭除名

本報訊

最受市民看好，以「清潔速度」和「清潔度」為標準的競賽：「新星清潔爭霸戰」竟罕傳作弊風波！上月由本市衛生局舉辦的新星清潔爭霸戰，其中「單一案主清潔賽（三十至五十坪）」的前冠軍朱婷，遭爆料以自行研製的特殊塗料掩蓋牆面髒汙，經查證屬實，撤銷冠軍資格。

消息一出，罵聲不斷，且原冠軍朱婷立刻被大批網友「起底」。朱婷年僅二十出頭，職業專科學校畢。十歲開始於「大慶清潔公司」打工，累積多年經驗。原先是公司最看好的員工之一，現在卻成為公司優先撇清的對象。本報獨家採訪到朱婷的前輩張姓員工，據透露：「朱婷厲害是厲害啦，但就是求快不求好。那個蓋掉汙漬啊，就是因為省時間才做的啦！反正變成這樣，我看誰也救不她。」

另外，朱婷於被剝奪資格後，不願離開講台，霸持麥克風，頻頻大喊「看不見就是

不存在」，最後由警衛帶離現場。網友紛紛留言「這是什麼新的宣傳標語嗎XD」、「噁心只會狡辯」。（XXX報導）

戴上手套，朱婷深吸氣，默想報導，又瞪牆上黑汙。

她實在不願於任何人心底留下「只會作弊」的印象。

她取出特製藥水以及布塊，將布塊沾上藥水，以雙手搓揉。揉捏一陣，她將布塊敷於汙漬處，停滯數秒。眼見原先附著於牆上的黑汙，發出「滋——滋——」聲，細小潔白的泡沫突竄，彷彿滲入牆內，直逼內裡去。又是好一陣，聲音漸小，朱婷以抹布擦拭牆面，用勁但小心。

經過朱婷巧手，汙漬淡去。接著，她使用稀釋過的漂白水，塗上後擦除。

不消幾分鐘，汙漬消失。

牆面潔白如新，彷若新漆。

今天，我和一群同業好友聊天，恰好講到Y市。

說起Y市，喔，我還是忘不了先前採訪小女孩的她的神情。

想到我便渾身不對勁。

結果，幸好，朋友們的想法和我類似。我們一塊討論了Y市「變成這樣」的原因。友A說：「好像是二、三十年前吧，Y市頒布了新的地方環保法規。」友B回應：「環保法規？就算這樣，也沒有什麼法律可以完全束縛人，更何況是心靈。」

從理性律法，談談談，一路講到巫師、妖術和洗腦手法，這當然是政治可操作的部分。我們決定去查查相關歷史，不然恐怕永遠摸不清頭緒。

回家時，友C跟我說：「今天談的東西實在太魔幻了！」

我說：「魔幻是魔幻，但你不覺得，實在太喪心病狂了嗎？」

友C答：「嗯。我相信，他們的腦內機制，肯定和我們不一樣。」

當晚，朱婷作了夢。

場景同樣在房間，不過，房內相當地暗，沒開燈。窗簾被拉上，不透光。朱婷在房內走著，繞圈子，一圈又一圈。

忽然，響徹房的劈啪聲傳入朱婷耳中，使她嚇了一跳。

朱婷想轉頭，往聲音處看去，不料模糊黑影不知何時已在眼前。

那聲音悶沉，帶著威脅，說：「快逃吧。」

朱婷驚叫一聲，跌坐在地。

「你、你是誰？」

只見對方伸手一指，向著牆的方向。

朱婷轉過頭去，不自禁張大了嘴。

只見牆壁上的黑色汙漬再次出現，且比原先更大，似有生命，不斷向外擴張。

朱婷尖叫，汙漬展開，將房間染了色。

黑影朝朱婷喊著「快逃、快逃、快逃」；然朱婷動不了，她渾身僵直，發抖。

她被黑色吞下。

不是第一次了。

自朱婷搬進這房，便時不時受怪夢騷擾。夢境內容多半相似，均是黑影出沒，朝朱婷喊些什麼，如「快逃吧」、「放棄吧」一類。

其實，朱婷大抵能理解黑影所說的，或許是要求她別再清理牆面。

朱婷向牆壁瞥去。

汙漬又出現了。

「見怪不怪。」朱婷嘆氣。

唯一令她感到不安的，是幾天後的採訪。朱婷左思右想，試圖想出足夠服眾，能使人相信她的說法。事實上，對朱婷而言，這並非易事。她想起不知自何時起的，Y市和其他縣市迥異的「城市風情」。那是種近乎狂烈、暴力的清潔整肅。奇怪的是，市民對此毫無異議，人人都是清潔尖兵。

朱婷出生在這要求乾淨整潔的Y市，天資聰穎的她，自然成為Y市希望的一份子。

然，很偶爾的，朱婷會想起她的國中、國小時期，去外縣市遊玩的回憶。另她震驚的是，原來，只有Y市、只有Y市不一樣。

就像她在書上讀到的：「Y市如同孤島。」

其實，朱婷不討厭Y市。她也跟著Y市、相信Y市的價值理念長大成人。不過，朱婷還是會想，若Y市能以更有效率的方式處理不潔就好了。

朱婷腦筋靈活，自小學習打掃，求學階段年年第一。另外，她理工也不錯，發明多種特殊清潔劑，當成祕密，鮮少拿出，僅於棘手場合使用。朱婷最自豪的，便是她自做的特殊牆面塗料：不留痕、零色差、完美與牆壁貼合、被侵蝕的可能性低。相較市售傳統油漆，顯然方便不少。

就是那個時候，朱婷開始相信：「看不見就是不存在。」

Y市處理髒汙的一慣手法，沒有其他，唯有剷除。過去一位Y市市長說「隱藏」不是消除髒汙的辦法，他會振振有詞：「就像黴菌。蓋起來，難道就不見了嗎？」可朱婷對此嗤之以鼻。她認爲，黴菌是黴菌，但剷除黴菌的道理並不適用所有狀況。看看其他縣市，她很羨慕那些更爲有效的方法。譬如牆面，要是被色筆塗得花花綠綠，範圍大點的話，最好的辦法不是把顏色清除，而是重新漆過。

任誰都知道的道理，Y市不懂。

朱婷愛乾淨，比誰都要喜愛整潔——甚至研發了特殊塗料。

她只是用了最有效率的辦法，卻被激動的市民攻擊。

她不能理解，像她這樣重視工作、熱愛工作的人，怎會淪落至此。

朱婷非常痛苦。每當坐臥在床，無事可做，腦中便無預警播放她的狼狽畫面：幾個保全上台拉扯她，她被扯痛了，卻仍堅持站在台上。

她知道，沒有誰能比自己更好。

「看不見就是不存在！」她舉起麥克風，向台下怒吼。

頓時，底下觀眾傻了，盯著她看。

僅是數秒的時間，朱婷原以為觀眾能理解她，不料，兩、三位保全趁空隙，一人扣住朱婷左手，另一抓住右臂，還有一個環住她的腰，將她向下拖行。主持人搶過麥克風，底下的人紛紛驚醒，「什麼歪理」、「嘴硬」、「下台啦」等怒罵聲不絕。

朱婷在台下大聲哭泣。

媒體隨即湧上，拚命拍照。

朱婷無力阻擋，只能放任他們。

自己所信的真理竟無法被認可。突然，朱婷起了移居他市的強烈念頭，可下一秒，她又喪氣打消念頭。

像她這樣的打掃專家——她自認自己是——到了其他縣市，肯定沒有用處。她想起那堆置於家中的特殊清潔劑、塗料和工具。如果不是Y市，誰會重視她呢？

如果不是熱愛整潔的Y市，她的存在便毫無意義。

此時，朱婷緊張兮兮地朝牆上看。

這幾個月來，她每日清理那黑汙，似乎沒有比這件事更重要的了。黑汙極度難纏。朱婷起了好勝心。她總以爲，只要清除牆上的汙漬，便能證明「我還是中用的」。自事件以來，她日夜折磨自己，時不時驚醒，可是，當汙漬出現，她便潛意識地轉移注意力，認爲是老天給她的挑戰。

老天要她證明自己的能力。

於是，朱婷的戰鬥開始了。

起初，朱婷以爲簡單，用了習慣的手法，然她卻一再失敗。黑色汙漬如影隨形，自她每日清理後，又會再度出現。朱婷曾花上數小時觀察汙漬的生長情況，也請過抓漏師傅，卻毫無辦法。不過，光是觀察汙漬的生長，就令朱婷大嘆不解：汙漬是「滲」出來的，要她形容，那是暈染。彷彿潛流，伺機而動，緩緩且不著痕地附著延伸，有時快有時慢。快時不消十分鐘，慢時則一天、兩天，汙漬重出江湖。

朱婷使用的清潔劑，一種換過一種，一種強過另一種。

朱婷不得不承認，其實她有些喜歡這較勁遊戲。一般而言，朱婷得花上整個下午與晚上的時間與汙漬較量。她常是喜孜孜地紅了雙頰，調製藥水、化學藥劑，認眞無比，又研發了全新的特殊清潔劑。

被大慶辭退後，朱婷有了大把時間與汙漬奮戰。她以清理汙漬作爲淡忘傷痛的方式。她常神情專注，眉頭皺在一塊，眼皮眨也不眨一下地死盯牆面。

朱婷不關心其他，除外界對她的報導——她蒐羅了各式媒體出版品，層層疊疊，隨意擺於地上──朱婷的房間一天比一天髒亂。

朱婷覺得汙漬彷彿擁有生命，總在夜晚變得鮮活。朱婷會夢到它，不斷於牆上蠕動、搖擺、揮舞自身，且不斷擴大、翻騰，還裂了開來。裡頭冒出幾具黑影，纏繞朱婷，叫喊奇怪語句。朱婷害怕，卻鼓起勇氣，視爲汙漬挑釁。

白天，朱婷被夢驚醒，便暗自決定：她要比昨天更加努力。儘管，她的黑眼圈日益加重，她體重減輕、掉髮嚴重、指甲被咬成鋸齒狀，朱婷仍天天披頭散髮，調製藥劑，重複向牆壁的汙漬進行實驗。

直至房東太太的電話響起，震醒朱婷渾渾噩噩的生活。

朱婷環視周遭，驚覺除了汙漬以外，房內早已混亂不堪，蚊蟲孳生飛旋。

爲了採訪，朱婷將房間打掃乾淨；也洗了澡，梳了頭。

但，縱然房內潔淨如新──那汙漬，彷彿嘲笑朱婷，笑她的無能。

朱婷凝視汙漬，深陷長思。她知道，也許是該使用「那個」了。儘管她的落魄正是因此，可她無法接受。

──「如果我沒有錯，何必承認錯誤？」

──「如果我是對的，就不必因此心虛。」

──「看不見就是不存在！」

朱婷深吸，讓清新的氧氣飽脹胸膛。

她取出工具箱，找出塗料。

母親和我說，二十九年前，那是個我還沒出生的年代，Y市通過「零汙染衛生法」，從此和X國走向不同道路。

具體言之，便是政府提供高額補助居家環境清潔、公共衛生、交通廢氣、廚餘回收等相關行業，企圖打造「世界第一零汙染城市」。有趣的是，以一般邏輯來說，這樣的作法，應該無法讓全市民陷入瘋狂；只不過，Y市當時的市長為一政治明星。代代相傳的政治世家，位高權重，並無明顯醜聞。數代累積的人氣又在二十多年前到達高峰，「零汙染衛生法」一出，Y市陷入瘋狂，甚至，有不少他市的民眾將戶籍遷入Y市，想趁熱「卡位」，為下一代留住「零汙染的未來」。

儘管至今，Y市市民並不如過去那般失去理智，卻在心裡與生理，留下了相當程度的整潔習慣。

心理學家、社會學家、人文觀察家，諸多學者嘗試以歷史人物「毛澤東」來形容當年的Y市市長。「無法想像，這個時代還有像這樣的政治人物！雖說Y市只是X國的其中一縣市，但Y市卻以超乎其它縣市的『信念』，成為X國中的孤島。」

有好幾天的時間，朱婷不再作夢。

她往牆上瞄去，見牆壁光潔如新，毫無痕跡。

心寬下來的她，穿上白色碎花洋裝，頭髮以白色髮飾束成馬尾垂掛於腦後。她擦上光潔的無色指甲油，準備出門，採買明日招待採訪人員的點心。

朱婷心情很好，踏著輕快步伐，嘴哼著歌。她雙眼明亮，露出白牙，嘴角向上呈弧形。她在路上閒逛，買了甜筒、幾塊奶油蛋糕，提在手上。經過家飾店時，停下腳步，心想得買些新的家具和飾物，於是走進。

朱婷推著購物車，一面撥打電話給母親。

「喂？」

「媽，是我啦！」

「啊，朱婷，妳好久沒打電話來了。」母親停頓一會，「唉，妳的工作怎麼樣了？找到了嗎？」

朱婷自商品陳列架上取下幾塊白餐巾，握於手中，沉吟一會，輕聲回應：「快了快了，假如沒有問題的話，說不定很快就能回去。」

朱婷將白餐巾放入購物車，繼續前進。

「眞的嗎？但那些報導——」

「媽！」朱婷加大聲量，停下腳步，雙手握住手機，「妳不要擔心這些事情！電視新聞、媒體都不是好東西，說話都很誇張。」

「我只是擔心妳。」

朱婷嘆口氣，走到杯盤區。晶亮閃耀的陶盤瓷杯一字排開，朱婷隨手拿起一只白瓷壺，看過便放入購物車；又拿起玻璃杯，在手上秤著。她道：「媽，我不要緊。明天有報社來我家採訪，很快就會沒事了。」

朱婷將透明玻璃杯放入推車中，閒晃一陣，陸續拿了幾樣雜貨，走至收銀台。

「真的？」

「真的。」

收銀人員替朱婷結帳，嗶，嗶，嗶，嗶。朱婷沒認真看，顧安撫母親。

此時，收銀員出聲：「小姐，不好意思，妳這張卡刷不過喔。」

「咦？」

電話那一頭的母親也問：「怎麼了？」

「啊，沒事。我之後再打給妳。」

朱婷草草掛了電話。她在購物籃中翻查，挑出白餐巾與白瓷壺，推向收銀員。

「這樣就可以了吧？」朱婷說。

「好，這些是不要的嗎？」

「不是，」朱婷忙回：「這些是我要的。」

結完帳，朱婷回到家，想的盡是如何擺放餐巾、壺子。然當她鎖上門，一把將提袋放下，取出物件，抬起頭來，瞳孔猛烈緊縮，手一滑，險將壺摔個粉碎。

——牆上的汙漬竟回來了！

比原先更大，更濃烈。朱婷背脊一涼。

汙漬張牙舞爪，斜眼睥睨著她，彷若魔物。

好不容易剪乾淨的指甲，朱婷又咬了起來。她在房間裡規律繞行踱步，掐指一算：

採訪人員明天下午到。

她必須做好準備。

朱婷暫不理睬她買回的物件，取出好幾個月未使用的舊型筆記電腦，開機上網，在茫茫網路的世界中摸索、翻尋著解決之道。

「看不見就是不存在。」

朱婷仍未停止呢喃，一句「看不見就是不存在」堅定了她的心志。

「看不見就是不存在。」

「看不見就是不存在。」

安靜的房內，只有滑鼠滾輪的滾動聲，以及朱婷點擊網頁的按鍵聲。

「看不見就是不存在。」

數小時後，朱婷拉開與螢幕的距離，呼了口氣，瞥瞥牆上的汙漬，嘴角一彎，噗哧笑了。她笑得如此快樂，彷彿預見了她的勝利，闔上電腦站了起來。

不過，那天晚上，她還是做了夢。

朱婷被包圍，幾團黑影圈住了她，持續呻吟先前的警告。黑影試圖抓住朱婷，好幾隻「手」輕巧無聲攀附她手腳。朱婷起了雞皮疙瘩。她用力甩開，想逃離床鋪，黑影不肯，執意將她拖行。

朱婷使出力量，狠狠咬了「手」。「手」斷裂，朱婷開始跑，又跌又撞地滾落地面，床單一同滑落。她扔開床單，起身，發覺房間比平時更暗。朱婷看不太清，卻能辨識出房內處處被汙漬浸染，發出強烈惡臭。

朱婷發出乾嘔。

此時，黑影乘隙綁住她的腳，朱婷跌跤。

她無法掙脫了，強烈的噁心感使她頭暈不止，分不清東西。雙眼閉上，麻痺使她無法動彈，且四肢已被黑影纏捲。就在她即將失去意識之際，啪地一聲，黑影斷裂，又是低沉的「快逃」，帶著力量將朱婷向前推送。

朱婷醒了過來，衣襟濕透，臉上混合著淚水和汗水，她無法止住顫抖的身軀，微張著嘴。

她想：莫非，那聲音是幫我的？

倒數三分鐘。

朱婷以紙巾擦去額上汗水。她喘氣，毛細孔擴張。

朱婷將一塊「物」——某種大型土塊——以黏著劑附於汙漬表面。另，製出一條脆弱的長線，一頭黏在土塊上，另一頭拉遠，握於手中。

朱婷快速將地板收拾：不重要的，扔進垃圾袋；還可用的，一一旋上瓶蓋或以袋子包裝，排列整齊收入櫥櫃。

朱婷一手握著長線，另一手抓著打火機。

電鈴響起。

叮鈴！叮鈴！叮鈴！叮鈴！叮鈴！

朱婷轉頭看向大門。

叮鈴！叮鈴！叮鈴！叮鈴！叮鈴！

朱婷回過頭來，盯著手上的長線。

「朱婷！朱婷！妳在嗎？」房東太太的聲音。

「怎麼？不在家嗎？」陌生的男聲。

「唉！怎麼可能！也許是睡著了。」房東太太語帶尷尬。

「打她的手機試試看呢？」

「啊！我怎麼沒想到！好，我馬上打。」

朱婷先前抱怨，這間房的隔音並不好，好幾次向房東太太請求，詢問她能否換個門，或是加裝些隔音產品。房東太太是半推半就的，說沒遭小偷，隔音差有什麼關係呢？朱婷並不喜歡計較，因此作罷。

手機響起。

朱婷猶豫。選擇不應。

外頭又傳來嘀嘀咕咕的討論聲。

「只要除去汙漬，我就開門。」朱婷這樣想。

於是，心一橫，按下打火機，引燃導火線。

轉眼，長線立刻引燃，隨導線迅速前進，劈里啪啦，劈里啪啦，像極了鼓奏，爆裂衝刺至牆。火花向上邁進，直往汙漬。

頃刻是震天巨響。

門外是房東太太和採訪記者的叫聲。外頭迅速變得吵雜。圍觀的、關心的、嚷著要報警的，一個個冒出來，頻頻詢問、罵聲不斷、哭聲不停。

朱婷看著一切發生，心平靜得很。

牆壁附近煙霧瀰漫，牆面被炸出大洞。汙漬當然不見蹤影，成了碎片，四處噴濺於地。不料，煙霧竟傳來陣陣騷動，朱婷瞇起眼，想湊近看。

朱婷才前進幾步便停住。她沒法前進了。

朱婷雙腿抖了起來。

朱婷倒退，雙眼猛然爆出淚水，瞳孔細縮如貓，她踩到一塊磚牆碎片，重心不穩跌坐在地。她想爬起身，卻一再跌倒。

煙霧中的大洞靜悄無聲，卻有一條又一條的黑影隱隱竄動。它們冒了出來，竄進房間。朱婷驚聲尖叫。黑影如疾風，立刻纏上朱婷的腳。她瘋狂甩動雙腿，用盡手臂力氣，拖著身體前行。

她這才發現家裡其他地方已被黑漬暈滿。黑影急速翻壞了她買的瓷壺，爬髒了她的白餐巾。她的特製清潔劑、她的櫥櫃、她的被單、她的衣物……所有能見物全被黑影捲離撥翻。朱婷發狂扯動四肢，吼著：「幫幫我！幫幫我！」她終於明白那聲音所告誡的「快逃」是什麼意思。

黑影捲上朱婷的手，她的臉被包裹。愈想掙脫，黑影就愈發猖狂。

最後一刻，朱婷於黑影中得見自己的面容：雙眼無光、散髮，著魔似的扭曲臉龐。她被自己的醜態嚇著了。

朱婷聲音漸小，且無人營救。她被拖入煙霧未散的黑洞。

外頭聲音漸大，眾人經商議，打算把門撞開。

門開，眾人闖入，只見整潔純淨的房中，消失的牆，及一口巨大窟窿。

房東太太連聲問：「朱婷呢？朱婷？」

隨後傳來手機鈴響，眾人循聲，自床底找出朱婷手機。

朱婷母親來電。

無人應答。

母親跟我說，就是在我這個時代，零汙染才顯得特別重要。

如果是她的時代，誰管什麼汙染、什麼廢氣廢水、有毒食物或基因改造啊。大家用的用、吃的吃，儘管有人會抗議，出門努力戴口罩，拒絕時下流行的PM2.5，或改吃非基改有機食品；但是，大多數的人並不。還有，特別是企業、工廠，仍隨意地排放廢氣廢水啊。

沒有人會知道，到我們的時代，情況可不一樣了。

Y市的「零汙染衛生法」，成功原因並不全因市長個人魅力；有一部份人，想的不是市長，而是日漸低落的居住品質。

「零汙染衛生法」在當時是多難得、多棒的事啊！拜託，這很花成本的啊！母親跟我說，在當時，入籍Y市很不容易。正因環境危機四伏，零汙染的Y市頓成希望之都。加上市長天花亂墜的加油添醋，別說Y市，整個X國都瘋狂了。

母親說，儘管今天，Y市被批為毫無人性的孤島，

——但你想過嗎？它是世上唯一一個，曾經，人們日夜思念的島嶼。

◆

「來來來！看看這間房！要想在Y市找房，而且還是好房，已經很不容易囉！」

房東太太領男子進房。

男子進房，四處張望。

房內乾淨、整齊。家具都是白色的，潔白晶亮。

他詢問房東，房東笑著應答：「沒有啦！就是上一個房客喜歡白色，搬走東西又沒

帶走，就留在這裡了。」

接著補充：「你要拆掉當然也是可以啊！看你怎麼做都好。」

男子微笑，說他並無此意，不過是問問。他們聊上幾句，確認房型及設備，房東太太帶男子離開。

房東太太踏出門，男子跟隨在後。

正當他一隻腳甫踏出門外，猛然，他聽見奇怪的聲音。

那是在安靜無聲的房內，傳來的小聲呼叫。男子回頭，往聲音處去。他發覺，是牆壁上傳來的，可音源在另一頭。

他將耳貼上牆，細聽，是微弱的女聲，嗚嗚哭著，喊著幾乎聽不見的微弱語句。

快逃、

快逃、

快逃、

快逃！

男子吃驚，心想是不是犯傻才聽見怪聲，卻有些不確，疑惑抓了抓頭。

房東太太道：「怎麼了嗎？」

「沒事，沒事。」

男子搖頭，隨房東太太離開。

・劇本摘錄・

1		
時間	日	
場景	內景	朱婷房間
人物	朱婷	

△全黑的畫面中有一個亮點，這個亮點逐漸放大，看起來像是個窺視孔，從窺視孔看出去，可以看到這是朱婷的房間，四面牆呈現白色，約七、八坪大的套房，擺著一張床，一張書桌，一個衣櫃。

△（畫外音）門開，朱婷被二名白衣人拖進屋子，手腳可見幾條鞭痕。

△（時間流程）房內時鐘滴答聲響。

△朱婷身穿帶著醬汁的連身裙坐在地上，旁邊放著一碗正在泡的泡麵和免洗筷。地板髒亂，到處是灰塵、紙屑、書報雜誌堆，沒洗的衣服到處散落。

△朱婷拿起泡麵和免洗筷，打開泡好的麵，蒸氣冒出，朱婷吸了一口麵。

△這個窺視孔像是人眼一樣，眨了一下，有一瞬間畫面變成全黑，這個眨的動作帶著一些聲音，引起朱婷注意，朱婷轉過頭來尋找聲音的來源，與牆上這個窺視孔對上眼，朱婷不斷往這個窺視孔接近，整張臉佔據窺視孔。

△反跳朱婷室內的方向看過來，在朱婷面前牆上的，是一個黑色汙點，朱婷看著汙點，越看越有情緒，她伸手去摳汙點，除了手摳的聲音之外，隱隱還有一種藏在牆壁裡面的掙扎呻吟。

△畫面轉白，進片頭。

2		
時間	日夜	
場景	內景	朱婷房間、房東太太家
人物	朱婷、房東太太	

△天色由白天轉黑夜。

△朱婷在地上睡著了，旁邊放著還沒吃完的麵碗。蟑螂自朱婷手腕爬過去，果蠅在她身邊飛。

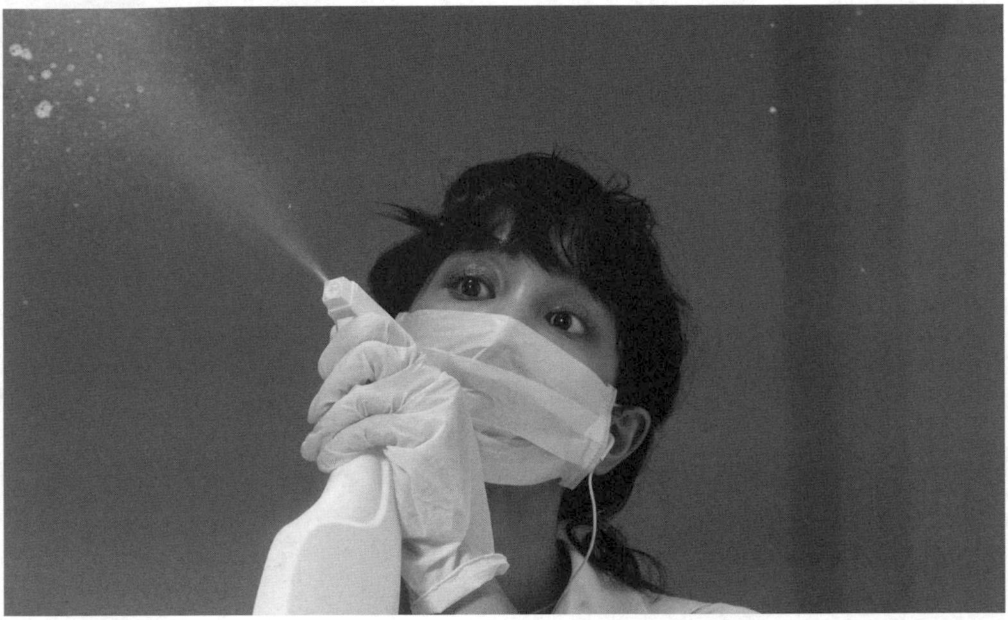

△手機響起，朱婷驚醒，臉上披著散亂的頭髮，接電話。

△房東太太家，高挑寬敞的客廳內擺著一系列白色家具。客廳內除了房東太太的聲音以外，只有天花板上的白吊扇發出陣陣擾動空氣的聲音。房東太太身著合身的白色套裝，坐在木椅上，她蹺起腿，頭髮盤起，雙手拿著電話，左顧右盼一下，把嘴巴貼近話筒說話。

朱婷：喂？

房東：喂，朱婷嗎？我是房東。

朱婷：哦！房東太太！怎麼了嗎？

房東：找到工作了嗎？看你沒什麼動靜的樣子。

朱婷：哦……我還在努力找啦……。

△房東太太起身，走到大玻璃窗前，用手指摸摸玻璃表面，確認沒有灰塵，然後向外看有無其他人。確定沒人以後，將窗簾拉上。室內變暗。

房東：唉，我跟你說，過兩天社區管理會去檢查屋況，你記得把房間整理一下！

△朱婷身子抖了一下，睜大雙眼，結巴起來，並且從地上慢慢爬起。

朱婷：什、什麼意思？

房東：就在後天。到時候會來檢查屋況，這跟你們每一棟住戶的積分都有關，尤其是你，積分已經嚴重不足，再不好好表現拖累了大家，後果你是知道的吧！

△房東太太越講越興奮，臉上泛起紅暈，努力壓低音量。

△朱婷用指頭刮著地板，手指節明顯可見幾處結痂，抿著唇皺眉，沒有說話，身體不自覺瑟縮發抖。

房東：喂？喂？朱婷？你在嗎？

朱婷：有啦，我在。

房東：有什麼問題嗎？

△聽朱婷聲音漸小，房東太太一手抱胸，一手握著話筒，皺眉。

房東：我是爲你好，才提早跟你說，你好好準備一下，對你以後有幫助。

朱婷：好⋯⋯。

△朱婷握拳，長嘆一口氣。

△朱婷從地上站起來，往牆壁走去，牆壁上有一塊黑色汙漬，朱婷站著看汙漬。

房東：怎麼了？

朱婷：房東太太，那個啊，牆壁上一直有一塊黑色汙漬欸。

房東：唉，打掃是你的強項啊！黑色汙漬算什麼？要對自己有信心！

△房東太太大聲鼓勵朱婷。

△朱婷笑出聲來。

朱婷：也是啦！我想太多了。

△朱婷掛上電話，環顧整個房間。

不倫之戀

阿牛

西元二〇五七年，養豬場。

下班時間一過，只剩下一盞高掛在天花板的燈還亮著，從窗外透入的光也不多，養豬場內昏暗，一名年輕女子跪在燈下，身穿養豬場的工作服，白色大褂罩衣在燈光的照射下顯眼無比，也襯得她臉色蒼白。

女子伸手越過欄杆空隙溫柔地撫摸某一隻公豬，不怕髒地親吻牠。因爲有欄杆阻隔，她的姿勢看起來有些彆扭。那隻豬蹭著吳梅的手，很享受的樣子。

「李歌……。」

何老闆從走道另一邊走來，面色不耐煩。

「吳梅！下班了！妳多待的時間我可不會加薪，快點回家，我要關燈了。」

吳梅站起身來面對何老闆。

「老闆，我有些事想跟您討論。」

何老闆翻了個白眼，臉更臭了，「嘖，麻煩死了。」

吳梅討好地說：「我想買下這隻豬。」

何老闆說：「妳要買我沒意見，我就照市價賣妳，不過後天送去妳家的運費妳自己付。」

吳梅愣了一下，「爲什麼是後天？」

何老闆一副看白癡的表情，嘴角下彎，皺紋一條條地顯現。

「啊不然咧？宰好馬上送妳家不是最新鮮？妳如果不要後天的話，妳自己去跟屠宰場那邊喬，不關我的事。」

吳梅連忙回答：「老闆，您搞錯了，我想今天就把一整隻活的買回家。」

「活的？妳要自己殺？」

「我沒有要殺牠……。」吳梅瞄了一眼李歌，連發出聲音都有些困難，「我只是跟牠滿有緣的，捨不得牠死。」

「哦……所以妳要把牠當寵物？」何老闆粗魯無禮地打量這名怪異的員工，而後微微搖頭。「眞是莫名其妙……算了，別浪費我時間，趕緊付錢趕緊走。」

吳梅早就準備好了，她拉開工作服的拉鍊，急忙地從口袋掏出一筆錢交給何老闆，手甚至有點抖。

何老闆數完數目後，將錢塞入自己的口袋。

「行，妳可以帶走牠了。」

吳梅鬆了一口氣，低下頭看向那隻名爲李歌的豬，勾起一抹小小的微笑。

吳梅沿著一條長長的小徑慢慢走，李歌極有默契地跟在旁邊，偶爾拱拱她的小腿撒嬌。天色已晚，這個小區並不繁華，路上就只有他們倆，他們被路燈燈光拉長的影子交織在一起，密不可分。

密不可分。

她不由自主地哼起歌來，腳步輕快到有種要飛起來的錯覺。

到家時，吳梅的母親吳昭已經準備好晚餐，她對於李歌的到來並不感到訝異。吳梅前幾天就和她討論過想養李歌的事情了，她們還爲此將後院的鐵皮小屋打理了一番。

雖然一開始她反對吳梅養豬，但看這隻豬也挺乖的，她便改變心意，覺得家裡多一個成員也不錯，丈夫去世、唯一的女兒又忙於工作，她其實有些孤單。

吳梅本以爲帶李歌回家後，她會天天心情好，可是沒有。她不知道這算不算壞事，她一整天二十四小時都在想李歌，連做夢都會夢到牠，於是所有非上班時間她都陪著牠，有時候僅是盯著李歌，也可以傻笑半天。但隨之而來最痛苦的，莫過於李歌不在身邊的時刻，她焦慮、煩躁、注意力不集中，甚至有一次還忘記老闆吩咐的事情被大罵一頓，那時她面無表情地聽著老闆口沫橫飛罵著難聽字眼，隔天她瞪著大門十多分鐘，腳就是邁不出去。

可能是工作壓力太大的關係。她需要休息。

於是她無視老闆極度的不滿臨時請假，連被辭退的威脅都不在乎。

應付完何老闆，吳梅掛上電話，從客廳的櫃子裡拿出一顆球，走到廚房拉開後門，在後院找到正趴在地上曬太陽的李歌。她心思浮動，沒有注意到後門沒關好，留有一條縫隙。

出門買菜的吳昭隨時會回來，可吳梅也不在乎了，到時候就編個身體不舒服的理由搪塞過去就好。現在，她只想陪著李歌。

凝視著無憂無慮的李歌，吳梅漸漸地平靜下來，一絲絲隱密的喜悅和興奮從心底滲漏出來。她無聲地微笑，將球滾到李歌面前。李歌嗅了嗅，站起來要玩。吳梅卻在牠要碰到球的時候故意搶走，李歌欺身上來要搶球，吳梅閃躲，幾次之後，李歌知道吳梅在跟牠玩，所以吳梅抱球跑走，李歌就會聞著她的味道追上去。

就這麼玩了幾次，吳梅喘著氣坐在地上笑，李歌靠上來，似乎還想再玩，牠聞著吳梅，又拱拱她的身體，高度正好拱到她胸部。

吳梅被蹭得有些癢，閃躲了幾次，球沒抓穩掉到地上，李歌又欺上來，她甜膩地低聲笑著，有些嬌羞，想閃又捨不得閃。

吳梅瞟了一眼半開的後門，有所顧忌。

該去裝病了，不能這麼活潑。

她落寞地撫摸、親吻李歌，安撫牠的躁動，沒想到李歌更興奮了，直接鑽入她懷裡不斷摩擦她的胸部。吳梅推了幾下，李歌還是沒有停下動作，甚至在混亂中，吳梅的衣襬被掀起一角，李歌就著那隙縫鑽著，居然伸出舌頭舔著她的腹部，撞上她的胸罩。

她驚呼一聲，卻沒有阻止李歌的磨蹭。她腦中一片混亂，手不知所措地撫摸著李歌的身軀，仍試圖要安撫牠，最後，猶豫了幾秒，她本能似地摸向了李歌因為興奮而挺立的性器。她望了後門一眼，顫抖地呼吸，眼眶愈來愈紅。

她按摩撫摸著李歌的身體，讓牠放鬆仰臥。肚子是動物極為脆弱的部位，可是李歌極其順從，溫馴地仰躺著，性器筆直地站立，一雙黑沉的目光黏著在吳梅身上。

吳梅發抖著再次握住李歌的性器，李歌灼熱的視線燒得她無法思考。她撩開裙子，以一種古怪而彆扭的姿態跨騎上李歌，緩慢而不安地坐了下去。

「李歌……李歌……。」她喃喃喚著牠的名字，亟欲從這簡單的詞語裡汲取一丁點難能可貴的能量。

「吳梅！妳在做什麼？」

吳梅動作頓住，轉頭看向站在後門邊的吳昭。

吳昭快步走近，吳梅回過神來，慌張地站起來，把內褲穿好。她驚慌又無助地瞪大眼睛盯著吳昭。

吳昭一時之間說不出話來，張嘴幾秒後才勉強發出聲音，「以後不、不准再這樣了！」

吳梅咬牙，忍下從舌根傳來的作嘔感。她用袖口抹了一下臉上的汗水和快要奪眶而出的眼淚，決定破釜沉舟。

「媽，我愛牠，我想和牠在一起。」

吳昭倒吸一口氣，驚惶地退後一步，她神經質地掃視四周，不願對上吳梅的目光，嘴巴半開，卻愣是發不出一點聲音。

幾秒後她才極為勉強地說：「我、我頭有點暈，要回房間休息一下。吳梅，妳聽媽媽的話，明天我們就去把這隻豬退還給何老闆，之後我會安排相親，幫妳找一個好對象。」

語畢，逃也似地離去。

「媽！」

吳梅無力地坐下來，李歌仍在蹭她，她抱住李歌眼淚直流，但倔強地咬著牙，不讓自己哭出聲來，過了一會兒，她捧起李歌的臉，表情漸漸變得堅定。

她親吻著李歌，將右手慢慢地伸往李歌仍興奮的性器握住，溫柔地挑逗，給予刺激。李歌的呼吸沉重起來，蹭蹭吳梅抱著牠的左手，炙熱的氣邊全數撲打在吳梅白皙的肌膚上，甚至伸出舌頭舔去吳梅臂上的薄汗。

吳梅感受到李歌溫熱的氣息，甜蜜地呻吟了幾聲，呼吸也急促起來。她望著眼前的草地，未乾的眼淚模糊了視線，那草隨著她的喘息和她手撫觸的頻率扭曲搖擺，不知過了多久，李歌終於射精。

吳梅大汗淋漓，她呆了一下，瘦軟無力地將手伸入口袋掏出手機，手上殘存的精液在螢幕上滑開一道道淫靡的軌跡，她撥出一組號碼。

電話接通。

「喂，您好，我們是花月婚禮，敝姓林，很高興爲您服務。」

「你好。」她沙啞地說：「我想辦一場婚禮。」

那是一場失敗的婚禮。套用媒體評價就是：一場鬧劇。

然而那一晚的洞房，卻是她二十五年來的第一次高潮。

新婚第三天，何老闆派吳梅到科技城出差。吳梅百般不願，但沒辦法，原本要去的員工忽然闌尾炎發作去掛急診，她只能放下李歌，到跟豬場合作的生技公司討論最新的豬隻藥劑。

科技城是全國人口最密集之處，交通繁忙，車輛來來往往，行人各個菁英打扮，行色匆匆。吳梅要前往的生技公司總部是國內數一數二的生技龍頭，其規模龐大，樓層數大約八十上下，在所有建築中特別突出。

在櫃檯人員的帶領下，吳梅順利地來到實驗室。

一進去吳梅就嚇了一大跳，實驗室非常凌亂，跟外頭科技大樓簡潔幹練的風格完全不同。地板上堆滿紙張，大多數都是畫記過的各國論文或科學雜誌，各種語言都有，還有一些燒杯、試管等實驗器具，其中有幾樣還碎了。

除了紙堆，比較顯眼的是兩張實驗檯子，上頭放滿了各種吳梅看不懂的機器，讓人眼花撩亂。爲節省空間及增加方便性，檯子上設有櫃子，櫃子內一半擺資料，另一半擺滿實驗用具。不過，最吸引吳梅的是實驗室右邊角落的大櫃子，因爲是玻璃門，所以吳梅可以很清楚地看見櫃子內整齊地排滿瓶罐，瓶罐內容物的顏色各異，有些顏色極不自然而顯得詭異。

郭先生正拿著英文論文坐在一張檯子前，他望向吳梅微笑。雖然實驗室凌亂不堪，他身上穿的純白實驗服卻一塵不染。

吳梅小心翼翼不踩到地板上的障礙物，來到他旁邊。

郭先生彎腰熟練地從地上混亂的紙堆中翻出公司的宣傳本子，攤開在檯子上。

「來，我跟妳介紹我們公司推出的最新一季產品，叫做『優生藥劑』。」

郭先生對吳梅友善地笑，指指實驗室後方放滿瓶罐的櫃子。

「『優生藥劑』，顧名思義，就是可以精準地控制豬隻的品質，改善或者扭轉不良基因的藥，像是脂肪比率、肉汁鮮美度、健康狀態等等都可以改正，有一系列的產品選擇，如果覺得不夠，我們也提供客製化服務，依照你們的需求製造藥劑，改造的範圍非常廣泛，我有信心，你們提得出來的要求，沒有我們做不到的。」

吳梅審視著價目表。

「這麼神奇，什麼都可以改？」

「是啊。」郭先生說：「神奇到有時候我都覺得自己變成造物者了。」

郭先生說這句話的時候，語氣低啞詭異，與方才溫和圓滑的感覺判若兩人。

吳梅不禁瞄了一下這位古怪的科學家，但他仍是笑得那般和善。

吳梅和郭先生談的比想像中順利，幾個小時後她走出生技公司大門，心情雀躍。

就在這時，手機響起，來電顯示是吳昭，吳梅接聽。

「李歌去世了。」吳昭慌亂地說。

過程並不複雜，今早吳昭出門買菜忘記鎖門，李歌跑了出去，被剛好載貨回養豬場的何老闆撞死。

過了一會兒何老闆也打電話來，「吳梅，我把豬的錢退還給妳，啊事情就這樣算了。這事也算我倒楣，好好開個車，突然有隻豬衝到馬路上！本來還想要妳賠修車費，不過看在妳是我員工的分上，我就不計較了。那就這樣吧，我明天把錢匯給妳。」

眼淚開始湧現，吳梅呆滯地握著喋喋不休的手機，然後把它砸了。

新婚第五天，吳梅前往警局報案。說要告何老闆殺人罪，但被員警拒絕，她憤怒地找來記者，面對鏡頭大罵司法不公。

當時吳昭在家裡看到新聞的現場直播，馬上關掉電視。她不自在地坐了一會兒，最後終於受不了地站起來，去客廳角落拿起吸塵器開始吸地板，一絲不苟地順著地板的格子排列吸，仔細到連沙發和櫃子都大費周章地移開來清掃，不過其實沙發和櫃子下頭都很乾淨，因爲她最近清理過太多次了。吳昭慢慢清著，愈來愈接近放李歌屍體的冰櫃，她猶豫了一下，伸手欲挪開，最後手還是縮了回去，轉身去清理別的地方。

夜晚，吳梅躺在凌亂的床上睜著眼，翻來覆去睡不著。時鐘滴答滴答響，她揉揉臉，起身在床沿坐了一會兒，有些煩躁地抓了抓頭髮。她站起身來，將書桌前的椅子拖到窗戶邊放好，無力地坐下，望向後院風景發呆。

放在書桌上的手機忽然響起，掩蓋了時鐘滴答聲，在寂靜的夜晚顯得特別清亮。吳梅接了起來。

「郭先生?如果是要討論『優生藥劑』的事情，我已經辭職了，你去找何老闆吧。」

郭先生用溫和的語調說：「不，我不是要討論公事，我是想關心妳的狀況，妳最近過得如何？」

吳梅皺起眉頭。

「我是想要告訴妳，雖然看起來全世界都在反對妳，但總會有支持妳的人。」

「我不懂……。」

「吳梅，妳是我遇過最堅強的女孩，如果有任何需要，妳都可以來找我。」

郭先生在實驗室檯子前，一邊和吳梅通電話，一邊拿著一份報紙閱讀，赫然就是吳梅大鬧警察局的報導。

吳梅往後靠在椅背上，仰望黑夜。她深深地吸了一口氣後，又慢慢地吐氣。她靜靜地聽著自己的呼吸聲，聽得如此專注，以致於她都忘記自己是怎麼開口的。

「郭先生，我一直在思考一個問題……我只是想和牠在一起而已，爲什麼這麼難？」

兩人徹夜長談，直到窗外天色漸漸明朗才結束通話，手機顯示電力只剩下百分之二十。她摸著脖子清了清喉嚨，走下樓欲喝水，卻發現吳昭正在廚房刷水槽。

「吳梅，李歌的屍體我們是不是該找時間拿去火化？」吳昭躊躇地說，雖然她刻意用平常的語調，但吳梅還是察覺出她的緊繃。

吳梅喝著水沒回答。

「如果妳不想的話，還是可以再放著。不過一直放著也不是辦法。」

吳梅放下水杯。

「那再等等吧。」

吳梅轉身便走。

吳昭盯著吳梅愈來愈遠的背影，忍不住開口：「吳梅！我……我那天應該要把門鎖緊的……對不起。」

吳梅腳步頓了一下，頭也不回地上樓。

經過那晚的交談，吳梅和郭先生對彼此熟悉不少，這也是吳梅這段期間以來第一次可以對別人暢所欲言。長時間壓抑的孤寂終於找到出口，郭先生是非常體貼的傾聽者，而吳梅急需發洩，有時她說著說著還會哭出來。

一開始吳昭還對吳梅忽然冒出來的「新朋友」抱持懷疑，後來處理李歌冰櫃的那一天，郭先生來幫忙，吳昭留他下來吃飯。郭先生溫和有禮的談吐很快便博得吳昭的好感，她甚至暗暗盤算著，也許等吳梅忘記李歌去世的傷痛，郭先生會是她可以好好發展的對象。

飯後，郭先生便回科技城了。

吳梅窩在房間裡發呆，她最近都這個樣子，懶懶地不想動，也不知道要幹麼。

郭先生說過，要堅持住，對未來抱持希望，因爲一切都還有可能。

吳梅也想要相信他，可是她就是提不起勁。她總想著幾個月前，她帶著李歌回家的那一晚，李歌蹭著她腳踝的溫度，路燈下他們影子相融，密不可分。

午後的風讓人頭昏腦脹，不知不覺間，吳梅睡著了。她睡得不安穩，耳邊總有聲音在大叫，她蜷縮在夢境中的某個角落，煩躁地想要吼回去，沒想到卻驚醒，發現原來是手機鈴聲在擾人。

她不情願地抓起手機接聽，另一頭傳來郭先生的聲音。

「吳梅，我剛發現一件非常重要的事。」

吳梅揉揉臉頰，打起精神。

郭先生說：「屍體有幾個疑點，結合機器檢測，結果顯示，李歌是頭部遭毆打致死，而非車禍。」

同一天晚上，吳梅向吳昭提出離家前往科技城發展的決定。

李歌去世的第七十一天，吳梅走入實驗室，郭先生拿著一件實驗服和胸牌給吳梅，牌子上寫著姓名和她的新身分：實驗助理。

吳梅套上實驗服後，不自在地調整了一下，掃視實驗室，接著走到李歌的冰櫃前。

李歌的屍體僵硬而慘白，小小的眼睛沒有閉上，空洞地望著吳梅。

郭先生拍拍吳梅的肩。

「別擔心，我會幫妳的。」

吳梅無力地靠著郭先生的肩膀，低聲說：「要是沒有你，我真不知道自己一個人該怎麼辦……。」

吳昭本來贊成吳梅去科技城當郭先生的實驗助理，可才過一個月就後悔了，自己一個人在家實在有些寂寞。她百無聊賴地看電視，轉了幾台都覺得沒意思，於是關掉電視，打了視訊電話給吳梅。

「週末我去看看妳吧？順便帶點東西去感謝郭先生的提拔。」

「媽，我們每週末都有會議要開，沒時間招待妳。」

「我不會佔用太多時間的，只是吃個飯就好。」

「我眞的沒空。」吳梅拒絕，「我這邊還有事要忙，先掛了。」

「那好吧，記得別太累啊，我——」

不等吳昭講完，吳梅就結束視訊了。

殯儀館火化場裡的爐火燒得旺盛。

吳梅將手機放入口袋，臉上映著火光。

工作人員將放著李歌屍體的架子送入火爐，關上爐門，屍體消失在視線裡。站在她身邊的郭先生輕輕地拍著她肩膀安慰，吳梅情緒不穩，差點腿軟跌倒，郭先生一把抱住她，拍拍她的背安撫。吳梅緊緊抓著郭先生的衣服，彷彿抓著最後一絲希望。然而過了幾秒，吳梅感到一陣不適，猛然放開郭先生，摀住嘴，表情痛苦。

「妳還好嗎？怎麼了？」郭先生關心道。

吳梅本想開口，不料卻開始嘔吐。她摸著微微突起的肚子，就像摸著世上最珍貴的寶貝。

三個月後，吳梅告知吳昭，她懷孕了，並且剖腹生下早產兒。

「這也太突然了。妳和郭先生——」吳昭驚訝地問。

「媽，來看看孩子吧。」吳梅幸福地說。

吳梅在科技城的新家是位於某棟公寓大樓的二樓，三房一廳，門口進去面對客廳，沿著走道深入右手邊有廚房，左手邊則有臥室和書房，布置溫馨。

吳昭好奇地打量屋內。

「裝潢不錯，就是格局有點小。」

「市區嘛，這樣已經很好了，郭先生幫我找了很久呢。」

吳昭感嘆：「郭先生對妳很用心哪……。」

吳梅將吳昭帶來的嬰兒用品和奶粉放好。

「媽，我帶妳去看他。」

吳昭跟著吳梅的腳步，心裡忐忑。她覺得很矛盾，一方面擔憂吳梅和郭先生感情發展得太快，另一方面又爲第一個外孫的誕生感到喜悅。

走往房間時，吳梅喋喋不休說著關於孩子的事。

「媽，我跟妳說喔，他最近迷上玩球，我記得這也是我小時候最喜歡的玩具！我在想，以後是不是可以在房間做個球池？我上網查過了，很多媽媽也會買，不過種類太多，我還沒想好要買哪種……到了！媽，準備好要看他了嗎？」
吳梅站定，回頭對吳昭微笑，率先走進房間。
房裡放著一張雙人床和一張嬰兒床，地上鋪著巧拼，巧拼上則散落著各種玩具。吳梅走到嬰兒床前，小心地抱起孩子。
吳梅背對著吳昭，擋住了吳昭的視線，吳昭看不見孩子的全貌，忍不住湊了過去。
吳梅轉過身子面向吳昭，笑容滿面。
「媽，她很可愛吧？」
嬰兒幼小的身軀上長著一張豬的臉孔。
吳昭尖叫了起來，退後好幾步，臉因為恐懼而扭曲。
「他……怎麼……。」
吳梅低頭溫柔地看著孩子，輕吻一下孩子的額頭。
嬰兒小小的手摸上吳梅的臉頰，發出「咿咿啊啊」的聲音。
「他是我懷胎半年生下來的喔，他是李歌。」
「什、什麼？」吳昭混亂地說：「李歌不是死了嗎？那妳……妳和郭先生又是怎麼回事？」
吳梅抬頭看向吳昭，充滿歉意地笑。
「媽，對不起讓妳誤會了，這小孩是李歌沒錯。郭先生和我一起設計了獨特的『優生藥劑』，扭轉李歌的細胞基因，將李歌改造成人類。」

吳昭嚇呆了，張著口卻講不出任何話。

吳梅滔滔不絕地解釋：「媽，他不是豬，雖然有豬的樣貌，但他同時也是個人類，妳可以把他當作人類男孩也沒問題，我跟郭先生確認過了，他和我們在生物學上是『同種』，可以和我繁衍後代，而且我們的後代也有生育能力。」

吳昭震驚過度，瀕臨歇斯底里。

「吳梅！妳醒醒！看看妳手裡抱著的東西！那是怪物！妳不能養這個……東西，妳的人生會被牠毀掉。生物融合技術是違法的，妳會被抓去關……。」

說著，她撲過去搶嬰兒。

「這東西必須處理掉！」

吳梅反抗，兩人的動作弄痛嬰兒，嬰兒開始大哭大叫。掙扎中，吳梅找到空隙踹了吳昭一腳，拉開兩人距離，並且受不了地大吼：「妳已經害死李歌一次了，現在還要殺他第二次嗎？」

吳昭動作一頓，不可置信地望向吳梅。

「妳……知道了？」

「對。」吳梅沉聲道，她退後幾步，將嬰兒放回嬰兒床上後，冷冷地面對吳昭。「郭先生在幫李歌檢測細胞數據時，察覺到屍體不對勁，告訴我李歌是因爲頭部受到擊打而死，並非車禍。媽，妳對李歌的敵意太明顯了，所以我很難不懷疑妳。我推斷，如果妳要殺李歌，妳一定不希望我認爲妳是兇手，因此妳去找了何老闆，而最能夠說服何老闆的東西就是錢，於是我後來去查了爸過世後妳繼承的那一筆遺產的流向，發現果然是匯到了何老闆的帳戶。」

吳昭僵在原地。

吳梅一步步逼近吳昭，目光帶著濃濃的仇視。

「我本來已經下定決心要原諒妳了，可妳爲什麼又要毀掉我喜歡的對象？我做錯了什麼？我做錯了什麼——」

吳昭感到恐懼，轉身想逃，卻被吳梅拉住了頭髮，遭受暴打。

「吳梅！停手！啊！我求妳了……別這樣……。」

吳梅無視吳昭的掙扎反抗，徒手重擊她的臉，骨頭和骨頭碰撞，她卻感受不到絲毫疼痛，下手狠絕殘酷，甚至還感受到一絲絲隱密快感。

「我做錯了什麼？妳告訴我啊！我做錯了什麼？」

吳梅眼眶發紅，神經質地笑了出聲。

吳昭已經死了，吳梅仍陷入瘋魔狀態不斷地毆打屍體，一直到再也擠不出任何一丁點力氣才回過神來。她全身乏力地坐在屍體旁，少了吳昭的求救聲，房間異常安靜。

坐在嬰兒床內的李歌不知何時奇異地噤了聲，不哭不鬧，幽黑的眼睛注視著滿手是血的吳梅，以及死去的吳昭。他那張酷似豬隻的臉龐還殘留著幾十分鐘前哭鬧時流下的淚水，但是微微咧開的嘴卻彷彿在笑。

完美 Lily

周若

一、

一到午休時間，辦公室頓時變得十分有活力。當同事們都在閒聊時，王美心沒有和任何人交談，就像是透明人般，默默去蒸飯箱取出自己的便當。

回到座位，她點開電腦上的社群軟體，認識多年的網友們此刻也都在午休，群組不停刷出新訊息。一位朋友正在抱怨他們家的男店長慣壞美女新人，捅了婁子也不敢罵，只會要求其他人幫忙擦屁股。

美心正打算加入話題時，就被不速之客的聲音打斷了思緒。

「美心姊。」

聽到有人叫自己的名字，她反射性地將訊息視窗縮到最小。抬起頭，她看見比自己晚幾個月進公司的同事謝芝馨站在桌旁。她長相甜美、打扮入時，在同事及上司面前如魚得水，但辦事能力卻不怎麼牢靠，時常被上司「提醒」。

而美心的各方面幾乎與她相反，兩人雖然年紀差不多，但對方卻很堅持叫她時要加個「姊」，嘴上說是比較尊重，但美心很清楚，芝馨只是想透過譏諷自己既沒保養也不會打扮，好彌補在她面前受損的自尊而已。

此刻謝芝馨主動找自己搭話，鐵定沒好事。但她也不想得罪他們那群人，於是她還是勉強開口問道：「怎麼了？」

「美心姊，是這樣啦，我之前有買遊樂園的情侶套票，但我男友最近很忙，不能陪我去，美心姊妳要不要？我可以半價轉賣給妳。」

明知她沒有男友，還來問這種問題，果然沒好事。美心撐起笑容，諷刺道：「不用了，『我們』都這把年紀還去遊樂園，感覺太裝年輕了。」

聞言，芝馨也不甘示弱地回嘴：「確實呢，美心姊看起來是不太適合這些年輕人的娛樂，我應該問實習生們才對，抱歉啊，耽誤妳獨處。」

故意諷刺美心總是一個人吃飯後，芝馨轉身拿著兩張票離開。叫上她們那一掛的其他人，便往茶水間方向走去。

美心知道，待會茶水間裡又會出現什麼樣的話題——反正又是要批評她的外表以及個性差，所以交不到男友吧。每次只要她們在工作上出了什麼錯，接下來就會想辦法找自己的碴。而主管明知她們感情不睦，還老是拿自己的表現去刺激她們，以為這樣做可以激勵芝馨她們的上進心，卻只是使她的處境愈發困難。

但是她早已習慣了這一切。她沒有辦法反擊，也不想率先示弱，只能氣悶地點開聊天群組。她和網友們每次談到這類與性別和外表有關的話題時，都有說不完的吐槽與怨氣。群組的話題已轉到另一位做網路行銷的人身上，她正飛快地連發訊息抱怨：「我每天努力想增加粉絲專頁流量，都沒人理我，結果正妹露個奶，寫些圖文不符的內容就能騙到一堆讚，我覺得超不爽！」

美心忍不住笑了。她們這群人當然知道，美女也會遇到性騷擾之類的麻煩事，但同時，美女享受了諸多特殊待遇，也是不爭的事實。這世界就是容易被外在事物所迷感，許多人嘴上說著不在意外表、要看人的內在，但實際上還是會忍不住用外表、金錢、地位來決定對待他人的態度。

就像外貌姣好的同事明明老是找自己碴，工作效率又低，但上司對她的無能和惡行就是會睜一隻眼閉一隻眼，而要是自己犯下同樣的錯，受到的譴責絕對不會只有這種程度。面對這種不公平待遇，朋友們都感到憤憤不平，但她偶爾卻會感到一絲羨慕。

——她的一生，恐怕永遠也無法站在舞台正中央當女主角，只能一輩子在不起眼的角落，演些跑龍套的角色。如果能有機會，她還眞想體驗一次像偶像劇那樣華麗燦爛的人生，那樣的她，一定會比現在更有自信吧？

二、

拖著上完一天班的疲憊身軀，美心回到了自己的小套房。她將警衛代收的包裹隨手丟到沙發上，先打開了電腦的電源，這才脫下上班穿的衣服。當她正要換上居家便服時，突然想起剛拿到的包裹，於是連忙走向沙發。

她一把撈起包裹，粗暴地扯開包裝，拿出一件大紅色的低胸連身洋裝。她將洋裝舉到面前，在燈光下興奮地翻看著。但往自己身上一比後，美心頓時爲自己衝動買了這麼大膽的款式，感到一絲後悔。

她沒有什麼值得一提的偉大興趣，平常下班就喜歡逛網紅、網美的 Instagram 和 Facebook 粉絲專頁，每次看到那些美女拍出各種美照，她就不禁幻想自己也能變成那樣，而每次的衝動購物大概就是在這時候。她會湧起一股改變自己的動力，然而因爲三分鐘熱度，這些塑身減肥、學化妝穿搭的變身大作戰，通常都以失敗告終。

雖然有些後悔，但衣服都買了，美心還是姑且手忙腳亂地把洋裝套上，站到穿衣鏡前。鏡中的人頂著一頭亂髮，有著膚質狀況算不上好的臉龐和平凡的五官，也因爲未施粉黛，明顯與這件風格強烈的洋裝並不搭配。整體上，與其說是人穿著洋裝，不如說是人被搶眼的洋裝給架了起來。

「果然，不會化妝還是不行……。」美心挫敗地喃喃自語。

換下洋裝，她又穿著平時的運動服回到了桌前，點開FB網站。

前幾天她在四處逛時，意外發現一個正妹的個人頁面。美心認爲那個叫「曾莉莉」的女孩，論外貌絕對贏過多數網紅，然而她卻從未聽過這個人，這可能是因爲對方不是以網美的身分在經營，也沒有開設粉絲專頁。

眞可惜。憑曾莉莉的外貌跟身材一定可以紅，要是換作自己，應該早早就會開設Instagram或粉絲頁了吧。美心打開莉莉的私人頁面，仔細看起她的動態牆，莉莉的最新一篇貼文，已經是幾年前的文章了，不知道她是不是轉往使用其他平台了？畢竟這樣的正妹，不可能沒有社交生活吧？

莉莉那篇最「新」的貼文，置身於一間感覺相當高級的酒吧，俏麗的五官帶著自信笑容，身上洋裝正是美心剛才試穿的那件。她正是爲此才衝動買下的，爲了買同款還找了很久。但美心不用比較都可以知道，照片中的人和自己相差有多遠。

要是她天生就長著那樣的臉，人生會有多美好啊？美心嘆了口氣，再度點開朋友們熱鬧的聊天群組。

今天有個朋友被同事鬧得不開心，正在大吐苦水：「他們每次都說是就事論事，最好是啦！」

另一名朋友也附和：「下次妳就應該錄影，讓他們看看自己跟不同人講話時，嘴臉落差有多大！我也很想哪天在會議前先和我同事對調提案，看看得到的評價會差多少！」

「不錯耶，也許我們還可以來弄兩個假帳號，發一樣的文章，然後一個把頭像放上正妹照片，另一個放自己的照片，看看人氣會差多少。」

「哈哈，妳很壞耶！」

群組裡的話題變得很快，很快就把舊話題洗了下去，但美心卻是盯著假帳號三個字，久久沒有回神。

美心想到那件還躺在沙發上的大紅色洋裝。以她半途而廢的習慣，很可能再過個五年、十年，她還是無法成爲適合那件洋裝的自信美女。

但如果她只是想體驗一下被人吹捧的感覺，其實也不一定要眞的變身成正妹啊，她只要弄個假帳號，應該就能滿足這小小的心願了吧？只要不借用知名網紅的照片，又不拿帳號來做壞事的話，應該不會馬上被發現，也不會影響到別人的名譽……假設有人發現，也只要立刻關掉粉絲頁就好。

一邊自我說服，美心又點開了曾莉莉的ＦＢ個人頁面。她猶豫地盯著那洋溢自信微笑的姣好面孔，片刻後，登出了自己的帳號。

網站自動回到首頁，並顯示出給訪客註冊新帳號用的空白表格。美心將游標點進欄位，填入了「Lily」，並按下「註冊新帳號」。

三、

美心刻意選擇跟莉莉很像的英文名字來註冊，如果有莉莉的好友發現她的專頁，或許會以爲是莉莉本尊的新帳號，不會馬上攻擊她，她就可以有多一點時間把帳號關掉。

而這點美心倒是多慮了，從創造假帳號的那天起已經過了半年，至今沒有一個人懷疑過她是假貨，也沒有出現任何認識「曾莉莉」的人。反倒是美心原本貧乏的生活有了新的樂趣。現在一回到家，她會從事先存下的莉莉照片中挑出一、兩張，再用假帳號發布貼文和回網友留言，最近假帳號增加了許多粉絲，所以她回留言的時間也跟著增加不少。

最初她還爲了貼文內容煞費苦心，但當她發現發兩、三張沒內容的照片，會比絞盡腦汁寫出一篇精彩卻沒附圖的貼文更受歡迎後，她乾脆省下了思考的工夫。

而過去不怎麼喜歡照相和外出的她，現在爲了經營好假帳號，不僅假日經常出遊，開始學習打扮，也花了不少時間研究能讓照片更好看的拍照及修圖技巧。

她發現這些原本她下意識看不起、也老是半途而廢的「膚淺」俗事，竟意外地有樂趣。

如果朋友們知道她「墮落」到跟那些無腦網紅沒兩樣，一定會氣得跳腳吧？不過美心的想法也有所改變。她只是享受光環而已，又沒做什麼傷天害理的事，網友的讚美讓她愉快，而粉絲得到她的回應也很開心，這可以說是雙贏的關係啊，有什麼不好？

美心在心裡說服自己，邊打開了假帳號的FB頁面。她先上傳一張曾莉莉的低胸露乳照，接著隨意輸入了幾個字：「寒流來了，好冷喔～大家也要多穿點衣服保暖哦！」

她送出那夾雜許多愛心與表情符號的貼文，欣賞不斷攀升的讚數及留言量，直到滿意後，才改登入自己的帳號，幫假帳號點讚、留言。

最初會用自己的帳號加假帳號好友，是爲了讓假帳號看起來比較像個眞人，也可以讓頁面看起來熱鬧些。如今假帳號的粉絲暴增，其實已經沒有這麼做的必要，但她還是繼續扮演假帳號的好友。雖然她最初覺得要誇獎自己很難爲情，但持續幾次之後，她竟然漸漸對自己變得比較有自信。

這也是託了科技的福，隔著一層螢幕，那些點讚的人根本不會發現假帳號和這個「長相平凡的姊妹淘」實際上是同一人。有些時候，她會按著莉莉拍過的照片尋找同一間餐廳，再前去拍照，弄得像是兩人吃下午茶的樣子。從來沒有人會察覺，那些號稱姊妹淘一同出遊的照片中，永遠都是互拍、永遠都只會出現一個人。而由於她的身材還算瘦，只要照片不露出全身，她甚至可以拿某些自己的照片謊稱是莉莉——同樣地，也沒有人發現。

看來她跟莉莉之間的差距，並沒有自己想像的那麼大嘛。美心不禁得意。

又欣賞了一番今日成果後，美心愉快地關掉網站。最近經營假帳號佔去她大多數的時間，所以回覆朋友的時間也少了。但是她並不覺得可惜，她現在每天都感覺得到自己拍照技術的進步，也對過去自己唾棄的事物有了新的看法，她正忙著充實自己、應付虛擬人生，實在沒有太多閒工夫去跟那些人一起抱怨。

只是現在的生活雖然充實，但美心還是不免會偷偷想，如果能再來一段她人生中的第一場戀愛，那就更完美了。

上天彷彿聽見了她的心願，不久後，假帳號竟然眞的帶來了一名美心心目中的理想男友。

遇見正軒的那天，美心正窩在常去的咖啡廳老位置上，對著蛋糕拍照。她喜歡這間的甜點，拍照起來又很上鏡，有時想不出要更新什麼內容，她就會到這裡來吃甜點。她也不怕網友們知道「Lily」是這間咖啡廳的愛好者，反正他們永遠不可能和「Lily」偶遇。所以她沒必要藏著。

結束今天的任務後，她立刻點開ＦＢ，登入假帳號。果不其然，今天也有一堆私訊通知。雖然因爲美心不可能露面，根本無法答應這些邀約，但看他們爲了邀她而說出各種溢美之詞，還是讓美心心情很好。美心興高采烈地點開最新一則私訊——來自一個名叫「Wu-Ming」的網友——而下一秒，她的笑容卻僵在臉上。

私訊裡只簡單寫著九個字：「盜圖小偷，還不刪帳號。」

雖然從創帳號開始已經半年過去，比她預期的時間長了很多，但美心還是沒想到竟然會在這個時間點被拆穿。

如果這個叫Wu-Ming的網友再早一點出現，她或許會果斷地關掉帳號吧。然而現在的她沒有辦法這麼做——這可是她經營半年的帳號耶，在這人公開來鬧板前，她就當作沒看見吧。美心駝鳥心態地關掉了 Wu-Ming 的私訊。

除了借來的照片外，假帳號的其他內容都是她努力經營的成果，那些驚人數量的粉絲，絕不單純是靠著「曾莉莉」照片的功勞。美心在心裡誇獎自己，專心到完全沒發現一名路人從她身邊經過，並在瞥見她螢幕上的畫面後，停下了腳步。

直到一隻手拍了拍美心的肩，一道男聲同時響起，她的思考才被中斷。

「這位小姐，不好意思，可以打擾妳一下嗎？」

突如其來的聲音讓美心嚇得差點讓手機掉到桌上。她猛地轉頭望向出聲的人，才發現是一名還挺帥氣的青年。

對方見她似乎被嚇到，先是說了句「抱歉」，這才接著解釋：「不好意思，突然跟妳搭話好像讓妳嚇到了。我不小心瞥到妳的手機畫面，所以想問妳一下，妳認識曾莉莉嗎？」

他是曾莉莉的朋友？

美心不禁打量起對方。青年溫文儒雅，帶著書卷氣息，外表十分英俊，衣著也看得出來有特地打理，應該很受歡迎吧？美心不常和陌生男性講話，現在謊言又即將被拆穿，讓美心彷如芒刺在背。

她故作平靜地回答：「啊……我不知道她是不是你說的人耶，她姓王，不是曾……不過她的英文名字確實是叫 Lily。你認識她嗎？」

「當然，我不會認錯，這就是我在找的人。我是她男友，名叫溫正軒。」

男友？聽見青年的自我介紹，美心困惑地皺起眉。既然是曾莉莉的男友，應該也有她的FB好友吧，怎麼會分不清帳號是不是本人的？

正軒像是沒有發現美心的疑問，自顧自地又說：「所以妳是莉莉的朋友嗎？我一直在找她，不知道妳方不方便給我她的聯絡方式？」

太可疑了。美心懷疑地看著對方，謹慎答道：「我是她朋友，但如果你真的是她男友，爲什麼還需要問我這個問題？又爲什麼要找她？」

在她狐疑的眼神下，正軒無奈地露出苦笑。

「說來話長。嚴格說來，我應該算是她的前男友。我們並沒有正式分手，只是幾年前我和莉莉最後一次見面時，我們大吵了一架，後來她就失蹤了，直到現在都還沒有聯絡上。」

聽完正軒的說明，美心想到自己盜用的是一個生死不明的人的照片，頓時有點受到驚嚇。她雖然理解對方爲何想追問，但可惜的是，從她這裡是不會有任何線索的……因爲美心最初看到曾莉莉的帳號時，她也已經有很長一段時間沒有更新。

美心同情地望向正軒，而對方接下來說的話，愈發增長了她的同情心——

「我沒想到會在這裡得到她的消息，這眞是太好了，我這幾年來一直很想確認她的安危……所以莉莉她過得還好嗎？」

聽見正軒的話，美心不禁在心裡搖頭。

——這個曾莉莉，就算是和男友吵架，讓人家擔心成這樣，也實在太過分了。

美心忍不住在心裡譴責，然而她實在很猶豫要不要告訴對方，這帳號其實是她開的假帳號。美心飛快思考如何先矇混過去，最終選擇了避重就輕的說法：「莉莉看起來過得還不錯啊，常發吃喝玩樂的照片。」

從外人的角度看假帳號發的動態，這樣講也不算錯。

溫正軒聽到她的話後，似乎鬆了口氣。「這樣啊，那就好。那妳可以借我看一下她的帳號嗎？我想聯絡她。」

這請求讓美心的神經頓時繃緊。正軒的請求再正當不過，她沒有任何不答應的理由。但如果對方眞的聯絡假帳號，她可沒有信心能在本人的前男友面前扮演好莉莉這個角色。

當然，她也可以不理會對方的聯繫，只是這人找了莉莉這麼久，這麼深情，自己卻害他浪費時間，這樣眞的好嗎？

良心與私心同時在耳邊爭吵，然而美心沒有太多時間猶豫，因爲溫正軒已經看出了她的遲疑，此刻正顯得困惑。

「怎麼了嗎？我眞的不是什麼可疑人物，我只是想聯絡她而已，不會造成什麼傷害的。」

正軒的表情十分誠懇，這也讓美心心生罪惡感。

算了，只是給個假帳號而已，等這個人聯絡假帳號時再來想辦法吧，大不了就關帳號，跟原先的預計也沒差太多。美心安慰自己，並連忙遞出了手機。「啊，抱歉，我沒有那個意思。你想看就看吧。」

正軒認真記下假帳號後，正要將手機還給美心的同時，似乎也看到了美心剛才回覆假帳號的留言，露出了好奇的表情。

「我再冒昧請教一下，妳跟莉莉是不是很熟啊？」

「嗯，應該算……熟吧……。」美心尷尬地回答。

雖然她已經在網路上自導自演了好一段時間，但這還是她第一次在現實中演戲，對方還是認識莉莉的人。美心在心裡祈禱對方不要問太多，然而事與願違。對方似乎對她的遲疑態度感到困惑。

「怎麼了，妳是不是和莉莉其實關係不好？」

此時美心也只能把戲演到底，她連忙擺了擺手：「沒有感情不好啦，我們還會一起出去吃飯呢，她的塗鴉牆也有貼照片。」

雖然那些照片要嘛是她自己在餐廳裡點了兩人份餐點，要嘛就是靠修圖。

正軒聞言，卻是一臉驚訝：「妳跟莉莉一起出去過？那關係就算是很不錯了啊。莉莉幾乎沒有女性朋友的。」

「咦……真的嗎？」美心暗自一驚，不禁慶幸還好當初自己懶惰，沒有多辦幾個帳號當假帳號的椿腳，不然現在大概就直接露出馬腳了。

正軒肯定地點點頭：「是啊，我從沒看過她和同性朋友在一起，她以前在學校好像還被排擠過。」

這經歷跟自己還眞像。美心回想莉莉的粉絲專頁，實在難以想像她也會有那樣晦暗的過去，便同情地幫莉莉想了個理由：「是不是因爲她長得太漂亮了？」

對於她的推論，正軒笑著搖了搖頭。

「我猜錯了嗎？」她困惑地問。

正軒開口解釋：「算是吧。我只能說，她以前長的根本不是照片中這樣，當然也不可能是因爲太好看而被欺負。」

這意思是……整形嗎？美心不禁瞪大雙眼，琢磨了一會，才鼓起勇氣追問：「所以你當初就接受了她的長相不是天生的嗎？」

正軒的反應倒是意外地爽快。

「當然，爲什麼不能接受呢？追求美是人類的天性，不然女性也不用化妝了，不是嗎？何況她的手術可是我做的，如果我不喜歡，那不就是拿石頭砸自己的腳？」

雖然今天已經一口氣接收太多令人驚訝的消息，但聽完這段話，美心還是難掩驚訝地盯著正軒：「所以你是……做醫美的嗎？」

「是啊。」正軒微微一笑。「幫助有困擾的男女追求自信。」

追求自信。這四個字彷彿魔咒般，抓住了美心的心。

她很驚訝那樣的美女竟然也是「人工製造」的。美心一直認爲整形一定會被別人指指點點，所以想都沒有想過要去做，但被這樣一提醒，她突然發覺除了原本就認識的人以外，外人根本不會知道自己有沒有整形。自己毫不懷疑地羨慕莉莉的「天生麗質」，不就是最好的例子嗎？

而莉莉既然辦得到，那就代表自己其實也有機會可以變成那樣。

以往她連踏入醫美診所的勇氣都沒有，在網友面前也很不好意思說自己想變美，怕被貼上愛慕虛榮的標籤。然而或許是被正軒大方的態度所鼓勵，向來不敢和男性攀談的她鼓起了勇氣，問：「醫生，我可以問你一些手術的事嗎？」

「當然可以啊，我可以坐妳對面嗎？」正軒指著美心對面的椅子問，在她忙不迭點頭後，他大方地拉開椅子坐下，從名片盒中抽了一張名片遞給她。「其實我本來也想問妳方不方便讓我留個聯絡方式。」

「咦！」美心驚喜地瞠大眼：「爲什麼？」

「因爲難得看到莉莉有朋友啊，我想也許會需要問妳一些事情……當然，如果妳不願意，我也不勉強。」

怎麼可能不願意呢？即便知道對方只是想了解前女友的事，而且他條件這麼好，也不可能會看上自己，但對美心來說，能認識條件這麼好的男性，簡直像是天上掉下來的禮物。

美心飄飄然地把自己的帳號寫給正軒，直到對方告辭，才忍不住看著名片傻笑起來。

——就這樣，她認識了溫正軒。

四、

美心從沒想過，假帳號竟然會爲她帶來一段眞正的邂逅。後來她聽說正軒自從跟莉莉分手後，到現在一直都是單身，這條件也美好到不像是眞的。

她原以爲正軒根本沒有時間理會自己這樣普通的女人，然而意外地，只要她拋出話題，正軒總是很快就會回應。她本來還消極地猜想，或許是因爲她曾經問過手術價碼，是潛在客戶，所以他才對自己這麼上心。

但如果眞是如此，正軒根本沒必要主動邀她一起吃飯或是看展覽。正軒稱讚美心不會急著倒貼，也不會擺明了要把他當凱子，所以相處起來很舒服。她從來沒有被異性這樣稱讚過，聽得她不住飄飄然。

不過正軒偶爾也會提出讓她頭疼的邀約，音樂會或畫展都不是美心有興趣的事物，然而她不想讓對方以爲自己是個低俗的女人，所以她還是努力做好功課，然後赴約。她想，努力去了解喜歡的人喜歡的事物，是再正常不過的事，所以當她聽說莉莉不會這麼做時，感到十分驚訝。

「所以莉莉都不會跟你來看畫展？」

美心驚訝地停下腳步，發現自己音量有點大，引來附近其他觀展人的注意後，她連忙低下頭。

他們已經看完了展覽，於是正軒帶著美心離開展廳，往附設的咖啡廳走去。

「剛開始交往時她還會跟，但後來說不想陪我來這種無聊的地方，漸漸就愈來愈少了。」正軒撇了撇嘴，語氣帶有幾分不屑。

「怎麼會無聊，畫展很棒呀！」雖然美心自己也不是很懂，剛才逛展時大多在放空，但她不想表現得跟莉莉一樣，被正軒看不起。

正軒似乎覺得她的回應很受用，微笑著嘉許她：「我就知道美心跟那種不上進的懶女人不一樣。我們眞的很合。」

正當美心爲了這句話暗自雀躍時，正軒也回憶起了過去。

「大概是因爲莉莉不願意陪我，我也不想陪她去那些低俗的娛樂場所，所以她才老在網路上徵一些亂七八糟的網友陪她出遊，還瞞著我創一堆社群網站和交友ＡＰＰ的帳號，掛單身狀態好方便約男人。在分手前最後那段時間裡，我們老是爲這個吵架。」

美心簡直難以想像，一個人有了這麼好的男友，爲何還要去網路上約人？她回想自己最初看到莉莉的私人ＦＢ頁面，確實如正軒所說，狀態是單身。現在想想，那可能也是莉莉私下偷創的帳號之一。莉莉有過這麼多不良記錄，難怪正軒看到自己創的假帳號時，一點都沒有懷疑那不是本人。

美心點點頭，同意道：「眞的耶，她現在的帳號也掛著單身。」

「她現在是眞的單身了，連我的私訊都不回。」正軒諷刺地微笑，又看向美心：「妳再幫我勸勸她吧。」

美心當然也有從假帳號看到正軒的私訊，但她不知怎麼揣摩莉莉的語氣，自然不可能回覆，於是就變成了好像莉莉故意不回訊息一般。原本美心對自己從中作梗感到有點愧疚，不過聽說了莉莉以前的行徑後，這種情緒便轉爲替正軒感到不值。

正軒傳給「莉莉」的私訊多半是爲了過去的不成熟向莉莉道歉，並說這些年都很擔心她，想碰個面再好好談談過去的事，看得美心既感動又嫉妒。感動是爲了正軒的深情，嫉妒當然就是爲了這麼溫柔穩重的青年，至今竟然還對莉莉念念不忘，這讓美心很不是滋味。

而正軒也會時不時問她，下次什麼時候要和莉莉見面，是否可以找機會讓他們三人一起吃個飯——他的想法當然是不可能實現的——於是美心也總是含糊回答「已經跟莉莉提過了，但她還沒有答應」。

她曾問過正軒，莉莉既任性又不檢點，脾氣還不好，當初怎麼會喜歡上她？正軒卻說，原本莉莉也是個溫和的女孩，只是改變外表後有了自信，又嚮往「貴婦」生活，脾氣才漸漸大了起來。從正軒的描述，美心知道莉莉的食衣住行都靠正軒供養，正軒當然不會讓她過得太差。

光想都讓人嫉妒。爲了轉變心情，美心改變話題：「爲什麼你這麼堅持要聯絡莉莉呢？是想挽回她嗎？」

她不安地看著正軒，很擔心他會點頭。但好險，對方篤定地搖了搖頭，臉上的笑容彷彿覺得這問題很傻。

「當然不是啊。我們早已不可能重來，我會想找她，不過是想把這件事做個結束。如果要談戀愛的話，我只想找新的對象重新開始……這次我絕對不會再犯跟之前一樣的錯。」

還好，正軒並不是執著於莉莉。美心鬆了口氣，又安撫對方：「我想你嘗試聯絡她這麼多次已經很有心了，不用一定要見到本人吧。」

美心的話其實包藏了私心，她希望正軒不要繼續關注「莉莉」，以免舊情復燃；也怕他這麼聰明的人關注自己的假帳號，會讓自己哪天不小心露出馬腳。

不過關於這點，正軒卻意外地堅持：「不行。沒親眼確認她生死，我難以安心。這點我沒辦法放下。」

正軒每次談到這話題就相當固執，講完就對服務生招了招手，間接表示不想繼續談下去，而美心也不打算說服對方，乖乖閉上嘴，話題就這樣告一段落。

只要兩人一起出門，負責點餐的一定是正軒，她一開始還會提自己想吃什麼，但正軒總對她愛吃的食物皺眉，不是說「高熱量又沒什麼營養，不要吃那個」，就是說「吃這個不划算，最好吃我推薦的這幾道菜」。久而久之，她也就放棄主張自己的喜好，加上正軒對餐點又有很多個人偏好，美心也不敢隨便幫他亂點，最後就把點餐這件事交給了對方。

正軒雖然有點嚴格，但自律又可靠也是他的優點，從他對分手多年的糟糕前女友還這麼有責任感，就可以知道要是他結婚了，一定也很令人安心。要不是莉莉那麼不自愛，搞不好他們現在已經結婚了。

對莉莉那彷彿麻雀變鳳凰的人生，美心感到欽羨和嫉妒，同時也竊喜莉莉放棄了這麼好的對象。要是和正軒交往的是自己，她一定會把握機會，才不會像莉莉那樣玩壞一手好牌……

這念頭冒出來的下一秒，美心忍不住嗤笑自己。

憑她現在的外表，有這種妄想也太不自量力了。她現在就連跟正軒走在一起，都會擔心旁人會笑自己配不上正軒。但整形要花一筆大錢，而且還有風險，她實在難以下定決心。

但……如果可以吸引正軒的話，這或許是一個值得的投資？

美心的腦中轉著種種念頭，等到坐在對面的正軒點完餐，服務生也走遠之後，才鼓起勇氣開口。

「那個，雖然有點突然，但如果想弄得像莉莉那樣的話，大概得花多少錢啊？」

聞言，正軒似乎有些驚訝：「妳想整得像莉莉一樣嗎？」

見她點頭，正軒陷入沉默，似乎正在計算金額。片刻後，他才再度開口：「嗯……她幾乎全身都動了刀，所以加起來應該超過兩百萬吧。」

「兩百萬！」美心簡直要被這個數字驚得跳起來：「她怎麼有這麼多錢？」

「因為她沒有付錢啊。」正軒似乎是覺得她的反應很有趣，笑著回答，彷彿一切都理所當然。「當時她已經是我女友了，她變美我也更有面子，我怎麼會跟她收錢呢？」

聽到這裡，美心簡直快被自己對莉莉的嫉妒給淹沒。為什麼別人的命就這麼好呢？竟然還有男友出錢讓她大改造！美心努力不讓表情變醜的同時，也裝出一副好奇的樣子：「我一直以為，你是先幫她手術後才跟她交往的……當初你怎麼會想跟她交往？」

「學生時聯誼認識的。我喜歡乖乖的女孩子，所以一眼就覺得她很適合我，至於外表，倒不是那麼重要。」

「一個整形醫生說這種話，不覺得很矛盾嗎？」她忍不住吐槽，見到正軒皺眉，她才想起正軒不喜歡被人吐槽，正想道歉時，正軒又開口了。

「我是說外表的問題『比較容易解決』，這樣講妳能聽懂嗎？」見她連忙點頭，正軒才恢復微笑：「唉，就是沒想到外表改變後，她連個性也變了。」

「如果是我的話……就不會變。」美心忍不住脫口而出，而正軒聽到她的話，並沒有她原先擔心的吃驚或是嘲笑，而是加深笑意，肯定了她的話。

「我也覺得如果是美心，一定不會犯下跟莉莉一樣的錯。」

五、

彷彿美夢一般，正軒成了美心的第一任男友，也讓她的生活有了巨大的轉變。

正軒就跟她原先想像的一樣美好，紳士、有品味，而且對她很好。在正軒提議下，美心退掉原先的公寓，搬進正軒的家。她從來沒看過有人的家所有角落都光潔如新，一塵不染，裝飾品也看起來價值不菲，彷彿像個樣品屋，甚至感覺不到人居住的氣息。她原以爲正軒會像她想像中的有錢人那樣請清潔工來打掃，但似乎所有打掃工作都是他自己來的。

她曾問過正軒怎麼不請個清潔工，對方回答有些東西不想給外人亂碰。確實，這裡到處都是看起來很貴的東西，要是碰壞了，清潔工也絕對賠不起，失竊也很麻煩，美心想想後就理解了這麼做的理由。

只是在她入住之後，這才體會到這個看似完美的家，究竟是靠著多少雞毛蒜皮的規矩來維持的。

不僅是房子裡的東西有各種保養和清潔上的堅持，其他生活規矩也多如牛毛，美心最初光是一一記住各種清潔步驟，就已經覺得頭大。聽說正軒的母親生前就是這樣要求的。想想也是，要是沒有這麼費心，大概也不可能把房子保養成這麼完美的程度吧。

走廊盡頭是正軒母親生前的房間，正軒說爲了保持完整，所以上了鎖，也禁止她進去。不過就算不上鎖，美心本來就沒有想偷看的意思。

她現在下班後，因爲要按照正軒家的規矩完成家事，只好迫不得已減少經營假帳號的時間。好在她因爲開始改造身體，像是抽脂、豐胸……最近甚至考慮抽肋骨好讓腰更細，在拍假帳號用的照片時，減少了許多修圖的時間，也愈來愈不需要依賴莉莉的照片了。

雖然她至今還是不敢在臉上動大刀，只做了些割雙眼皮、開眼頭之類的簡單小手術，但加上身材變好，這已足夠讓她感受到自己的改變。

至於服裝風格，正軒認爲她原本的喜好太小家子氣、不得體，而在正軒的大力改造下，莉莉的服裝風格、莉莉的身材、莉莉的男友……莉莉的一切，都一一重現在美心身上。以前她發在假帳號上魚目混珠用的照片，頂多只敢讓身體局部入鏡，但現在只要不拍到臉，就算是全身照，也沒有人會發現她和莉莉有什麼不同了，有時美心幾乎都要以爲自己是另一個莉莉。

她一時興起打造的假帳號日漸成眞，美心感覺到自己一步步接近了夢想——而目前唯一「未完成」的，就只剩下臉了。

「唉，衣服果然還是跟臉搭不起來……。」

趁著工作空檔上廁所時，美心順便整理了一下頭髮，看著鏡中的自己，大大嘆了口氣。她的五官比較樸素，穿上風格強烈的衣服後，這點就愈是明顯。用假帳號發文時因爲不一定要露臉，所以沒什麼關係，但在現實中，她的臉和身體明顯地不協調。她知道自己根本不適合這種服裝風格，不過她相信正軒的品味是對的，她應該做的是努力提升自己。

正軒不斷催促她早點「處理」好臉，並努力說服她，臉只是身體的一部分，身體都可以整了，臉又有什麼不行？他也說雖然新聞偶爾會有失敗案例，可能會讓她很害怕，但事實上成功案例佔大多數，只是不會被報導出來而已。美心聽了雖然也覺得有幾分道理，然而不知爲何，對於頂著不是自己的臉生活，她就是有種莫名的排斥，遲遲無法下定決心。

望著鏡子，她再度嘆了口氣，而這聲嘆息剛好就被踏進廁所的謝芝馨聽見了。芝馨諷刺地輕笑一聲：「唉呀，美心姊嘆什麼氣呢？好不容易男朋友花錢讓妳穿得漂漂亮亮的，就是要讓大家注意妳的衣服，這樣一嘆氣，焦點又會跑到妳的老臉上囉！」

美心透過鏡子，和站在自己身後的芝馨對上眼，隨即也哼笑一聲，轉身向門口走去，同時回嘴：「沒身材又不會穿衣服的人，看來是很嫉妒我啊。」

「身材？那是花錢做出來的吧。會穿衣服？不就只是把名牌往身上堆嗎？」

「總之妳兩個都沒有。羨慕嗎？」美心與不屑撇嘴的芝馨擦身而過，揚起勝利的笑容。

「哈，如果會變成像妳這樣，臉和身體不搭軋到像是貼上去的，我才不羨慕呢！反正妳都砸錢了，要不要臉也去整一整啊？只是整完記得也更新身分證上的大頭照，不然小心沒人認得出妳。」

這回芝馨剛好踩中了她的痛處，美心沒有回應，裝作沒聽見地離開了廁所。

過去同事們只是在工作出包時，偶爾會擠兌她，但自從某次目睹正軒來接自己下班，又得知她的行頭都是花男友錢買的之後，對自己的攻擊就變得十分強烈。

照理說她在公司的日子應該比以前難過，但美心不再像過去那樣唯唯諾諾，現在她一有不滿就正面回嗆，光是想到她們會如此跳腳，是因爲自己嚴重威脅到她們的自尊心，就讓她覺得比以前輕鬆愉快多了。她想，自己變得能把眞心話勇敢說出口，這就是變身帶給她的自信吧。至於人際關係問題惡化，那也是沒辦法的事。

——說到人際關係，她也已經很久沒有點開朋友的聊天群組了。

她開始經營假帳號後，生活就變得很忙，現在交了男友、又忙著改變自己，根本沒有多餘時間。她前陣子點開群組，發現自己竟然跟不上話題，好友們也讓她感覺到莫名的疏離感。當然她並不覺得有多可惜，畢竟那是一群只會抱怨的失敗者相互取暖的地方，如果她也跟她們一樣只懂得抱怨，卻不做點什麼，現在恐怕還是跟她們一樣，只是條敗犬。

和朋友們相比，自己付出了更多努力，所以只有她接近了夢想。

當天因爲正軒要工作到比較晚，美心總算有時間可以更新假帳號，順便回覆網友留言——現在她已經很會裝出自信美女的語氣了，和人互相調侃、互動也是手到擒來。她滿意地瀏覽來自異性的海量私訊，直到她又在清單中看見那個名叫「Wu-Ming」的人。

六、

Wu-Ming 這個帳號，從很久以前就開始傳騷擾訊息，她所收到的最早一封騷擾，應該跟遇上正軒的時間差不多吧？所以也已經超過了半年以上。她一開始還很擔心 Wu-Ming 達不到要她關帳號的目的，就會公開踢爆她造假，但最終 Wu-Ming 除了持續傳送愈來愈暴力的騷擾訊息外，什麼也沒做。

美心本想反查這個人，但是 Wu-Ming 的個人頁面上什麼資訊也沒有，一看就知道是新申請來騷擾別人的帳號。最後在搞不懂 Wu-Ming 究竟想怎樣的情況下，美心也漸漸習慣了，甚至當成鬧劇在看。

今天她點開 Wu-Ming 的訊息，卻看見那短短的訊息寫著：「我已經掌握了妳的眞實身分，如再不刪帳號，後果自負。」

過去的 Wu-Ming 從來不曾自稱知道她的身分。美心反射性地一驚，接著感到一陣好笑。

如果他眞能知道自己是誰，那直接來找她不是更快，怎麼還需要這樣隔空威脅？難道 Wu-Ming 有什麼不可見人的理由？而且這人對於盜圖的反應之誇張，也是她不能理解的，不過是盜照片而已，她也沒用來營利。如果是莉莉本人，她應該最了解，自己近期發的動態已經很少盜來的照片了，大多都是她自己拍的。

她在心裡嘲弄Wu-Ming一番，正打算關掉視窗，就聽見手機鈴聲突然從客廳傳來。

美心這才想起自己回家後把包包丟在沙發上，竟然忘了把手機拿出來。她連忙衝到客廳，用最快速度接起手機，另一頭馬上傳來不滿的聲音：「怎麼這麼慢？」

「我把手機忘在客廳，一時沒聽見鈴聲……。」

「我已經說過好幾次了，手機不離身。下次要記得。」

「嗯，我知道了。」美心無奈應道。

這或許可算是正軒唯一的缺點。就像他們家的規矩，他對自己也有很多要求，只要沒照他說的做，就是一陣數落。不過美心把這當成是他為自己著想，所以她也很盡力配合，唯獨就是關於兩人的生活節奏，她實在沒辦法習慣。正軒因為擔心她的安全，幾乎每天都會接送她上下班，就算比她晚到家，也會打電話確認她是否在家。

「妳在家了沒？」

看吧！美心努力不讓不耐煩流露出來：「我到家了。」

「很好，不要到處閒晃。」

美心不喜歡的就是這種管教小孩的語氣，但她告訴自己，人和人相處總有互相看不順眼的地方，要互相包容。

她想，一定是因為莉莉的關係，正軒才那麼沒有安全感，所以她願意給他更多的安全感。正軒希望彼此沒有祕密，所以他們把FB的密碼告訴彼此，她相信正軒不會隨意偷看她的私訊——當然，美心只有給出自己原本帳號的密碼，並沒有把假帳號也告訴正軒，她也沒答應讓正軒看自己的電腦及手機。

在他們交往的那天，正軒就要求她將FB頁面的感情狀態改成穩定交往中。每次看到這個狀態，她就提醒自己，感情是兩個人的事，她不能太自私，恣意妄爲。

正軒也提議她不用再工作，他可以養她，就像莉莉以前一樣。換作是幾個月前剛搬來同居的美心，聽到這種條件會很心動，但可能是因爲她還不習慣和人產生這麼緊密的關係，現在的她竟然會擔心自己沒工作後，每天只能待在家裡，失去自己的空間，所以至今還沒有答應要辭去工作。

以前每天都不想上班，如今公司竟然變成另一個她自己的空間了？美心覺得這種轉變很奇妙，但主要還是因爲正軒期望的兩人世界，對她而言實在太喘不過氣。正軒認爲情侶假日就應該一起活動，這使得美心爲了偶爾自己出門透透氣，順便拍攝假帳號用的照片，她甚至必須謊稱跟朋友有約——當然，就算是外出，還是得在正軒規定好的門禁時間回到家。

她無數次說服自己，這一切都表示正軒眞的非常在乎她。至於這種戀愛是不是正常，她因爲沒有經驗可供比較，所以也毫無頭緒——她只知道，即便自己有些不滿，但正軒各方面還是自己的理想對象。

「美心，妳有在聽嗎？」

呼喚聲讓沉浸在思考中的美心嚇得回過神來，她連忙回答：「我有在聽。」

「眞的有嗎？」雖然聽起來不太相信，但正軒沒多說什麼，只是重覆了一次剛才的話：「我說，妳直接找一天把莉莉約出來吧。妳跟她一起吃過飯，應該約得出來吧？」

沒想到一回神就是這樣一個指令，要她把不存在的人約出來，這要求也太令人爲難了。美心忍不住慌張起來：「呃，這、這也太突然了吧，我應該用什麼理由約她？她也不一定會答應我啊……。」

「什麼理由都好，她一直不回私訊，我沒耐心再跟她玩下去了。我想把這事結束，妳就約到她答應爲止。」說完，沒有等她回話，正軒便掛了電話。

美心茫然地盯著手機，只覺得困惑。

對方一直不回你私訊，你不是應該放棄嗎？爲什麼反而愈來愈執著呢？這種莫名其妙的執著，讓她突然想到Wu-Ming……突然意識到自己竟把男友跟那種騷擾帳號聯想在一起，美心連忙打住自己的胡思亂想，同時開始思考起關帳號的必要性。

至今爲止，假帳號曾帶給她許多寶貴的人生轉變，然而現在帶來的困擾卻也愈來愈多。反正她的假帳號已經撐得比當初預計的久，怎麼想都夠划算了——雖然她理性上是這麼想，然而經營了超過一年，已經培養起粉絲的帳號，卻不是那麼容易捨棄的。在眞正關閉假帳號前，美心決定最後一次嘗試說服正軒。

隔天正軒送她上班時，她告訴對方，莉莉已經直接拒絕。

聽她再三強調沒辦法後，正軒有些諷刺地反問：「妳當初不是說跟她關係還不錯嗎？怎麼現在連吃個飯都約不出來？」

這語中帶刺的話讓她有點不舒服，但她還是說出了昨天晚上想好的說詞：「畢竟莉莉她很忙嘛……這也沒辦法。」

「那只是藉口吧，難道她每天都很忙？」

正軒咄咄逼人的語氣，讓她心中升起了一把火。

就算莉莉本尊眞的很閒好了，她也沒有任何義務和前男友一起吃飯吧？美心在心裡吐槽，但因爲不想跟正軒吵起來，終究還是沒說出口，只能試圖圓場：「我已經很努力說服她了，不過她說忙，我也強求不來……。」

「少騙人了。」正軒冷冷地哼笑。「妳還想裝傻到什麼時候？我最痛恨有人說謊騙我，妳應該很清楚。妳的ＦＢ裡根本沒有和她往來的私訊，妳說問了她，是用什麼管道？難道妳以前說沒有其他聯絡方式，是在騙我？」

正軒的話，頓時令美心心頭一驚。

雖然她確實告訴了正軒密碼，但她一直相信對方不會拿來做什麼，一如她也從來沒有偷看過正軒的ＦＢ——卻沒想到對方竟然眞的看了她的私人訊息。

她在檯面上會跟假帳號互動，但她可沒有勤奮到連沒人在看的私訊也一併僞造，所以沒有私訊也是理所當然。正軒偷窺她的通訊內容，讓她有種不被信任的難受感，而害怕被當面拆穿假帳號的恐懼，也讓她忍不住用發怒來掩飾心虛。

「不管我是怎麼聯絡她的，人家都拒絕你了，我不懂你爲什麼這麼堅持要見到本人？你已經看到她在網路上過得好好的了，這不就夠了嗎？」

「當然不夠。我要親眼確認那是不是她。現在的網路世界，誰都可以捏造名字或頭像，我可不會輕易相信。」

正軒隨口幾句話，又令美心嚇了一跳，沒想到正軒會在這時候懷疑起假帳號的眞僞。她試圖掩飾自己的不自然：「不會吧，盜帳號又沒有錢拿，也沒有業配收入，誰會那麼無聊？」

正軒卻相當認眞。「難說，憑莉莉的外表可以吸引到不少粉絲，也許有人想藉此滿足虛榮感，也可能是有什麼好處，誰知道？之前外國還曾經有個新聞，有無聊人士在網路上假裝自己是陌生網友的女友，而且還假裝了好幾年。她有什麼好處嗎？」

美心只能慶幸正軒忙著開車，沒有發現自己的坐立不安。

正軒也不理會她的沉默，逕自續道：「何況，我也不是毫無證據就懷疑。莉莉現在發文的語氣和以前差很多，完全不像同一個人，妳難道都不覺得奇怪？」

美心不知該怎麼回話。她本來就沒有認眞揣摩過莉莉的語氣，因爲最初她預計很快就會結束，後來正軒什麼都沒說，她也就一直沒有改。沒想到正軒竟然暗自懷疑了這麼久。

她知道如果回答不好，會連自己的信用都被波及，於是她裝出驚訝的表情反問：

「我認識她不久，所以不知道她以前是怎樣的人……眞的有差這麼多嗎？」

「完全是不同人。」正軒十分肯定地答道：「我也很懷疑，妳之前和她本人吃飯時，她眞的長得跟照片裡一樣？不是別人來跟妳吃飯的嗎？」

事到如今，她只能硬著頭皮回答：「對啊，跟照片裡一模一樣，所以我從來沒有懷疑過。」

正軒得到答案後，反倒一改咄咄逼人的態度，似笑非笑道：「這樣啊……那大概是我多心了，也許這些年來她的性格和說話方式改變了吧。總之，我要見她一面，我不管妳用什麼方法，把她約出來就是了。」

正軒的態度強硬，根本沒給她拒絕的空間，此時車子也差不多抵達了美心的公司，談話便到此為止。

七、

美心幾乎是一抵達公司門口就下了車。她從沒這麼高興今天是需要上班的平日，也慶幸從正軒家到公司的車程不長，正軒沒有足夠的時間質問自己和假帳號之間的互動。直到進辦公室打開電腦後，美心才終於冷靜了些，可以開始思考該怎麼解釋他看不到她和假帳號互動的事——然而在她為了圓謊焦頭爛額的同時，卻也感受到怒氣逐漸增長。

為什麼她需要為自己有沒有跟誰私訊找理由？美心不滿地想。

她當初給密碼是基於信任，為什麼正軒會認為真的可以侵犯她的隱私？那不就還好她沒給出其他通訊軟體的密碼，也沒同意他看自己電腦和手機？然而對於沒有隱私概念的人，她要如何保證，正軒在自己睡覺或不在家期間，都沒有進她房間偷看？

——不過，因爲她電腦裡存了許多莉莉的照片，也包含了她合成的照片，所以正軒要是眞的偷看了，應該就會直接發現現在經營的是假帳號才對，也不用一直逼她把假莉莉約出來了……如此看來，正軒應該還沒偷看過她的電腦才是。不過以防萬一，回家後還是把電腦加個登入密碼吧。

知道自己還沒被拆穿，讓美心感到踏實了一點，但仍舊無法消除她的不悅。

好不容易捱到午休，美心久違地點開了朋友的聊天群組，打招呼後很快地就收到一堆人「美心好久不見」的回覆，而美心也直奔主題，簡單說明自己這陣子交了男友，朋友們也紛紛恭喜她。

這種再平凡不過的人際互動，竟然讓美心感覺到了久違的放鬆。

仔細想想，她已經很久沒有這麼放鬆地和人對話了。自從和正軒交往後，她幾乎每天都過著兩人世界的生活，在正軒面前，她總是害怕自己會說錯話，也害怕惹怒容易生氣的他，或是擔心自己講話沒內涵，被他瞧不起。而職場上的人際關係，連和平地打聲招呼都是奢望。假帳號那邊跟網友們的互動就更別提了，她名義上的身分是莉莉，當然從來沒有人是跟「王美心」在互動。諷刺的是，知道她是盜圖犯的 Wu-Ming，或許是在假帳號上唯一眞正跟她互動的人吧。

前陣子還在心裡嘲弄朋友們是敗犬的她，如今竟有點懷念起聊天群組的氛圍。而在朋友們的輪番恭喜後，因爲午休時間不算長，她很快開始講起被男友偷看私訊的事。

向來火力強大的朋友們，自然毫不留情地開罵：

「美心不好意思，但我想直說，妳男友完全是控制狂啊！」

「要帳號密碼和看電腦手機，這也太噁了吧。」

「我從沒聽過這把年紀還有門禁時間的……妳到底是幾歲啊？」

眾人毫不掩飾地一陣嘲諷，雖說本來就是美心自己先開始抱怨的，但男友被抨擊成這樣，又讓她感覺自己被間接嘲諷了眼光差，所以她還是稍稍反駁：「但是……我男友從來沒對我使用過暴力，而且我們至今還沒有吵過架。」

「那只是因爲妳平常都讓著他吧？」一個朋友吐槽道。

這點美心還眞是無法否認。不過她還是試圖爲正軒辯護：「我也沒有都讓著他啦，他對我還算滿公平的，他要求我把FB密碼給他，他也會把他的給我，而且我沒答應給他看手機和電腦，他也沒有怎樣。」

她的辯解似乎坐實了朋友們心中戀愛盲目的表現，紛紛開導她：

「妳太傻了啦，不用懷疑，這就是控制狂！控制狂不一定是要暴力威脅啊，他可以用言語或是行爲，讓妳乖乖聽他的話。」

「美心妳標準也太低了吧……不是妳有沒有答應他的問題，而是這些事情他連想都不該想，更別提還眞的問妳，是在想什麼啊？」

雖然朋友們或許是爲自己著想，但這些人話中的否定仍舊令她感到難受，最後她以要先去吃飯爲由，關掉了群組。

她實在很後悔找她們抱怨。這些沒有男友的人，怎會理解情侶之間應該互相學習包容與成長，而不是一有不滿就急著分手？一個個說話都如此尖酸刻薄，好像自己就多美好似地，怪不得都交不到男友！說不定她們是嫉妒自己先找到了對象，才這樣落井下石。

經過這樣一吵，美心原本對正軒的怒氣，逐漸轉移到眾網友身上。雖然大家都勸她早點和男友分手，說他有恐怖情人潛質，但她並不這麼認為。而且光是想像失戀後同事們會怎麼笑話她，她就覺得難以忍受。像正軒這樣條件好，又願意和她這種人交往的異性，以後或許再也不會有了。她絕對不能放手。

想到這裡，美心決定還是再努力和正軒磨合看看，戀愛不就是如此嗎？

午休結束，她一面繼續工作，決定還是把假帳號給關了。正軒已經在懷疑這個帳號，沒弄好會波及到自己。況且關掉帳號的話，她可以藉口說自己聯絡不上，直接省下這些煩惱。

美心很滿意自己的點子，且實行之後，結果甚至比她原先想像的更好，停止經營假帳號後，美心再也不用捏造理由出門拍照了，雖然她受不了跟正軒無時無刻黏在一起的生活，還是不時會編個理由，自己出門透透氣。

她原以為正軒會因失去找莉莉的線索而失落，或者氣得要她想辦法聯絡，但事實上，正軒聽說假帳號突然關閉後，只是淡淡回了句「那也沒辦法」，從此再也沒提過莉莉。

這反而讓美心感到困惑。正軒的反應，一點都不像是之前逼她一定要約出假帳號本尊的人。他不是想要親眼確認莉莉的生死嗎？

這天兩人一如往常待在家中客廳，正軒自顧自地看期刊，而她做完了家事，雖然沒事做，仍舊必須陪在一旁滑手機。或許是太無聊了，她終於忍不住問：「莉莉失蹤了這麼久，她的親朋好友都不在乎嗎？」

正軒聳了聳肩：「她那些狐群狗黨的朋友？哈，吃喝玩樂時絕不缺席，但當她失蹤後，沒有半個人關心。」

確實，美心回想她最初找到莉莉的個人頁面，底下也沒看到有人詢問近況，只有幾個生日祝賀而已，而且隨著時間過去，還愈來愈少。雖說她並不認識莉莉，但這情況不免令她有些難過。

她點點頭說：「原來是這樣……那她家人一定還不知道她失蹤的事吧？我也上網搜尋過，但連個新聞都沒有。」

「家人啊……我從沒見過她的家人。我認識莉莉時，她已經離開家了，似乎也沒有再回去過。」正軒啜了口咖啡，將期刊翻到下一頁。

「這樣看來，真的只有你在乎她。你去報案的時候，警察有說什麼嗎？」

似乎沒料到她會問這個問題，正軒遲疑了幾秒才回答：「我沒去報案。」

「咦，爲什麼？」

正軒似乎不是很喜歡她的吃驚反應，不耐地敲了敲沙發扶手：「有什麼好爲什麼的？她是成年人了，吵個架離家出走，難道還會搞丟自己嗎？我沒報案，只不過是想著她過陣子就會回來了，不需要小題大作而已。」

正軒少見的強硬態度，讓美心微微一愣。不需要小題大作？最初很積極要她聯絡莉莉的，不就是他嗎？現在明明還沒找到人，他的幹勁卻明顯消失了。雖覺奇怪，但見對方心情變差，她只好賠著笑臉附和：「說的也是……我只是想說，雖然帳號已經關了，但我們或許可以從別的管道找看看，現在報警可能也不遲啊！」

「那不關妳的事，妳少插手。」正軒再度強硬地拒絕，見她愣住，這才放緩語氣解釋：「我是說，她那麼多次不回我私訊，我覺得她的意思已經很明顯了，所以就這樣吧。」

「嗯……說的對。」美心吶吶地點頭。

雖然這話題到此為止，但她還是覺得哪裡怪怪的。

正軒明明花了這麼多年在找尋莉莉，態度又很積極，卻獨獨沒有報警。而且總覺得一扯到報警，正軒就變得特別強硬……只是正軒不願多談，美心也就不再細問。

但這些事卻讓美心突然感覺到，自己或許並不了解正軒的內心世界。她無法感受到他的想法，這或許是因為正軒除了那些繁瑣的規矩外，其實很少談論自己的事。她原以為對方這麼講究對錯，正義感也應該很強烈，結果卻發現對方並不把她的隱私當一回事。

而她一直認為對方是個深情的人，但女友失蹤了，他卻不報警。聽說兩人目前唯一的聯絡方式斷了，還滿不在乎。這讓她愈來愈摸不透，正軒對莉莉究竟是執著，還是漠不關心——其實不只是正軒，像是那個叫 Wu-Ming 的人，他的動機也讓她丈二金剛摸不著頭腦。

雖然美心覺得自己不該又把正軒跟那種騷擾帳號連結在一起，不過這種荒唐的靈光一閃，讓她注意到兩人的行為確實有些相似。他們都對莉莉有異樣的執著，也在假帳號關閉後，爽快地停止追究。

——當然，因爲 Wu-Ming 的目的原本就是讓假帳號關閉，不再追究很合理——然而正軒的反應就令人不解了。不了解同居人的內心想法，這可是有點可怕的事。於是美心決定開始多關心正軒的想法。

也因爲暫時關閉了假帳號，她的生活多出了不少時間，剛好讓她可以靜下來觀察、思考正軒的事。正軒並不喜歡多談自己的情感問題，美心只知道他對自己和別人的要求近乎苛刻、敏感易怒、自尊心很高，她有時認爲正軒太過固執於對錯，也太過嚴厲，所以才那麼難以相處。可能也是因爲這樣，他似乎沒有什麼朋友。

但她不覺得正軒是壞人，頂多是難相處的人。就像她反駁網友時所說，正軒從未對她行使暴力，而且據她所知，正軒的兩任女友，不論是她自己或莉莉，原本的長相也都稱不上好看，根本沒有別的男性要跟她們交往，只有正軒肯定了她們的內在。雖然正軒有時剛愎自用，不允許別人反對他的意見，但大多時候他也遵守自己訂下的規矩，像是門禁，至少她覺得他是公平的。

這是受到正軒母親的影響嗎？從她來到這間屋子裡後的幾乎所有規矩，甚至正軒是常說的一些對錯標準，似乎都是來自於他母親。

在一次晚餐中，她忍不住好奇地問：「正軒的媽媽是怎樣的人呢？」

對方持筷的手停了下來，瞥了她一眼，才繼續夾菜。「爲何突然這麼問？」

「我只是想，能養出你這樣優秀的兒子，媽媽應該很會教吧？」

「很會教嗎？」正軒諷刺地勾起唇角：「她要是還活著，聽到妳這樣說，鐵定樂歪了吧。」

這絕對不是什麼正面的反應。她怯怯地問：「我說錯什麼了嗎？」

還好正軒的負面情緒似乎不是衝著她來的，他淡然地說。「也沒有，只不過她的教育對我來說，不是什麼好回憶。」

正軒一臉不屑，但並沒有馬上叫美心閉嘴，所以美心想，他應該並不排斥這個話題。這可是難得能了解他的機會，於是她趁機追問：「她很嚴格嗎？」

「嚴格嗎？應該算是嚴苛吧。在我幾十年的印象中，她幾乎沒對我笑過，大部分時候是在生氣。」

「生氣？爲什麼？」

「因爲我沒達到她心中好兒子的標準。」正軒再度諷刺地哼笑：「還挺好笑的，她自己學歷不好，也沒工作，就只是別人包養的小老婆，居然還好意思要求我照著她規劃的人生過活。什麼『要有符合血統應有的品味』，什麼血統啊？私生子的血統嗎？又動不動就愛拿我和正房的小孩相比，沒事就把那些人身上發生的事講給我聽，也不知道她哪來的消息。我連見都沒見過那些人，倒是對他們的成長故事瞭若指掌，眞是莫名其妙。」

正軒大概是少有和別人抱怨的機會，倒是難得地健談。從他口中，美心總算知道這豪宅也是正軒那形同陌生人的父親買給他母親的，至於爲什麼弄得像樣品屋一樣，似乎是正軒母親爲了不被擁有許多傭人的正房比下去的奇妙自尊心使然。美心愈聽愈是瞠目結舌，想不到世界上還眞有這種八點檔般的家庭。

但顯然的，正軒似乎並沒有像他母親一樣，享受從父親那邊得來的物質生活——或者該說，他似乎不覺得換來這些物質的代價很值得。當她提到他母親或許並不愛他父親，但爲了養小孩，還是得努力獲取男人歡心時，正軒突然笑了。

「怎麼了嗎？」

「沒有，我只是想說，妳們女人的思考模式好像都一樣。」

在她困惑的眼神中，正軒放下筷子，雙手交疊起來。

「我媽最愛說的，就是她爲了我犧牲了多少人生，一切都是爲了我爭取的，所以我有義務滿足她的要求。再不然就是說，要是沒有我，她可就輕鬆多了，她對我有養育之恩。所以只要我犯了錯，不順她的心，我就會遭殃，我會被處罰，或是被要求不斷重做，直到不再犯錯爲止。養育之恩嗎？就算有，也抵消得差不多了，我也不是沒有因爲她的處罰而受傷或生病過。」

雖然她一點也沒有要正軒感恩父母的意思，但由於是自己講出了類似的話，她感到十分尷尬，只好轉而譴責：「這太不應該了。都沒有大人幫你嗎？」

「她是我媽，誰會幫我？」正軒的笑容仍舊諷刺。

美心也知道社會普遍不會插手別人家的私事，也不好意思說什麼，只好轉移話題：「很多父母確實是聽不進別人說的話，尤其是小孩的想法……。」

「是啊，如果我敢頂嘴，她會更生氣，然後又會扛出她的免死金牌『你以爲自己是誰辛苦養大的』……所以後來我就學乖了，要是給錢就能讓她閉嘴，那我就給吧。我猜她的男人一定也是這麼想的。」

「你眞的很辛苦。」看到正軒難得地情緒失控，她只能出言安慰，也有點理解他的性格爲什麼會是這樣，怪不得他難以容忍任何自己的錯誤，甚至是別人的錯，也非常瞧不起生活態度悠哉的人。

「我想，不管她對你有沒有愛，至少她都沒有讓你感受到。」美心出言寬解。

至少這句話似乎對了正軒的胃口，他冷笑著點頭：「愛嗎？肯定沒有。她死前還詛咒我呢，說我連對親人都這樣狠心，以後一定也得不到愛。我眞想把這話直接送給她。」

美心直想搖頭，對眼前的人也更加同情，她伸出手，覆在正軒的手背上：「她說的話不會成眞的，你不是有我嗎？」

「嗯。」正軒點了點頭：「這次我絕對不會再失敗了。」

雖然美心覺得「失敗」這說法有些微妙，彷彿他只把愛情當成一種成就，而不是一段需要經營的關係……但大概只是她想太多吧。

「還好你已經不會再被她傷害了，她是怎麼過世的？」美心原本只是隨口問問，卻感覺被她握住的手抽動了一下。

頓了幾秒後，正軒才回答：「病死的。」

這反應有點奇怪，可能是觸碰到了他的傷心事？總之，大概是她又選錯了話題，美心連忙道歉：「抱歉，讓你想起辛苦的回憶。」

「算了，都過去了。」正軒抽回手，重新拿起筷子，難得出現的私人話題也到此結束。雖然感覺話題結束得並不愉快，但能對正軒多一些了解，還是讓美心十分高興。知道他悲慘的過去後，讓她更加覺得自己應該學著包容他——然而即便她這麼想，她也不得不承認，了解原因並不會讓她比較能接受無法接受的事，所以當正軒提出希望能互相檢查彼此的手機跟電腦時，她還是拒絕了。

「爲什麼？妳電腦裡有什麼見不得人的東西嗎？」像是沒料到她會拒絕，正軒的語氣十分不悅。

「沒有，只是我覺得，情侶間還是應該保有一些自己的空間。」

「妳有自己的空間啊，我又不會干涉妳。」

你不是連私人時間都干涉了嗎？她沒膽把這話說出口，只道：「不是那個問題……。」

「那是什麼問題？我們已經是情侶了，不應該還有祕密，妳也該讓我放心。妳不想給我看，就一定是做了什麼虧心事，妳是不是想瞞著我勾引男人？」

冷靜、冷靜，正軒對人沒有信賴感。美心努力說服自己沉住怒氣，用溫和的語氣回答：「事情不是這麼二分法的，人都有不想被知道的事啊，你也有不想被別人知道的事吧？」

「我怎麼會有？我又不是妳，什麼事都偷偷摸摸的。」正軒一臉諷刺，「我有的話，妳倒是說說看啊。」

美心並不知道正軒有什麼祕密，一時語塞。但當她看到正軒得意洋洋的表情，就覺得不能在這裡敗下陣來。她得讓正軒明白，有些東西不想被別人碰或看見，是不需要什麼理由的，也不應該被強制公開。於是她想起了這間房子裡，剛好就有這麼一個她並不被允許踏入的地方。

「像是你母親的房間，不就上了鎖，不讓人看嗎？」

聽見這句話的瞬間，正軒的臉色突然變得異常難看。

他一言不發地瞪向美心，這種沉靜的憤怒，和平時他被反駁時的勃然大怒，以及她不聽話時的說教都截然不同，甚至令美心不禁害怕起來。她正思考自己說錯了什麼話，就見正軒瞪著自己，一字一字地緩緩開口：「妳想看那間房間？」

正軒的聲音低沉，驚覺不妙的她連忙搖頭否認這個誤會：「當然不是，我怎麼會想進去？你不是要我別進去嗎？我只是隨口舉個例子，想跟你說每個人都有不想被看到的事，那不一定是什麼見不得人的東西，我尊重你，你也應該尊重我。」

「嗯。」察覺到自己的失態，正軒敷衍地應了一聲，然後便若無其事地離開客廳，去廚房泡咖啡了。

但是正軒這反常的態度，以及自己因爲驚嚇而異常快速的心跳，已經默默在美心的腦中留下了印象。

八、

在那之後，正軒並沒有繼續堅持要檢查她的電腦和手機，但美心還是可以感受到，正軒在其他方面給予的壓力比過去強了許多。他頻繁地查勤，一到假日總是在沒有問過她的情況下，安排了兩人一起的活動。

即便美心知道這可能是他的不安全感所致，卻也逐漸無法負荷，使得她愈來愈常謊稱要跟朋友出門，一個人在外頭散心。雖然不久前她曾因聊天群組抨擊正軒感到很生氣，一度不進群組，但現在她恢復了在群組裡的活躍，讓自己可以在和朋友聊天時，從兩人世界中暫時脫離。

她愈來愈能體會莉莉為什麼會變成那樣。過去她一直認為是莉莉自己不檢點，然而直到自己也遇上類似情況，她才感受到那種以愛為名的緊迫盯人，究竟造成自己多大的壓力。她認為能夠包容對方的缺點，才是合格的戀人，然而他們之間近來的口角卻愈來愈多。過去美心為了避免正軒不高興，都會迎合他的意見，但現在有時因為疲累，她不再處處顧及他的心情，這似乎讓正軒覺得她「被朋友帶壞了」，並要她遠離那些「品味低下的狐群狗黨」。

這不就是他對莉莉的朋友的形容嗎？

美心覺得再這樣吵下去不是辦法，於是她趁著某天正軒要去開整天會議的假日，約了聊天群組中她最信任的一名朋友見面。

她跟慧君在約好的餐廳碰頭，趁著用餐的時間，美心講起了自己和正軒的事，從一開始創了假帳號，到因此認識正軒，再到兩人交往。她自己從最初完全順從正軒的喜好，到最近開始反感這樣的控制，這些完全沒對他人提過的事，她都一一說了出來。

慧君並沒有像之前群組裡的其他人一樣，直接用否定的語氣來評論她人生中的第一段感情，這也讓美心比較不那麼反彈。慧君聽完整個過程後，爲了整理腦中的資訊而沉默了好一陣子，才再度開口。

「聽起來，妳男友的母親對他的影響非常大。或許他試圖從妳身上，獲得他過去沒辦法從母親那裡得到的一些東西？像是自由或是尊嚴？也或許他認爲，只要他有出錢，做什麼都是可以被允許的。」

對於慧君的感想，美心點了點頭：「我想可能都有吧，我現在也很後悔沒有堅持給他手術費用，也沒付房租水電，每次他拿錢嗆我沒資格說話時，我根本沒立場回他。還好至少生活用品和食物，我還有幫忙買一些。」

「妳沒出錢，跟他吵架時要妳閉嘴是兩回事。」慧君搖搖手。「不過你們關係不對等，確實很容易被索取無形的回報。我擔心的是，他眞的沒有暴力傾向嗎？」

「以前沒有……可能是以前我也不太回嘴吧？只是最近在一起的時間太多了，有時我會忍不住說出跟他不同的意見，然後他就會生氣，一定要辯贏我，有時還會拿東西砸過來……我是不是不應該激怒他？」

「嗯……我覺得妳和他溝通是件好事。把不滿悶在心裡，他一輩子都不會知道呀。而且妳不是成功阻止他看妳電腦了嗎？所以他其實還是可以溝通的。」

對於慧君的安慰，她其實也是認同的，但她的煩惱也不僅於此。

「我其實有時會覺得很無力。雖然我很努力試著理解他、提高他對我的信任，但總覺得怎麼做都沒什麼用，我有時甚至覺得，他可能不是很關心我在想什麼，只在乎我是不是符合他的標準。」

「可能是那樣沒錯。」慧君認同地點頭：「他感覺很害怕自己不是最正確的，而他對另一半也可能有這樣的心態。」

講到這個，美心就煩悶了起來。隨手抓起吸管的包裝紙，她一邊無意識地把包裝揉成一團，一面說：「是啊，我現在除了臉以外，全身上下都是他指定的樣子。他雖然一直催我趕快把臉也整了，但我因爲害怕，一直沒有答應。」

「難怪妳的穿著風格跟以前差這麼多，原來這不是妳自己挑的？」見美心無奈地點頭，慧君露出苦笑：「我本來想說，如果妳自己喜歡這種衣服，我就不多說什麼……但其實妳並不適合這套衣服。」

「我知道——」美心也跟著苦笑起來。「但我想，他甚至花了比我本人更多心思在改善我的外表，錢又都是他出的，我還有什麼好不滿的呢？何況他的前女友也走過了這條路，她確實變得又自信又漂亮，我也很想變成那樣。」

「妳是想變得既有自信又會打扮，而不是直接變成另一個人吧？」

慧君的問題讓美心不禁愣住，這句話似乎打中了她心中的某處。

慧君沒有察覺她的心理活動，轉移了話題：「這麼說來，妳剛剛說是盜了他前女友的照片，所以才認識的吧？我還挺好奇她長什麼樣子。」

「我給妳看照片。」

美心立刻拿起手機，點出假帳號的頁面。當慧君接過手機一看，反應則出乎美心的意料之外。

「咦，這不是曉玲嗎！」

慧君驚訝地出聲，美心則是一臉錯愕。

「那是誰？」

「這是我前同事曉玲啊！但後來男友說要養她，她就辭職了。當初還被我們一堆同事虧很好命呢。」

這段話讓美心覺得十分微妙，因爲正軒也跟自己和莉莉說過一樣的話。難道現在很流行這麼講嗎？美心擺了擺手，更正道：「不是啦……這個人叫莉莉。」

「莉莉？是改名嗎？」慧君也很錯愕，「妳等等，我找一下曉玲的ＦＢ……但她也很久沒發動態了，現在人不知道在哪裡。」

當慧君把曉玲的ＦＢ頁面拿給她看時，美心忍不住感到毛骨悚然。從穿著打扮到長相，眞的跟莉莉像是同一個模子刻出來的。

她們兩人面面相覷，慧君問：「會不會跟妳的假帳號一樣，是盜圖？」

「我想應該不是，這個曉玲有好多照片我都沒看過……。」美心稍微滑了一下塗鴉牆，茫然地再度看向慧君：「這個曉玲……是什麼樣的人？她原本就長這樣嗎？」

「當然不是啊，離職後才整的。她還在公司時，長相……應該不會被說是美女。她是個滿溫和內向的女孩子，不太愛交朋友，我也是難得跟她關係不錯，所以才互加了ＦＢ。

她交到男友離職後，外型才漸漸變成照片中這樣，不過個性還是一樣溫溫吞吞。」

聽完那簡直跟自己和莉莉一模一樣的命運，美心突然覺得有些害怕。她不自覺地嚥了口口水，問：「那……她男友是怎樣的人？跟她處得如何？」

「我不知道她男友長怎樣耶，因爲從來沒有看她PO過照片，似乎男友不喜歡拍照。至於他們的相處啊——」慧君一邊回想，一邊說：「我記得她最後還有聯絡的那段時間裡，有說到男友疑心病非常重，會不斷懷疑她出軌，然後用一些很可怕的手段控制她。」

這熟悉的情況令美心的心中咯噔一聲，她故作鎮定地追問：「例如怎樣的手段？」

「跟妳的情況有點像，就是嚴格掌控她的行蹤，也會看她的通訊軟體，有時她受不了而吵架時，對方似乎也會使用暴力……那時曉玲的說法是，每次吵架她都很怕自己被殺掉。我們也一直勸她趕緊離開那種可怕的人，她爲了避免男友監視，常常會換新帳號，偷偷摸摸跟我們這些朋友聯絡。」

跟莉莉的情況太像了！美心已經不知道該說什麼，只聽見自己問：「然後呢，有分手成功嗎？」

「這個……我不知道。」慧君有幾分尷尬，接著解釋道：「我知道她男友一直不答應分手。我不是不在乎她，只是在她眞的消失前，她就已經常常會突然不見很長一段時間，好像如果她男友發現她偷開新帳號，就會被男友斷網。所以我們都已經很習慣她突然停用帳號了……最後她不見的那段時間，我原本也是覺得她過一陣子就會回來，但……後來就再也沒收到她的消息。」

慧君說完後，兩人便陷入一股沉重的氣氛，慧君似乎是想改變一下氛圍，便問：「那妳偷圖的那個莉莉呢？她現在是什麼樣的情況？」

美心實在不知如何開口，猶豫了一陣子後，才無奈地說：「失蹤了。」

「失蹤？」慧君驚嚇地重覆。

「嗯。」美心點頭：「正軒說，他們兩人最後一次見面時，大吵一架，然後莉莉就失蹤了。」

兩人不知第幾次的面面相覷，在彼此驚疑不定的眼神中，美心只覺得背脊不斷發涼。莉莉和正軒吵架後失蹤，她一直認為是莉莉任性地離家出走而已。雖然慧君認識的人不一定也是正軒的前女友，然而一樣的臉、一樣的打扮、一樣的命運，她很難不把這些事聯想在一起。

她跟慧君都不知道這兩人最後去了哪裡，也似乎都是在還沒和男友分手的時候就失蹤了。美心並不想杞人憂天，然而不能否認，有一股異樣的恐懼在她心中蔓延。她覺得自己有必要再進一步了解這些事，於是再度開口：「慧君，妳可以告訴我妳朋友的事嗎？尤其是交了男友之後的情況。妳說她常被男友罵出軌，在妳眼中，她是那樣的人嗎？」

「才不是呢，她哪有那個勇氣釣男人啊？她連跟男生說話都很怕好嗎！雖然整型後比較放得開了，但人際關係和性格不是那麼快可以改變的，她根本不敢踏進夜店交朋友啊。而且就我了解，後來她光是處理男友的事就已經焦頭爛額了。這種人會去積極釣男人嗎？」

「是我就不會。」美心理解地搖頭。

莉莉就先不提了，她確實看起來是與許多男性網友一同出遊，FB上也有放相關照片，但這位叫曉玲的女孩什麼都沒做，卻遭受相同的指控。這讓美心感覺很像看到了自己。

美心還在整理思緒，就聽見慧君擔憂的聲音傳來——

「美心，妳剛才提到那個叫莉莉的，和我認識的曉玲實在太像，如果莉莉失蹤了，搞不好……曉玲也失蹤了。」

慧君低下頭，似乎覺得難以啟齒。

「說來慚愧，我當年聽她說了很多次男友有暴力傾向，又知道她朋友少，卻沒有特別關注她的狀態……雖然我注意到她消失了很久，但還是抱著僥倖心態，想說她應該只是暫時無法上FB而已。所以我不知道她……她現在究竟……。」

慧君欲言又止，直到美心伸手拍了拍她因不安而絞在一起的手，她才把話接了下去：「雖然我沒有證據，也不想離間你們，但我感覺正軒跟她們的失蹤絕對有關係。我覺得妳還是小心點比較好。」

美心點點頭，見她如此自責朋友的事，還是出言安慰：「妳別太擔心，如果她們發生不幸，總是會有人報警的，所以她們還不一定是出事了。」

「不，有人報警，警察才會知道。」慧君搖頭：「所以如果沒有任何人發現她們消失，就不會有人報警。曉玲的父母好像都已經過世了……而她少數的朋友……像是我，又那麼蠢，都沒有關心她……。」

美心見對方又開始陷入自責，連忙轉移話題：「也搞不好她們只是放棄了ＦＢ帳號啊。像我的假帳號就有不認識的網友騷擾，所以我們還不用那麼肯定她們都遭遇了不幸。」

這話成功轉移了慧君的注意力，她再度看向美心，眼神倒是比剛才有精神多了。「妳遇到騷擾？是什麼情況？」

「對方說我是盜圖小偷。不過很怪的是，我一直以爲他會公開譴責我盜圖，逼我刪帳號，但他也沒有，就只是一直傳私訊威脅我。」

「這好奇怪，一般人遇到這種事，不是都會昭告天下，警告大家不要上當嗎？」

「我也覺得很奇怪，所以就沒理他。而且他還有一點讓我想不通，就連我男友都只是懷疑那個帳號不是莉莉本人，但那個叫 Wu-Ming 的帳號卻非常肯定我是盜圖，甚至還說知道我的眞實身分，所以我覺得不太可能……又不是駭客，他要怎麼知道我是誰啊？」

「確實是很怪。不過，也搞不好這個騷擾者在現實中，曾經親眼看過妳在使用假帳號……如果是因爲這樣的話，妳男友就更可疑了。」

美心知道，慧君說得有道理。

雖然正軒拿東西砸她感覺只是發洩，沒砸到也不會繼續追打，然而想到莉莉及那個女孩至今不知下落，她就覺得害怕。她深吸一口氣，坦承地對朋友說：「我有點怕。我並不想懷疑正軒，但我現在一直往負面的方向想。」

「這是很正常的。我也很擔心妳。」慧君伸手握住她的肩膀，「我建議妳趕緊想辦法搬出來住，今天回去就開始收拾行李，如果妳沒有地方住，就先住我家，住到妳安全爲止。」

美心有點驚訝於對方的熱心，坦白說，她們不過就是網路認識的普通朋友而已，在今天以前，她甚至不知道對方願不願意聽自己的煩惱，沒想到慧君竟然會主動把這麼麻煩的事攬在身上，這讓美心覺得心底暖暖的。

「謝謝，但那樣太打擾妳了……。」她客氣地擺了擺手婉拒，而慧君卻沒有退卻，堅決地搖頭道：「不會打擾。我只是在想，要是我以前注意到朋友很久沒發文時，主動去關心她，或是幫她報警的話，現在至少我會知道她的近況……我總覺得事情會變成這樣，我也有錯。」

「不，這不是妳的錯啊。大家隔著一層螢幕交流，一般都只會以爲朋友是生活很忙，沒空上線吧？」

就像她好幾個月沒在群組裡發言，也從來沒有人問她爲何消失了。當時美心雖然失落，但她也覺得這很正常，因爲換作是其他人消失，她恐怕也一樣。聽完她的話，慧君似乎稍稍釋懷了些，表情也沒那麼緊繃了。

「或許吧，也或許曉玲其實在某個地方活得好好的，那就最皆大歡喜了。但不論如何，我都希望我們的友誼未來還能延續下去，偶爾還可以像這樣一起吃個飯。所以，我希望妳不用怕會麻煩我，盡量請求幫助。」

對於曉玲的事，慧君想必是真心想著「早知道就做點什麼」吧——

看著慧君認真的眼神，美心感動地點頭。

九、

接下來的時間，慧君和美心討論了很多應對方法。美心決定悄悄開始準備搬離，但是爲了避免引起正軒的疑心，她只會帶著必要的東西，而且也不打算面對面跟正軒提分手，以免觸怒他。慧君擔心她會跟她朋友一樣突然消失，所以她們說好，在她搬出正軒的家以前，每天晚上都要傳個確定平安的訊息給慧君。

當話題告一段落後，美心才發覺已經超過了門禁時間。慧君主動提議要送她回家，目的是知道她住哪裡，如果後來發生事情好能接應。本來慧君還提議把美心送回家後，她乾脆直接進房把重要東西收一收算了，但美心認爲她跟正軒的衝突還不至於如此，所以婉謝了慧君的好意，只答應回到家後會先報聲平安。

——然而美心不知道的是，她接下來連這麼做的機會都沒有。

她一進家門就發現正軒在客廳裡等著，她打招呼說「我回來了」，卻發現男友一臉冷漠。直到她又說了一次「我回來了」，正軒才開口。

「現在幾點了？」

果然。正軒不可能不爲這件事生氣的……美心硬著頭皮道：「呃，九點……。」

「妳還知道九點了。門禁時間是幾點？」

「六點。」她尷尬地問：「你今天不是要開會，還有聚餐嗎？」

「沒興趣就先回來了。我就知道妳會故意挑我不在的時候作怪。是怎樣？約了男人見面，所以特別晚嗎？」
「不是，只是和女生朋友聊得忘記時間而已……你一定要那樣說話嗎？」
「我就這樣說話，妳有什麼意見？」正軒諷刺地笑，似乎並不相信她的說詞。「這個朋友眞的存在嗎？不是妳捏造的？」
「什麼意思？」她皺眉，「我怎麼會捏造這種事，當然是眞的。」
「是嗎？但是上週跟上上週，妳都自己在外面閒晃了一整天，不是嗎？」
不知道正軒是透過什麼方式得知的，美心先是瞪大了眼，隨即便又急又氣地質問：「你跟蹤我？」
然而對方似乎不以爲意，還大方承認。
「是又如何？是妳先說謊的，我爲何不能確認妳的話是眞是假？」
美心一時說不出話來，當她知道正軒看了自己私訊的那股不舒服感，又強烈地襲上心頭。她忍不住說：「不管有什麼合理原因，你都不能這麼做，這很噁心！」
正軒很不喜歡她的反應，瞪向她怒斥：「妳憑什麼這麼對我說話？別忘了妳這身的行頭是誰買的！」
果然，又是老話重提。美心深呼吸，本想把話吞下去，然而她想到慧君說的，如果她不傳達，別人不會知道。所以她想了想，還是決定反駁：「不就是因爲你要求我穿這樣，所以才出錢買？」
「有什麼辦法，沒有我盯著，妳不就還是原本那種樣子？能穿名牌，妳當初不也是高興得跟什麼似地？」

果然正軒並不是喜歡她，只是覺得她願意被改造成自己喜歡的樣子而已。

美心覺得有些失落，但也不太意外。她曾經很樂意變成正軒喜歡的樣子，以爲外表帶給了她自信，但仔細回想這段時間，她嘗試了很多以前不曾做過的事，也逐漸學會把自己的意見說出口。

她想，她喜歡的其實是終於鼓起勇氣，付諸行動的自己。

美心搖了搖頭，決定把眞正的想法說出來：「我一開始確實覺得穿名牌就是好，但這並不是我喜歡的風格，我穿起來也不搭。」

像是覺得她說的話很可笑，正軒聳了聳肩。「不搭是因爲臉。所以我不是要妳早點把臉也處理一下嗎？是妳自己一直拖延的，現在還怪我？」

「不……我的意思是，我難道不能穿我自己想穿、適合我的衣服嗎？」

「妳是想穿那些沒品味的衣服嗎？」正軒一臉莫名。

「對。」她很肯定地說。

似乎感受到她的認眞，正軒皺緊眉頭：「夠了，妳還要無理取鬧到什麼時候？妳穿那些衣服只會讓我丟臉。那些手術費用我可是一毛都沒跟妳要，妳也該有一點付出吧，穿得讓我開心，是妳的義務。」

見她不說話，正軒又繼續說：「而且妳還沒回答，爲什麼沒讓我知道妳今天要出門？」

「我沒有見朋友的自由嗎？」

對她帶了點控訴的話，正軒臉上流露著不贊同。「我實在不懂，妳那些朋友對妳沒什麼幫助，妳不應該花太多時間在他們身上。反正你們聚在一起，也只是說些對人生沒什麼幫助的廢話吧？那不會讓妳改變的，只是浪費時間。」

這些話美心覺得萬分熟悉，她前一陣子對網友們的想法，跟正軒說的一模一樣。從別人口中聽到這些，讓她有種奇特的感覺。

原來，自己曾經是這樣想的。美心沉默了一下，然後平淡而堅定地開口。

「正軒，我不想被你控制，你也不應該想要控制我。過去莉莉之所以會變成那樣，恐怕也是在對你抗議。」

正軒似乎覺得她的話很可笑，攤了攤手：「妳錯了就是錯了，不用硬拗。我之所以會跟莉莉吵架，是因爲她變了。她曾經是乖巧的女孩，但性格愈來愈荒腔走板，還跟一堆男人往來，不知廉恥。妳稍微好一點，至少往來的是女人，還算潔身自愛。」

這都什麼跟什麼！美心再也忍不住：「你對男女往來的認知，簡直像是三百年前的人。就算莉莉眞的和異性來往，只要沒有出軌，就沒有對不起你。而她之所以尋求其他人的陪伴，很可能是因爲對你失望了，或是想抗議你的控制。我想說的是這個。」

「失望」似乎是正軒的另一個地雷詞彙，他猛地站起來走向美心，怒罵道：「妳說失望？她有什麼資格對我感到失望！失望這個字是上對下的，她有什麼資格擅自對我感到期望，又擅自失望！」

「失望哪有什麼上下之分。誰都會對別人有期望，你不也是對女人有期望？我們當然也會對另一半有期望！」

「妳們欲望可眞多，又要別人包養妳們食衣住行，又要拿錢供妳們改變外型，又要愛妳們，又要有時間陪妳們，當這些都達成了，還是擅自嚷嚷著『失望』。」

正軒諷刺地笑，而美心也再度搖頭。

「雖然你覺得自己付出很多，但其實很多東西我們不是眞的需要，我不需要你幫忙出生活費，其實做手術的錢我也應該還你。然後我不知道你有沒有注意到，你現在一直強調自己付出多少的說話方式，跟你母親一模一樣。」

這句話或許是另一個引爆點，男人隨手抓起身旁的擺飾，朝美心扔了過來。還好美心最近習慣了正軒的威脅，反應速度也算快，她側身閃過，接著聽到東西摔到地板上的鈍重悶響。

「妳說什麼？」正軒惡狠狠地瞪著她。

「我說，你正在把你最討厭的教育方式，使用在我的身上。你跟你母親在這方面沒有什麼差別。」

被跟母親相提並論，似乎讓正軒很受傷，他逐步逼向美心，完全爆發：「妳懂什麼？聽我講幾句往事，就自以爲很懂我了嗎？」

「我沒有自以爲很懂你，這些都是你之前說過的話……。」美心害怕地後退，一面強迫自己維持冷靜，又說：「你也不應該每次一生氣就想要使用暴力。」

「哦？妳現在還懂得要求東、要求西的了，對別人要求這麼多，對自己又標準寬鬆，竟然以爲自己有資格對我比手劃腳，眞是笑死我了。要不是有我，妳今天能變成這樣？」

眞的是這樣嗎？

她努力練習了攝影技巧和如何構圖；去了自己曾經不喜歡的各種地方；爲了配合正軒，而努力了解自己不懂的藝術；她想著不應該直接否定正軒，所以試著包容、理解他的想法；她現在也很害怕，但還是選擇讓正軒知道她在想什麼。

——這難道不算她自己做的嗎？

美心望著對方的眼睛。

「雖然我很感謝你的幫忙，但我的改變，主要是靠我自己。」

「笑死人，妳靠自己改變了什麼？連手術都是我動手、我出錢，妳只負責躺在那裡而已。講得那麼好聽。」

想起公司裡那些茶水間的閒言閒語，美心感覺一股怒氣炸了開來。

「只負責躺著才奇怪，難道整形要冒失敗風險的是你嗎？承擔別人的看法和恥笑的人會是你嗎？」

「我做的可不只是如此，妳的品味能提升到現在這樣，靠的就是我。」

「你怎麼不說，你選給我的衣服，跟選給莉莉的沒什麼差別？你只是把我們所有人都套進你那一百零一套的模子裡而已！你知道我爲了找尋適合自己的穿搭，花了多少時間嗎？你眞的有在看著我嗎？」

「我爲什麼要知道妳花多少時間？我只知道妳的成果不怎麼樣，最後還是靠我。」正軒哼笑一聲，搖了搖頭，又道：「就算我把妳們套進同一個模子，這有什麼錯嗎？至少我給妳們的都是已經被認定是好的東西，不然妳在羨慕莉莉什麼？說什麼每個人都不一樣，這不過就是醜女自我安慰的說詞罷了，當個有特色的醜女，跟沒有特色的人工美女，妳不也選擇了人工美女？」

原來之前的她，在別人眼裡是這個樣子。

正軒愈是爭辯，美心愈感到悲哀。她嘆氣，感慨地說：「你過去也把這些話，灌輸給你所有的前女友吧？」

「那又怎樣？」

「沒怎樣，怪不得她們一個個都跟你吵架然後分手。你根本從不在乎我們內心的想法，不過是把我們當成做玩偶的素材而已。」

對於她的埋怨，正軒怒極反笑：「妳們是指誰？妳連莉莉本人都沒見過，就連合照都還是妳把她的臉後製到自己照片上，竟然還一副跟她很熟的樣子。」

正軒的話，令美心不敢置信地張大眼。

過去她以爲正軒一直在找假帳號，是因爲正軒無法肯定假帳號的身分，然而他的這番話，就明確表示——

「你偷看我的電腦或手機？」她感覺到自己的身體憤怒地發抖。

「妳吃我的、住在我的房子裡，爲何不可以？」正軒一臉理所當然。

莫非這正是他要歷任女友住進自己房子的原因？因爲可以把她們合理視爲所有物？

她覺得非常失望。美心沉默片刻後，才終於開口：「我想，不只是我，其他跟你交往過的人，應該都曾努力想要理解你。但只有你，完全走不出自己的世界，甚至走不出自己的回憶。」

說完這句話，她拿起了原本放在沙發上的包包，默默走向門口。正軒被她拒絕的動作惹怒，立刻追了過來，抓住包包的另一端：「妳做什麼？」

她望著他因憤怒而扭曲的面孔，記憶裡，剛認識正軒時，他的表情總是溫文穩重，近來卻幾乎只留下了憤怒的印象。她覺得自己剛才一時脫口而出的話並沒有錯，正軒跟他母親一樣，最終都只留下了憤怒的面孔。

「我也要跟你分手。」美心堅定地說：「不用擔心，這段時間的房租、你幫我買衣服和包包的錢、手術費用，我全都會還你，一毛也不會少。」

她看著對方的表情凝固在臉上，而她盡力維持平靜，不再繼續激怒他。

「我今天會先去住朋友家，明天再過來收東西。」

說完，她試圖將包包拉向自己，卻感到手上一重，包包已經被丟到了客廳一角，正軒上前抓住她的手，往走道拖去。美心心中警鈴大響，一邊尖叫著，一邊極力掙扎。正軒無視她的尖叫，兩人一路拉扯，但終究是力氣大的正軒佔了上風，將美心逐漸拖向走廊盡頭的房間。

那是正軒母親的房間，美心一次也沒有踏進去過。未知的恐懼令她只能用持續尖叫來抗拒，方才話還很多的正軒，此時反倒不發一語，臉上只有沉靜的憤怒。這個表情美心曾經看過，就是正軒以爲她偷看了這個房間時，臉上的表情。

正軒空出一隻手準備掏鑰匙，美心想趁機脫逃，因此他狠狠地朝她的腹部打了一拳，美心沒機會看清楚發生什麼事，是瞬間的劇痛讓她知道自己被攻擊了。很快的，這種痛覺蔓延到全身，她根本不知道該擋哪裡，也沒有辦法反應過來，只能瘋狂地尖叫。最後在她痛得失去力氣時，正軒打開了臥室門，將她推了進去。

美心掙扎著爬起來撲向門，然而門闔上得更快，她只能瘋狂扭著門把，但門把另一端也被抓緊了。鑰匙轉動的聲音讓美心恐慌，她不斷搥門，想要對方放她出去，但正軒卻只丟下了一句話：

「在妳反省結束之前，給我乖乖待在裡面，好好想想自己犯了什麼錯。」

美心不斷拍打門板，一邊嘗試叫對方的名字，但是沒有任何回應。

她又轉了幾次門把，一般家庭的臥室門，多半會用可從內側轉開的喇叭鎖，但這扇門並不是，也不知道爲什麼——房間裡一片黑暗，她想說先開個燈，卻發現按了開關後也沒辦法亮起。在黑暗中，她開始陷入無邊的恐慌。

她要怎麼上廁所？要怎麼吃飯？她拚命想從門縫往外看，但除了一絲光線外，看不到任何東西。美心靠著門坐下，陷入了深深的後悔。

爲什麼她要一時衝動，去挑戰她本來就懷疑有危險的人？

都是慧君害的，都是她害自己在外面待到超過門禁時間，讓正軒生氣……都是她慫恿自己跟正軒溝通，害她跟正軒起衝突！美心氣憤地搥了自己幾下，然而她也很清楚，自己這些想法不過是遷怒而已。

不是別人，就是自己約慧君出來吃飯的。慧君聽她抱怨，也給了她許多意見，所以才會超過門禁時間。對方甚至這麼晚了還陪她回家，只為了確認她家在哪……她只是對沒有處理好問題的自己感到生氣。

美心突然想到今天答應了慧君要跟她報平安。沒想到才第一天，她就沒辦法完成。手機在被正軒搶走的包包裡，也沒有電腦可用。

慧君應該會注意到她沒有完成約定吧？她會做些什麼嗎？美心不禁慶幸當時慧君提議要送自己回家，只要她注意到了，總是會有辦法的。

想到這裡，美心頓時感受到一絲安心。她在公司的人緣不好，就算無故消失，說不定也只會被閒話說是去讓男友包養，然後不了了之。之前自己為了和正軒過著兩人生活，也一度切斷跟所有朋友的聯繫。如果她還是那樣，或許就會像慧君認識的那個叫曉玲的女孩一樣，逐漸消失於其他人的生活中，沒有人在乎。

這樣一想，美心突然發現了自己、莉莉跟那個叫曉玲的女孩的共通點。她們的朋友都不多，跟家人相處不睦，或是沒有家人，而且對自己的外表沒有自信。因為自卑，她們都對條件很好的正軒百依百順，而對戀愛缺乏經驗，讓她們輕易把正軒的行為當成是深情的表現，還覺得自己「賺到了」。她們自認欠正軒愈多，在正軒面前就愈抬不起頭，就像她一樣。

她過去很看不起被戀愛沖昏頭的女人，沒想到自己也好不到哪裡去。

美心忍不住感慨，然而接下來，她想到了莉莉跟曉玲的下場。

雖然她跟慧君都不敢再細想，曉玲和莉莉發生了什麼事，但她們都想到了最壞的那個可能性——死亡。這個詞彙離她們這個年紀的人應該還很遙遠，但當它似乎近在眼前時，卻讓人忍不住想別開視線。

在黑暗中，時間也感覺特別漫長，可怕的想像不斷在美心腦中轉著。如果慧君沒注意到她消失，或是注意到了，卻不行動怎麼辦？或者她雖然有所行動，卻被正軒給擋下，結果反而讓自己的處境更危險呢——不，在那之前，如果自己就先死掉了呢？

好在眼睛漸漸習慣了周圍的亮度，加上房間裡有幾個小小的綠色光源，雖然還是看不清楚，但至少可以分辨物體的輪廓。爲了讓自己不要再胡思亂想，美心起身開始摸索周圍的環境。

她第一次踏進正軒母親的房間，雖然只能看到家具輪廓，但她卻感覺這裡不太像是一間臥室。沒有床鋪、衣櫃或梳妝台，反倒有三個方方正正的大型電器，微弱的光源，正是來自於電器下端的顯示燈。

這怎麼看都像是冷凍櫃，但是對於它爲什麼會出現在應該是臥室的地方，美心卻沒有頭緒。畢竟正軒也不怎麼下廚，而纏繞在冷凍櫃外的鎖鏈，更令她感到不祥。如果這些冷凍櫃是用來冰一般的食物，應該不需要加裝鎖鏈。所以裡頭冰的應該是某些不是食物的東西……

美心不敢再想像下去，她不知道還要待在這房間多久，她不希望增加自己的恐懼。

除了這三個冷凍櫃外，房間裡就沒有其他家具了。她走向窗戶，想嘗試把窗簾打開，讓街上的光照進來，卻發現這房間的窗戶被用不透光的塑膠布或什麼東西封了起來，看來她不僅沒有光線，也不用想從窗戶呼救了。

對美心來說唯一的好消息是，她在微光中看到了角落有間廁所，至少她不用在骯髒的環境裡待著。她猜想對居家環境整潔非常要求的正軒，大概也沒辦法接受骯髒，所以才把她關在這裡，而不是關在沒有廁所的書房或她的房間。

現在她的時間很多，也沒別的事情可做，有足夠時間可以慢慢思考要怎麼樣讓自己全身而退。既然正軒要她反省，她得表現得像是他要的樣子，才有辦法被認可，但是她也不能太快改變心意，否則看起來會像是在作秀。

從剛才跟正軒的對話看來，他生氣的一是把他和他母親放在一起比較；另外就是說要跟他分手。今天她也聽慧君說了，當時正軒也不願跟曉玲分手，美心猜想，他恐怕沒辦法接受自己被女人甩掉吧。要從這裡出去，或許得讓正軒相信她已經反省了，分手只是一時氣話而已，她還是想跟他交往下去的。

問題是，要如何讓他相信？

美心對正軒的另一面了解得並不多，也不知道對方掌握了多少自己的資訊，如果她隨意講了正軒可以簡單識破的謊，只會讓情況更糟，因爲正軒非常痛恨有人騙他——就像她過去不知道正軒已經拆穿了假帳號的眞相，還在一人分飾兩角，或許正軒便是從那時候開始不信任自己的。

這也算是她咎由自取，但此時後悔已經來不及了，如果要讓正軒重新相信自己，只能透過對話——不過她連正軒現在人在哪裡都不知道，也不可能大呼小叫吸引他的注意，那大概會產生反效果，讓正軒以爲自己是想引起鄰居注意。

所以她現在只能靜靜等待正軒主動找自己說話。

好在不知過了多久後，正軒的聲音突然在門外響了起來。

「妳有個朋友剛才打電話來問妳有沒有安全到家，我說妳還在洗澡。」

美心難以形容自己聽見這句話時的激動——而這個機會，剛好也讓她可以展開重新博取正軒信任的作戰。

「是慧君打來的嗎？我就說我今天是跟女性朋友吃飯吧，我沒有騙你。」

她假裝這通電話只是偶然的來電，好讓正軒放鬆對慧君的戒心。同時她也嘗試把他們今天爭吵的契機重新拿出來講，她想，這樣或許可以讓正軒感覺到，她還是很在意他們之間的誤會。

「只是這次而已，妳之前說過不少謊是事實。」正軒眞的接了她的話題，並哼笑一聲，「妳朋友不願告訴我她想說什麼，所以我剛才已經跟妳朋友說，等妳洗完澡再回撥給她。」

「那……也要我出去才能拿到手機不是嗎？還有，這個房間的燈竟然打不開，我什麼都看不到，覺得很可怕。」

第二號作戰是適當表達不滿，免得看起來太過乖順，會很可疑。

「只是關在沒有燈的小房間裡，這已經是很好的待遇了。會怕妳就好好反省吧，只要不犯錯，就不會有處罰。」正軒似乎也沒有懷疑。

或許正軒以前曾經歷過更慘的處罰？對於正軒的習以爲常，美心要說沒有一絲同情，那便是假的，但她也不認爲自己就應該承受這樣的對待。她還在想著要怎麼讓正軒答應把門打開，把手機給她，此時門板下方突然就有光線射了進來。美心這才看到門板下方有扇小門，她在電視上有看過這種給寵物進出的小門，而她的手機就從這個小門被遞了進來。就她的印象中，整棟房子裡似乎只有這個房間裝了這種門。

她接過自己的手機，接著就聽見正軒說——

「妳現在打回去，開免持聽筒。要是妳敢胡說什麼，後果妳自己知道。」

「我知道了。」

怎麼搞得好像她被綁架似的。美心心裡覺得挺微妙的，也再次感覺到正軒的怪異。正軒雖然覺得這些處罰都沒什麼，但似乎理性上知道社會大眾並不接受，所以才要求她不能洩露出去。

要怎麼在不讓正軒起疑的情況下，讓慧君知道自己的處境不妙呢？

惴惴不安地撥了電話後，響沒幾聲就被接通了。慧君接起電話的那一聲「喂」，讓美心瞬間安心下來，她故作輕鬆地開口：「喂？慧君嗎，不好意思剛才在洗澡……嗯嗯，我到家了。」

「太好了，不好意思留妳到那麼晚，妳明明一直在擔心門禁時間。」

這話接得好，或許可以幫自己爭取信任。美心在心裡對慧君比了個拇指，同時也飛快思索接下來要怎麼傳達給她。而在她想出話題前，慧君再度開口——

「這麼說來，這次我忘了把土產帶給妳，妳下次什麼時候能出來？只是給個東西而已，很快的。如果妳很忙，我送去妳家也沒關係。」

什麼土產？美心先是覺得困惑，隨即便反應過來。

大概是因爲她沒有接電話，所以慧君編了個話題試探吧。她慶幸隔著一扇門，正軒看不到自己的反應，不然她的表情恐怕早就露餡了。美心順著慧君的話回道：「我得先看看我的行程……。」

此時美心見到正軒的手從那小門伸了進來，狠狠地揮了揮。她猜那應該是要她不准隨便答應的意思，於是她連忙回答：「我這幾天都不太方便……。」

「那我直接去妳家呢？我記得妳說妳家離捷運站不遠吧？」

正軒的手又開始揮動，美心也只好回答：「呃……我男友不是很喜歡別人隨便上門，我怕妳會被趕出去。」

美心不知道慧君能否理解自己現在的狀況不正常，她希望慧君不要誤會成是希望她別過來，但她又不敢透露出這樣的意思。

「這樣啊，但我眞的只是在門口給個東西而已，不會很打擾你們的。妳可以先跟男友討論一下，再回電話給我嗎？」

「好，我先問他看看。」

在她掛掉電話後，正軒立刻伸手要把手機拿回去。雖然現在搶過來報警的話，或許馬上就會有警察趕來，但同時也會觸怒正軒。現在她只希望可以讓正軒覺得，自己還是很願意配合的，不需要再傷害她。所以美心沒有太多動作，直接把鎖上螢幕的手機遞回正軒手裡。正軒也不多話，看來是對她們的對話沒有疑問，接過手機後，似乎就準備離去。

得想個辦法讓他留在這裡，跟自己對話。

「你以前也都是被關在這裡嗎？」美心突然出聲。她其實只是隨口一問，也不知道正軒有沒有聽到，但過了片刻後，正軒的聲音響起。

「我通常是被關浴室。」

看來他似乎冷靜多了。美心鬆了口氣，接著問：「也都不開燈？」

「廢話，難道還要順便給妳幾本漫畫和遊戲機，讓妳舒舒服服反省？」

「那你難道不覺得，這樣關根本沒有太大效果嗎？我們面對面討論也是一樣的啊。」

「不要費心了，妳只是想騙我開門而已。」正軒冷漠的聲音響起，「妳們這些女人都一樣，最喜歡玩這種技倆。表面上假裝跟你很要好，下一秒不是陷害你，就是拋棄你。」

美心聞言不免有些尷尬，不過從正軒的話也可以推測，正軒不只曾和一個女人發生過爭執。

「是莉莉騙你的嗎？這些帳算在我身上並不公平，我騙過你的事，就只有創了個假帳號，還有偶爾自己出去逛逛而已，要是我存心欺騙你，就不會給你ＦＢ密碼了，甚至會把電腦上鎖不給你看。這像是要騙你的樣子嗎？」

「還不是有騙。只不過還在可以饒恕的範圍。而我對妳這麼包容忍讓，在妳身上砸了這麼多錢和心力，妳不過幾次吵架就想擅自分手，把我的成果拿去給別的男人享用，這還不叫自私嗎？」

原來他不願意分手，在乎的是這個點？彷彿被當成一件「作品」，讓她感到相當不舒服。

「你的說法有點奇怪，我覺得一段關係的重點應該是過程，我們共同擁有過很多開心的回憶，這不就夠了嗎？」

「如果要重視過程，那妳就更沒有什麼好不滿的。別的男人有把時間花在妳身上嗎？他們只不過是看到妳現在的努力成果，想要沾光而已。他們怎麼會知道妳付出了多少？知道妳的努力、又能幫助妳成長的人，都是我，對吧？妳比起把時間浪費在經營那種無聊帳號上，難道不應該多跟我相處嗎？我才是眞正投資在妳身上的人。」

美心一愣，正軒的這番話感覺合情合理，她差點就要被說服了。

——不對，不要被他的話帶跑了。

美心努力讓自己專注在今晚吵架的契機上：「不是的，我也說了，重點在於你並沒有問過我想成爲怎樣的人，你也不在乎我的喜好，只希望我變成你要的樣子。我很感謝你，但如果你只是想把我塑造成你要的樣子，我想我們要的東西不同。」

「這可眞奇怪，妳們一個一個當初都沒有意見，卻在最後全都有了意見。妳當初不也想變得跟莉莉一樣？我幫妳完成，反倒是我的錯了？」

「如果你只是按著我們的意思來幫忙，那如果我現在說，我不想要長得像莉莉那樣了，你又會怎麼想？」

「妳想要一直當個未完成品？妳可以忍受？」

未完成品這幾個字相當刺耳，美心握緊了拳頭，努力壓抑情緒，「不是什麼完不完成的，我就是長這樣，以後也是長這樣。」

「妳至今割過雙眼皮、開了眼頭，還塡了淚溝，這還叫做原本就長這樣嗎？如果可以做這些手術，卻不可以整其他地方，這根本是毫無邏輯的歪理。」

正軒說的不無道理，偏偏她又不知道該怎麼說明其中的差別，沉默了很長一段時間，她決定放棄：「或許吧，我自己也不清楚那個界線在哪裡。我只是發現，如果變美需要變得不像我，那其實我不需要那麼完美也沒關係。」

「眞是荒唐又毫無邏輯，什麼叫不像妳？早就不像了！」

正軒的語速加快，但音調反而變得低沉：「我都可以努力過來了，爲什麼妳們不行？我努力幫助妳們，可妳們是怎樣對待幫助妳們的人？得到自己想要的之後，就指責別人想要的有問題？然後不是開始說謊，就是反咬我一口。我眞佩服妳們的自私！」

「不是的。還有很多別的理由——」但是講起那些控制手段，又是另一個話題了，美心光想就頭疼，最後決定略過不談，「就算分手了，不代表我們就不能當朋友，事實上我也不是眞的討厭你……。」

「那幹麼還要分手？我在妳身上花了那麼多錢！」

門板被用力一搥，讓原本靠在門邊的美心嚇得退開。但還好他們隔著門，她才敢這樣講話，如果正軒就站在她面前，她應該會害怕得說不出話來。

門外的正軒還在抱怨：「妳如果花了大錢買外籍新娘，最後她卻跑了，妳能接受嗎？」

這或許是讓她徹底失望的一句話。

即便她做錯了不少事，也不是完全沒有隱瞞，但她自認爲一直很認眞在談這段感情。自己會有這麼多轉變，正軒也確實幫了很大的忙。

她甚至不願意相信對方有意傷害自己，所以她才選擇冒著激怒正軒的危險，坦白一些事情，才選擇不直接離開，而是回到這間房子，這都是希望能改善感情中的問題，如果正軒願意放下他那些執著，她不是不能繼續維持這樣的關係。

然而，對方似乎不是這麼想。

美心不由得也大聲起來，「所以，我在你眼中就只是買來滿足你需求的工具嗎？」

「妳在大聲什麼！妳憑什麼對我大聲！」

門板又被用力搥了幾下，那個聲音讓她非常有壓迫感。

「你更大聲！而且那根本不是重點。」對於現在還在講求上下關係的正軒，她也氣得搥了一下門板。「你其實根本不需要『人』來陪你，你需要的只是玩偶！不管是我還是莉莉或曉玲，你眞的眞心對待過我們任何一個人嗎？你沒有，但卻要求別人對你忠誠，你不覺得很可笑嗎？」

美心痛得忍不住甩了幾下手。但是回應她的，卻是一片死寂。美心以爲正軒已經氣得離開，便想著就算了。但是當她正要倚著牆坐下，門卻緩緩地打開了。

透過正軒背後的走廊燈光，美心可以隱約看見他的表情，很平靜，但美心知道這表情比怒吼更加不妙，更重要的是，他手上拿著一把菜刀，雙眼直直地盯著她。

「妳爲什麼知道那個名字？」

此時她才注意到，自己情急之下將曉玲的名字說了出口。照理說她不應該認識這個人的，於是她連忙裝傻：「什麼名字？」

「曉玲。妳怎麼知道這個名字的？」

「我不知道你在講誰。」

「妳看，妳又在裝傻了。」正軒諷刺地微笑，「妳是不是覺得我很好愚弄？從一開始妳就是這樣，謊稱自己認識莉莉，謊稱自己跟她一起出遊過，妳怎麼可能有辦法跟她出去？」

她抿了抿唇，硬著頭皮說：「我爲什麼不可能？」

「哈，跟死人一起去喝下午茶，這可能嗎？我倒是想問問妳是怎麼辦到的。我原本以爲或許是有其他人僞裝成莉莉，但後來發現根本沒有，是妳從一開始就在愚弄我。」

正軒朝她跨了兩步，美心知道自己應該跟他拉開距離，然而她又怕刺激到對方，於是強迫自己站在原地不動。

正軒並沒有馬上走近，而是停下腳步，再度與她四目相接：「而現在，妳又不知道從哪裡得知了曉玲。我看妳根本就和她們都認識，打算爲她們報仇吧？」

美心拚命搖頭，一方面是想表達事情不是那樣，一方面也是想阻止他繼續說下去。她知道，當正軒敢把這麼重要的事說出來時，要嘛代表自己非常受到信任，要嘛就是自己可能要消失了，而她，絕對是後者。

美心原想繼續裝蒜，但想想每次這麼做都是反效果，不如乾脆攤開來講。她盡量不讓視線往對方手上的刀瞟去，故作鎮定地說：「我不認識那兩個人。我當初只是在網路上看到莉莉的帳號，很羨慕她，所以借她的圖弄了個假帳號，就這樣而已。但這一切對你到底有什麼損害？何況我帳號也關掉了。我反而不懂，你爲什麼要這麼在乎這件事？」

「我在乎的是妳愚弄我。」

「那我也想說，我看那個叫 Wu-Ming 的騷擾帳號也是你吧！這樣的話，你自己辦了個免洗帳號來叫我關閉假帳號，這不是很可笑嗎？你不也是一直假裝不知道 Wu-Ming，然後跟我互動？難道你也是在愚弄我嗎？」

意外地，正軒十分爽快地承認：「Wu-Ming 是我，但我並沒有惡意假冒別人身分，這不一樣。」

「好吧，就相信你說的好了，但莉莉如果已經過世，我盜圖會傷害到誰？你嗎？爲什麼？」

正軒並沒有回答這個問題。美心想起過去兩人談到報警時，正軒那不自然的反應——莉莉失蹤時，正軒這個男友沒有去報警，也很不希望自己去報警——爲什麼正軒這麼害怕跟警察打交道？這個理由現在呼之欲出。

「難不成你是怕莉莉原本的朋友看到，跑來關心她的下落？還是你害怕被誰發現？例如說……警察？」

她的眼神時不時瞥向正軒右手拿著的菜刀，同時也藉著走廊透入的燈光，盤算著如果對方開始攻擊，自己可以怎麼辦。這房間裡只有三個冷凍櫃，並不適合躲藏，所以她只能想辦法閃避，再設法逃出房間。只要能離開房子，接下來就容易得多了，正軒這麼在乎面子的人，想必不會在大街上和她吵的。

正當正軒握緊手中的刀，兩人之間的氣氛一觸即發時，尖銳的電鈴聲突然響了起來。

美心嚇得震了一下，從正軒的表情，她知道對方也被嚇了一跳。在這個深夜的時間點，會是誰上門？難不成是她們吵架吵得太兇，鄰居過來看了？正軒似乎想置之不理，但是電鈴彷彿在催促他一般，又響了兩聲。

非處理不可了。正軒決定還是先處理外面的人，於是威脅地看了她一眼，說：「不准出來，待會也不准出聲。妳要是弄出聲音，等下就知道。」

正軒拿著菜刀出去，再度關上了門。隔著一扇門，美心聽到的電鈴聲也變得悶悶的，她上前扭了扭門把，毫不意外地，門還是被鎖上了。她努力把耳朵貼在門上，想確認來的人是誰，然而什麼聲音都聽不見。

她不知道來的人是誰，但就算她不弄出聲音，也不能保證她待會就是安全的，那還不如放手一搏。決定後，美心往後退了一步，開始猛力撞門。肩膀撞得很痛，她也不知道電視上那些人到底是怎麼撞的，她只撞了幾下，接著就換成大聲呼救。

美心有多希望來人能聽見求救聲，幫自己一把，當門再度被打開，見到正軒面無表情的臉時，她就有多絕望。

但是下一秒，她看到了正軒背後的慧君。

「美心！」慧君立刻推開了正軒，衝上前來抱住自己。

她也很想喊一聲對方的名字，然而這時才發現，她竟然說不出任何話，只能緊緊抓住慧君的衣服。她從慧君的肩膀上方可以看到她背後的走廊，這才發現除了三人外還有一個人，看起來是警察。他好像正在問正軒，爲什麼把她關在房間裡。

「也沒什麼，我們剛才在吵架，她情緒又很激動，所以我想我們需要稍微隔離開來冷靜一下……就只是這樣而已，這只是暫時的。」

看員警不知道是贊同，或者只是表示理解地點頭，美心覺得這段時間經歷的那些情緒和壓抑，都隨著對方雲淡風輕的語氣而爆發出來。

她輕輕推開慧君，並沒有看到朋友臉上緊張的表情，打斷了警察跟正軒的對話：「警察先生，你剛才應該也有看到，我被這個人關起來了。他確實打算監禁我，這個房間的窗戶也被封起來了，不信你可以檢查，還有剛才他手上還拿著菜刀威脅我，我想他可能還沒時間把菜刀放回廚房的刀架上。另外，他剛才還揍了我幾拳，我不知道有沒有傷痕，但我可以去驗傷。」

美心毫無情緒地說，她聽到自己的聲音因爲方才過度嘶叫而變得沙啞，也看到正軒的表情爲之一變，但是又不想在人前發作，因而只是不斷用眼神警告她。

不過她決定要做個了結，所以她把心一橫，指向房間裡那三個泛著綠光、方方正正、彷彿棺材的大型電器。

「還有，也請你們搜查房間裡這幾個上鎖的冷凍櫃。我想裡面可能放著違法的東西，那就是我們吵架的原因。」

「冷凍櫃？」員警似乎很困惑。他探頭往房間看去，伸手想要打開房間電燈，而電燈當然沒有亮。

在員警走進房間的同時，美心也盯著還站在走廊上的正軒。他的表情先是不敢置信，接著漸漸扭曲成憤怒。美心還是很怕對方下一秒就衝上來，但是他現在手上已經沒有菜刀了，而自己身邊還有兩個人，她的朋友，以及她朋友幫忙找來的救兵。

她看著對方的表情又逐漸從憤怒，變成一種已經有所覺悟的平靜。美心知道，這次自己終於可以安全地離開。

十、

當員警以傷害罪等現行犯的名義逮捕正軒後，要求美心一同過去做筆錄。正軒的眼神已經沒有不久前那種憤恨，只是不停地喃喃自語：「爲什麼每個人都要背叛我？」

美心準備搭慧君的車前往警局，正軒坐上警車前，再度看向她，這次是非常平靜地問：「妳爲什麼要離開我？」

她不知道這個問題只是單純問她一個人，還是同時也在問他過去遇到的所有人，例如莉莉、曉玲，還有他的母親。

對於那受傷的語氣和眼神，美心幾乎要懷疑自己，是不是冤枉了對方？是不是爲了保護自己，栽贓了別人？是不是不論發生什麼事，都應該站在他那邊？

她的糾結持續到稍晚，警方眞的從那幾個冷凍櫃裡找出幾具屍體，美心才鬆了口氣，知道自己沒有冤枉人。同時，卻又感到有點悲傷。

在協助警方做筆錄時，她提供了被Wu-Ming脅迫的證據，以及她所知道的細節。提到他們吵架的內容時，美心還是忍不住多講了一些，正軒過去疑似受到母親的虐待。

她仍舊懷疑，自己是不是做了錯誤的選擇。但當她開始回想在慧君趕到前，她曾以爲自己要永遠被關在那密閉房間裡的時候，感覺像是永恆那麼漫長的恐懼，她仍舊很慶幸自己已經擺脫掉那些事。

那時她心中曾閃過模糊的念頭，當年莉莉她們一定也曾經面臨過同樣的恐懼。命運彷彿在嘲笑試圖偷走莉莉帳號與人生的自己，如今連莉莉死前的感受，也一併被她偷了過來。

還好最終，她的臉仍舊跟莉莉不同，她仍舊每天要去上班，而莉莉的人生結局，並沒有一起落到她手中。

至於莉莉和曉玲的事件，雖然沒有人報案，但也在調查正軒的房子後有了進展——因爲自己一時興起的網路惡作劇，使得朋友前同事的屍體重見天日，總讓美心覺得機緣是種很玄妙的東西。

有時她不免會想，自己跟莉莉走向不同結局的原因是什麼呢？她未必比莉莉聰明，朋友可能也沒有莉莉多，但她卻活了下來。她也在想，如果那天她沒有去找慧君，現在自己會不會還住在那間房子裡，在和正軒發生口角後選擇忍讓，然後繼續糾結要不要整形？

此時電腦的喇叭突然傳出聊天群組的通知音效，打斷了美心的思緒。她點開群組，有朋友問她要不要下禮拜一起去買衣服，她飛快地回覆：「要！」

她的舊衣服都被正軒扔了，而正軒買給她那些不適合她的衣服，她全都轉賣了出去。美心不打算留下那筆錢，所以她用不具名的方式寄給了被羈押在看守所的正軒，她還打算日後把過去的手術費用，以及房租之類的都慢慢補上。

她在提出分手時已經答應過了，會把這些錢都還回去。她雖然不認爲正軒所做的那些事是應該的，也不後悔讓他爲自己犯的錯負責，但是正軒改變了自己的人生，這也是事實。她很感謝他，同時對於毀掉他後半生也感到愧疚，這些情緒她無法忽視。

她不知道未來自己還有沒有機會再談戀愛，她曾經想過，失去了正軒，應該就不會再有第二個人願意跟自己交往了。如今她眞的失去了，意外地世界並沒有毀滅。

——當然，男友是殺人犯，這件事曾經讓她在公司裡受到小小的矚目，而後她的衣著換回原本的風格時，也曾被芝馨她們酸了一下，不過在她的無視之下，芝馨她們的冷言冷語，很快被其他人勸阻而收斂了。現在她在公司裡過著風平浪靜的生活。

風平浪靜、絲毫不受矚目。她並沒有刻意低調，但也不會再爲了獲得他人目光，而去做些自欺欺人的事。現在她仍在跌跌撞撞地摸索屬於自己的穿搭風格，也還在學習化妝，挑戰這些對她來說很困難的事。

她偶爾會在網路上發表自己的研究心得，竟然也漸漸培養出一批粉絲。當然，這些粉絲並不會請她吃飯，也不會邀她看電影。不過同樣地，也不會再有謾罵、要她關帳號的匿名留言了。偶爾會有一、兩個人留言酸她的穿搭品味，但對現在的她而言，這根本不值一提。

她至今偶爾還是會想起，正軒在上車前問她「妳為什麼要離開我」時的眼神。那是他們最後一次交談。她總覺得，自己對這件事始終無法釋懷。也許未來某一天，她會試著寫封信給正軒，不過不是現在。

用網誌貼出今天的穿搭心得文後，美心把文章連結轉發到自己的FB頁面，然後起身去廚房倒水。

書房中的電腦，螢幕仍舊停留在FB頁面，並且慣例地在側邊欄位秀出了「你可能認識的朋友」清單。在那些頭像與名字中，列在第一位的赫然是莉莉帶著自信笑容的姣好面容——以及，一個不是莉莉，也不是曉玲的名字。

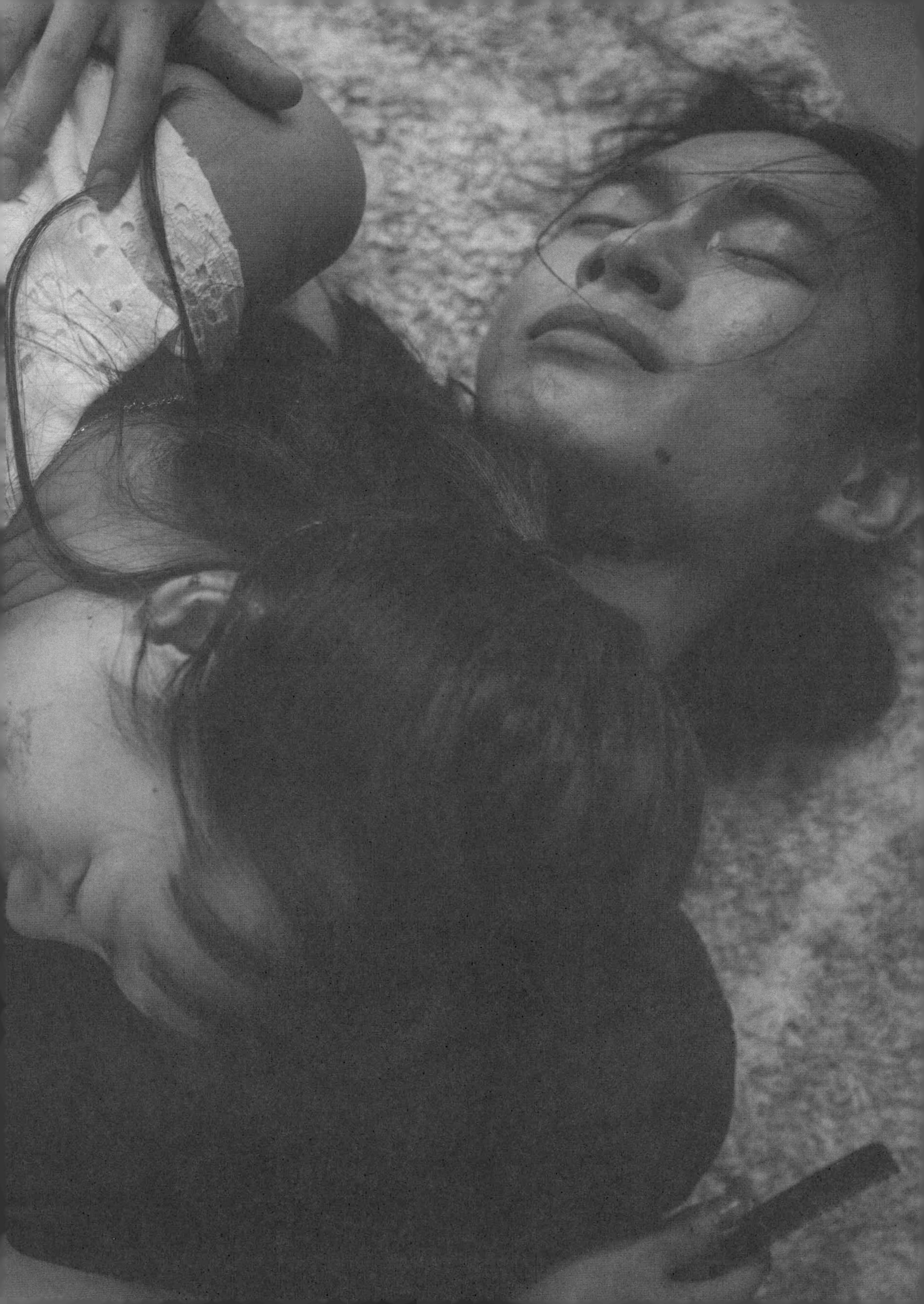

·劇本摘錄·

9	
時間	夜
場景	美心家
人物	美心

△家中，美心嘴角止不住的笑意，眼前是那塊千層派。

△打開「YourLily」帳號，她附上一張千層派照片開始PO文：「完美的愛情，是需要等待」。

△PO文陸續出現粉絲留言，突然一聲私訊鈴聲，美心點開，上面寫著：「妳不是曾莉莉」。發訊者跟今天在廁所收到的留言是同一人，W。美心皺眉，封鎖了W。

10	
時間	夜
場景	莉莉家
人物	小正

△小正坐在莉莉家客廳，看著假莉莉的IG照片與「完美的愛情，是需要等待」，他笑了。

11	
時間	日
場景	蒙太奇，咖啡廳、7-11、公園、美心家、莉莉家
人物	美心，小正

△美心在咖啡廳上傳新的IG照，小正敲了敲她桌子，兩人在咖啡廳聊得興高采烈。

△兩人在7-11吃東西；在公園喝飲料談天；美心上班前本來要穿帆布鞋，猶豫了一下套上一雙酒紅色高跟鞋。

△美心持續偷莉莉的照片上傳到假帳號。

△小正獨自在莉莉家，看著美心的假帳號照片，眼神陰沉。

12

時間	夜
場景	巷弄
人物	美心、小正

△美心和小正有說有笑地走在巷弄中

美心：上次那本書我看完了，後來我在想你說的那句話。

小正：你說，等待完美的愛情嗎？

美心：爲什麼你這麼想？

△小正突然停下腳步，看了美心一眼然後繼續邁出步子。

小正：其實，我曾經很愛很愛一個女生，我們當初就是那家咖啡店認識的，那本書，也是她介紹的。

△美心看著小正沉浸在過去的側臉，臉上的笑意轉成一絲落寞。

美心：她……是什麼樣的人？

小正：她？她很可愛……很單純……笑起來甜甜的，然後很會撒嬌。而且跟妳一樣，每次吃東西前都要拍照，一拍就拍很久，還有……跟妳很像，她眼睛也很大。

△美心越聽心情越黯淡，突然小正轉頭問美心。

小正：妳有考慮不戴眼鏡嗎？我一直覺得妳不戴眼鏡，上點淡妝，稍微打扮一下感覺一定很不一樣。

△小正溫柔地看著美心，美心不好意思低下頭。當她再次抬頭時，小正吻了她。

△兩人嘴唇分開後，美心彷彿還不清楚剛才發生了什麼事。小正溫柔地對她說。

小正：禮拜五，可以陪我去吃飯嗎？

△面對小正接連的進攻，美心不知如何回應。

小正：其實那天原本是我和她的二週年紀念，我很早就訂了餐廳……只是如今一個……人，感覺好……孤單……。

△小正有點可愛又有點可憐的樣子讓美心忍俊不禁。

小正：所以，我當作妳答應囉？

△美心微笑地點了點頭，小正也笑了。

△小正笑著目送美心上樓，當美心一離開視線，小正原先的笑意瞬間消失。

13	
時間	夜
場景	美心家浴室
人物	美心

△美心洗完澡，圍著浴巾抹開鏡上的霧氣，盯著自己的臉龐，她將手機架在一旁，放著莉莉的化妝示範影片。

莉莉（O.S.）：這款大地色的眼影很適合週間的小約會，建議女孩們可以先用接近自己膚色，然後切記！切記！用沒有珠光的淺色眼影，先在眼窩上大塊的刷色，然後就是用由淺到深的顏色來暈染眼皮……。

△美心從抽屜裡拿出一盒沒用過的隱形眼鏡，試了幾次好不容易才戴上，她端詳著鏡中的自己。

△此時莉莉在鏡中從美心身後悄然出現，莉莉看著鏡裡的美心說。

莉莉：我也覺得妳不戴眼鏡更好看。

△美心上了蜜桃色的唇紅，看著影片裡同樣在擦唇紅的莉莉與自己，她第一次拍了一張只有自己嘴唇的照片上傳到假莉莉帳號，寫下：「有多久沒約會了？（嘴唇圖示）」，她笑了。

洞
灰階

九點半，火車站中人流仍不少，出站與入站的人數相當，大多是途經此處的通勤族。他們倦怠、疲勞，腦中只想著回家休息，機械地走在最短、最有效率的移動路徑上，或許玩著手機、聽著音樂、透過電話與人閒聊，打發著無聊，所以，沒有一個人注意到我。

我已經在火車站裡轉悠有十分鐘之久了。

負責火車站秩序與安危的鐵道警察應該要看到我的，只是在過去的十幾分鐘，他的注意力都放在新進的售票員妹妹身上。我得說，我一點都不覺得那女人可口，但他畢竟是一個三十幾歲仍然無所成就的男人，已經學會了要認清自己的短處、已經知道挑剔是沒有意義的。當然，即便那位售票員還未到職，鐵道警察也眞的專心看著熙來攘往的人潮，細心觀察，我也不認爲他有能力注意到我。畢竟，我的暗藍色襯衫、黑色牛仔褲、深色筆電公事包與平凡的臉孔身材，讓我看來毫不起眼，加上他總習慣把注意力放在移工或是遊民身上，又怎麼可能看到我呢？

我順著人流走，步伐不快不慢，盡可能與多數人保持等速，雙眼觀察著眾人。一名女人即將與我錯身而過，酒紅色低胸裝性感誘人，白皙酥胸隨著每一步哆哆響的高跟鞋而晃動，喔，揉捏起來，想必極富彈性吧，我多想將臉深埋其中，嗅聞那淡淡乳香。很快地，我收回視線看向正前方，僅僅用眼角餘光打量，只是，當彼此交錯身子、胸口將齊時，我的視線再度瞟向深陷的溝線，因爲是側身，她的宏偉看起來更爲壯觀，我不自禁地揚起微笑。

錯身之後，我沒有立刻轉身回跟，反之，我又繼續向前走了幾步，步伐偏左，脫離我原先所處的人群，一個旋身搭上她所在的人流，跟上了她，透過其他旅客之間所留的空隙，我欣賞著她那被黑絲襪包覆的雙腿，以及隨著腳步妖嬌撓動的豐臀。

我的嘴內唾腺分泌出了口水。

好想咬一口啊。

我繼續跟著走，只是，很快我便察覺到自己並非唯一一個意淫著紅衣女子的人。走在對面，一名臃腫肥胖的男性朝著紅衣女的方向走，頭髮捲、身上格子襯衫多有捲皺，雖然看不到，但我的直覺推測，他的領口內襯應該滿是黃黑色汗漬。他死死盯著女子的胸部，小眼睛還瞇起好確保自己沒看漏任何風光，骯髒的鬍渣隨著臉上淫笑擴開，毫無收斂，活像是要盡可能符合社會對「噁心肥宅」的刻板印象一般地看著女子。我不禁輕蔑冷笑，連學會隱藏自己的意圖都不會，永遠都沒有辦法當上一名稱職的獵人啊。

但我不想要那紅衣女人了。想到跟那樣的人選上同樣的人，感覺就是不痛快。

我持續順著人流走，迎面來了一個身著長版風衣的女人，看起來姿色並不差，只是胸部有些平。我微張嘴巴，將肺中的空氣輕輕吐盡，當她經過我身邊的時候，我稍稍撇頭，鼻子用力一吸，將她身上散發出來的氣味嗅入鼻腔中。香水味略刺鼻，恐怕只是雜牌貨。沒有香水的我沒問題，有香水的我也可以，但是這種不上不下的廉價味道，實在是太次等了，所以，我並沒有停下腳步。

我繼續順著人流走，繞起今晚大概是第十三圈的火車站，偶爾，我會拿起手機把玩，令自己的形跡動作與其他的現代通勤族更爲相像，不過，我眞正的注意力還是放在眼角，掃視著人群。

側邊來了兩名學生妹，我看上的那個正對著並肩走的朋友興奮說話，嘰嘰喳喳，聲音像是吵雜的麻雀，含苞待放的百褶裙襬則隨著她大動作的手勢與雀躍的腳步飄動，似乎，隨時就要露出其下的內褲，讓我有些期待。我打量著已然見光的膝腿，勻稱、不帶太多贅肉，只是，短襪之上露出的足踝有些黑，腿上也有幾個蚊子叮咬過留下的紅腫。還不夠好。

我繼續走著，到了便利商店附近，見到一名身著緊身毛衣，盡顯苗條身材的輕熟女，正在店裡物色著商品，只是，我才走近幾步，女人便轉過了身，一看清她的眉目，我馬上決定轉身離去。那個，我可眞的吃不下去。

「飢餓就是最好的調味料」，但，還有選擇的時候，我便不打算將就。

「吼，我眞的很不喜歡丁哥，每次都倚老賣老，好像自己有多厲害，其實根本就很廢好嗎？」

兩名OL從我身邊經過，交談著，聲音尖銳而亮，口吻輕蔑、不可一世。她們臉上都撲著厚厚的粉，卻仍然藏不住低鼻頭與闊嘴的缺點。我喜歡聽人聊天，聲音悅耳與否，個性如何，對我也同等重要。

「拜託，本來就沒有人會喜歡丁哥吧！他那個態度就算了，還常常亂伸鹹豬手，會喜歡他才有鬼勒。妳知道我剛進來的時候，他還摸過我的屁股嗎？有夠不要臉。」

「喔，有有，妳有說過，他就垃圾人一個啊，公司專請這種廢物，難怪會虧錢到發不出年終。我真的在考慮之後要換工作了。」

不行，太過愚蠢了。

那麼，這運動風格的女大學生又如何呢？她的馬尾隨著步伐晃蕩，吸引了我的視線，她的後頸雪白，沒有多少雜毛。我假意加速繞過人群，側身穿梭，在胸口幾乎要貼上她的背與肩膀的同時，一個深呼吸。

幹，好臭。

那味道不是普通的狐臭，而是某種濃厚的羶味，立刻讓我想到廉價羊肉爐，讓我鼻子都皺起，腳下趕緊轉折，踏出了馬尾女子的身周，走到人潮的邊緣，呼吸著稍微沒混雜那麼多人汗味的空氣。

就是這時候，我看到了她。

三十公尺外，一名少女甫踏入車站大廳，鮑伯頭、背著書包，白色制服黑色長褲，制服質地料偏輕薄，隱約能看到其下深色的內襯背心。她的眼神也與其他通勤族一樣，只看著回家的方向，筆直朝著剪票口而去。我趕緊搭回了人潮，加快速度緊跟上她，雙眼瞅著她已經斜側著走向手扶梯的身影。

她的短髮隨著步伐搖晃，輕柔飄飄，時不時露出藕白的耳朵與後頸，身材纖細苗條，走路輕柔。一束髮絲晃到眼前，她自然地舉起手撥開，制服袖口便露了縫隙，雖只電光石火的一瞬，但我看到了，腋下，我最喜歡的腋下，光滑無毛、最少量的皺褶，襯著鐵灰色小背心的邊緣，應該是我人生中看過前三名的美妙畫面。

我的唾腺再度分泌了大量口水，顯然，身體已經迫不及待了。

我與少女保持了十公尺左右的距離，中間隔著三人，遮擋著我的視線。但我已經等了這麼久，不必著急著繼續視姦她，畢竟，欲速則不達，不是嗎？首要任務，是讓我看起來再平凡不過，不要激起任何人的注意，尤其是她。

我看著她翻出錢包，以玉蔥般的纖纖五指抽出了悠遊卡，嗶的一聲通過剪票口。轉往月台時，她的右側臉龐露出，這次，我看清了她的表情，淡淡然，沒有任何情緒，甚至看起來也無疲勞倦怠，五官不施粉黛卻精緻，甚至帶有某種不染灰塵的空靈。十幾秒後，我才跟著通過剪票口，繼續保持著十公尺的距離，不讓她察覺到任何異狀。

月台上，區間車剛好進站，下車的人不少，上車的相對要少。她踏著輕捷步伐上車，我隨後跟上，進了車廂。車廂內人不算多，甚至在她斜對面便有一個座位，我坐了下去。

我拿著手機，手指頭滑動著螢幕上的小遊戲《2048》。這個時代，要隱藏自己的最好方法，便是投入於那五吋的世界中。我的眼睛還是看著她，觀察著她。她坐定位後，伸手掀開背包，從中掏出一對白色耳機，接上了手機3.5mm音源孔，隨後將耳機塞入潔淨無瑕的耳朵中。

我則開始欣賞著她，細細品味她身上的每一道線條、每一處弧角。

她的腳踝，光滑白嫩，猶若頂級細嫩的白豆腐，好像就算只是以舌頭輕輕舔弄，也會破壞了那柔嫩的表面似的。

「XX站快到了——」

她的手腕如同白玉一般精緻，淡色的青筋隱隱浮現，我想，當我以蠻力將其箍住時，必然會留下難看、醜陋的瘀青吧。

「YY站快到了——」

她的胸部並不大，至多是B罩杯，胸型卻很美，雖然因爲制服寬鬆的緣故，起伏不甚明顯，但我希望，她的乳頭是淡色的，乳暈也得要小，那種最能讓我欲罷不能、貪婪地不斷舔拭，甚至吸吮。有夢最美啊。

「ZZ站快到了——」

她的頸脖纖細，似乎承受不了多少力量，單憑我一隻手就能夠鎖死，而相連接的鎖骨，不管是稜線弧度，或是陰影，都恰到好處，若是滴落幾滴淚水，便會閃閃發光。

「AA站快到了——」

她的櫻桃小口輕輕閉著，粉嫩春色令我好想要以齒啃咬，而我想像，她的聲音會如同鶯燕啼叫般悅耳，她的牙齒，應該會是潔白無瑕的，如果還戴著牙套，我會更興奮。

「BB站快到了——」

她的頭髮是如此的烏黑亮麗，看起來一點也不像是在外奔波一天的人，尤其是瀏海部分，連一丁點的黏膩分岔都沒有，簡直像是洋娃娃一樣乾淨完美。

我感覺到自己的呼吸變快，於是，我控制住自己的呼吸，但，我的陽具卻不受控制地充了血。我趕緊將腿蹺起，擋住了頗爲明顯的下身，稍稍閉上眼睛，控制住自己的情緒。耐心是種美德。是的，耐心是種美德。美好，是醞釀出來的，就像熟成的牛肉、醃過的脆梅，又或是，放了十八年的單一純麥威士忌，都是。方才過了好幾站，車廂內的乘客數量有了急遽變化，如今只剩下四個人了。她還是靜靜坐著，聽著音樂，偶爾調整一下姿勢，而我的陽具，則軟了下來。

我很好奇，她到底住得多遠。

車子再一次減速，停了下來，車廂門滑開，僅剩的另外兩個乘客下了車，不過，下一秒，一位老人上了車。禿頂、臉上皺紋不少，穿著常見寬鬆、有些脫線變形的老舊棉衫，以及寬鬆的長褲，腳下則踏著老舊的白色球鞋，只見他環視了車廂一周，隨後，便踏著以老人來說過於精神的步伐，在少女的身旁坐了下來。

光這動作，我就知道他是何許人也了。

老頭坐下時，少女的視線飄了飄，明顯對車廂如此空曠，卻還是坐在她身邊感到不解，可看到對方只是人畜無害的老人，便又放下了戒備，繼續聽著音樂。

殊不知，道貌岸然的人，往往是最危險的啊。舉例來說，我。

我稍稍抬起了視線，直勾勾望向他的雙眸，甚至抬了抬眉毛，意圖透過眼神傳達警告訊息，但精蟲衝腦的他，全然沒有注意到我的細微動作，一雙眼持續瞅向少女的大腿，嚥著口水，準備要出手。

喀啦一下，車廂稍有搖動，老人便假裝孱弱，隨之晃著身子，手背外側碰到了少女的腿側。媽的、媽的，噁心下流的傢伙，把你的髒手拿開，那是我先看上的獵物，你可沒資格染指啊！睜大眼睛看清楚自己是什麼貨色，究竟有多麼不入流啊！

但他的雙眼，只看得到晶瑩剔透的玉足美腿。

少女被碰到時，瞄了他一眼，但老人的視線卻不與她接觸，一副什麼事情都沒有的模樣，裝得雖假，但少女看不穿，她的經驗太少、她的勇氣不足。

車廂再度擺動，臭老頭這回更不客氣了，大動作晃動，重心向少女傾去，肩膀直接貼上了少女的肩膀，無名指與小指稍稍外翻，摸上了少女大腿側邊，湊近少女頸脖的鼻翼也擴張，貪婪地嗅聞著她身上所散發的氣味。

比我還要早聞到，怎麼可以？

少女一手摘下了右側的耳機，以審慎的目光看向禿頂老人，嘴巴似乎抽動了一下，但最後卻是一句話都沒有說。

不行，我忍不住了！多希望現在就可以掏出我的刀，直接朝他的小腹捅上三、四刀，將他的內臟攪得稀爛、將他的咽喉骨挖出看他軟倒血灘、將他的下體切成一片片再將他的兩顆卵蛋踩爛！我站起身，走到他的面前，腳踏上他的足尖，用鞋底碾壓他的足趾。

「唉唷！你幹什麼？」

他又驚又疼，原先斜傾的身子立刻坐正，稍微緊張地看向我。可是他沒有看穿我的本質。老了，眼睛都快瞎了，是吧？

「嘿，眞是抱歉，我並不是故意的，不過先生，方便跟您說件事情嗎？」

「呃？怎麼了嗎？」他轉頭看了一下左右，神情不自在。

少女也有些困惑地看著我們。我沒有理會她。

「我想你坐錯車了，等下趕快下車換車吧。」

「我坐錯車？呃，等等，我並沒有坐錯車啊，這就是我要坐的……。」

「跟我來，我指給你看。」

「欸，年輕人，我認識你嗎？我不——」

白癡。

「起來吧。」

我邊說，手也已經探出搭上他的肩膀，用力扯他，他只好困惑地被迫起身。站起來後，他就算順從多了，被我輕輕推著走到了車廂門邊。

「到了下一站，你就該下車了。」我忍住往他臉上揮一拳的衝動，淡定地說。

「年輕人，我剛剛就說過了，我沒坐錯車，我不知道你想幹麼，但別再煩我了好嗎？」

他的嘴巴散出濃厚腐臭味，不是牙齒已經蛀得爛、牙齦出血又不喝水，就是後邊牙縫中卡了塊肉屑，始終沒有剔出。噁心，眞的非常、非常噁心。那味道讓人想吐。

「你的口臭很噁心，你知道嗎？」

他愣住了，一時間似乎想不到該回什麼。

「不過，那腐敗味道倒是跟你的老人臭很配啊。」我繼續說下去。

「你……你是不是有什麼毛病啊？神經——」臭老頭邊嘟囔著抱怨，邊轉過了身，想要回去少女身邊。

操你媽的。

「你、該、下、車、了。」我伸手拉住他。

「欸，年輕人，你到底在說什麼五四三啊？我不認識你，也沒有要下車，你再騷擾我，我就會找警察來——」

「——死老頭，你怎麼還是搞不清楚狀況呢？」我壓低了聲音，也壓住了我動手的衝度：「我都已經給你台階下了呢。」

他愣住，眼神透著不解，以及對我的些許懼怕。他大概以為自己遇上了什麼神經病吧。

「唉，看起來，你不但是個只剩雙手可以用的老癡漢，現在連腦袋都不好使了。」我冷冷說道。

「你！你少胡說八道，什麼癡漢……。」

唉，智障，他只抓到了那關鍵字，完全沒有讀懂我的潛台詞。

「少在那邊亂扣人帽子！嘴巴不乾不淨……。」

他邊說，手邊揮舞起來，想撥開我扣住他肩膀的手。但我動作更快，左手反切彈開他的手掌，右手瞬即探前，鎖喉釘上了車廂門，隨即將他提得離地，老人噴了許多口水出來，噴濺在我的臉上，臭而黏膩，噁心得我恨不得就此將他脖子扭斷，但不行，那會把事情鬧得太大。他的手不斷抓我的手掌，想要扳開我的手指，卻只是徒勞無功。

我的眼角餘光注意到少女正縮著身子在看，但我沒有分心看向她，仍舊冷冷地瞪著老頭。

「如果你想要知道的話，你的右手邊就有一個緊急聯絡鈕，你可以按，我完全不介意。」我譏諷地說。

我不過是出言嘲弄，要讓他知道我還游刃有餘，但下一秒，老人竟還眞伸手摸去，按下了鈕，呼喚列車長來拯救。我不禁鼻孔噴氣，無法控制地蔑笑。這麼愚蠢的人，到底是怎麼混到現在還沒被關的呢？

「不會吧，電車癡漢向列車長求救？你是不是搞錯什麼了？」我輕聲對著老頭耳語。

老頭的喉頭不斷震動，努力想要求救，可他聲帶氣管被我鎖緊，只有一絲氣音。他的雙手還努力想扳開我的手指。

「嘿，別再急著掙扎，好好看看我，好好搞清楚狀況，好嗎？」我輕聲說。

老頭終於看向了我，臉上的皺紋不再繃得死緊，不再試著要求救，手，也停下了抵抗動作。他知道，那樣是沒有意義的。

「昏花老眼終於對到焦距了嗎？知道自己犯了什麼錯了吧？」

他散著慌亂的眼睛眨了眨，他的臉色也因爲缺氧而發白。

我這才鬆手，他便砰的一聲雙腳落地，瘋狂地咳了一陣，嘴唇肌肉抖了幾下，一手摸著自己的喉頭，另一手摸著身後的車廂門，慌亂的眸光不斷瞄向外頭，又再看向我。他無處可逃。

我微笑。

「你、你最好、不要、太放肆，不要以爲……嗯……。」

啊啊，面子，是嗎？但我可沒有打算要給啊。

「你呢，最好認清自己有多少斤兩，記得動手前先看清楚。還有，我相信你知道接下來該要做什麼。」我邊說，邊輕輕側頭，指了下車廂門。

「我……我……。」他哆嗦了一下。

刷的一聲，車廂門滑開，老人立刻噤聲。穿著白制服、戴著正裝帽的列車長走進了車廂，臉上帶著狐疑，掃視車廂內的三人。少女避開了視線，老人則是又有些緊張地轉起了眼睛，看向車窗外、看向列車長，又看向我。

列車長遲疑了一下，邊說話邊走向站在門邊的我們。

「兩位先生好，請問一下，剛剛是不是有人按了緊急聯絡鈕？」他的態度並不怎麼和悅。

「我沒有。」我微笑回。

「我、我呃……我沒有。」

「兩位沒有誤觸？」

他舉起手，指向就在門邊、離我們不過半公尺的緊急聯絡鈕。

「我……應該沒有吧？呃，那個，我沒有注意到。」老頭緊張地說，眼睛避開了他，也避開了我。

「先生你呢？」

「沒有。」我接話。

列車長遲疑了下，皺著眉頭轉頭看向少女。

呿，有完沒完啊？

「小姐？請問妳剛剛有使用緊急聯絡鈕嗎？或是，您有注意到任何奇怪的事情嗎？」

「我沒有注意到。」

看起來，她也不想要鬧大。

列車長皺眉，看了一下左右空曠的位置與車廂，最後又轉頭看向站在車門邊的我們倆。好好的位子不坐，他怎麼能不懷疑我們呢？但他沒有證據。

「好吧。兩位先生，你們有誰需要幫忙嗎？」

「我很好，謝謝。」

「我也沒事，謝謝、謝謝。」

列車長皺皺眉，轉身便走，刷的一聲拉開了連通門，離開了車廂。

「表現差強人意啊。」我朝老頭說。

他支支吾吾，說不出話。但反正我也不想聽。車速開始緩下，廣播再度響起。

「CC站快到了，右側開門。」

車廂門滑開，老頭趕緊轉身就要逃跑，只是，他的腳步還沒有踏出，我的手掌便狠狠一推，令他腳步踉蹌地向月台跌去，差點就要摔倒。我已經是客氣了。他重新站穩身子，還是轉過了頭，朝我投來最後一眼。我冷冷微笑。他沒再猶豫，夾著尾巴溜了。

終於。

終於清靜了些……不，還有需要清理的。剛剛他噴在我臉上的口水，應該已經乾了，但不行，光是想到我便覺得渾身難受。我從口袋中掏出單包裝的濕紙巾，撕開塑膠封口，抽出了濕潤、散著清香的紙巾，將我的臉與手細細擦過一遍，而後，將衣服被噴到口水處也擦了一遍。

火車門關上，再度動了起來，我也將自己大致清潔完畢了。我小心翼翼地將那濕紙巾塞回塑膠包裝中，而後走到廁所，將其投入垃圾桶，這才回到方才的車廂。

我能感覺到，少女正看著我。

「剛剛……謝謝。」

「小事情。」

我只是幫我自己一個忙而已。她的聲音與我想像的相差無幾，輕柔、舒服，想到之後當她哀號慘叫的時候，聲音會如何扭曲，我的陽具又蠢蠢欲動了。

「眞的謝謝，我剛剛還在想，到底……嗯。」

「沒事。」

「謝謝。」

我點點頭，沒多說話，她則稍稍遲疑了一下，感受到我的冷淡，便又再戴上耳機，低頭滑起手機。我將雙手插入口袋中，等著，試圖將老人染指所帶來的不舒適感給驅除。半晌過去，車廂內只有軌道摩擦聲與晃動聲。

「〇〇站快到了……」

少女將手機放入口袋，戴著耳機站起身。我將視線垂低，但我知道，她其實還多看了我一眼，想要打招呼。我沒有理她，於是，躊躇了一瞬後，她便走出了車廂。

我繼續坐著，等著，直到提醒車廂門即將關閉的嗶嗶聲響起，我才刷地一下站起，在車廂門關上前飛快鑽出。

少女小小的身影正走向連通車站大廳的地下道，我則是不疾不徐地跟上，路徑走得隱蔽迂迴，腳步輕巧無聲，就怕讓她察覺，儘管她戴著耳機，我懷疑她是否能夠聽見。當我走到地下道入口時，她苗條纖弱的背影剛好轉身，消失於轉角處；當我踏下最後一級階梯時，她則踏上了通往樓上的第一步；當她以悠遊卡穿出剪票口時，我剛從地下道出口冒出；當她步行走往巷道的時候，我則壓低了頭，慢慢地走出車站大門。

我跟著。

巷道中設有監視器，於是，我小心地避開其所能拍攝到的範圍，避免留下任何蹤跡。要作壞，就得要做得天衣無縫，否則，又有什麼意義呢？

約莫五分鐘後，附近的建築物逐漸稀疏，跟著，出乎我意料地，少女左轉，踏上了一條只有盞盞路燈映亮、卻無人煙的田間小路。我不禁好奇，她到底住在哪？爲什麼住這麼遠？是農家子女嗎？但更重要的是，這對將要採取行動的我來說，實在是再方便不過了。

我翻入田中，走到田埂邊緣，躲藏在墨黑的影子中。

我跟著她，眼睛卻沒有停止搜尋，查看是否有值得利用的環境，跟著，我在田埂的另一側發現一間廢棄鐵皮工廠。工廠不大，看起來不過就是十幾人的工作室，其外觀破舊且鏽斑滿滿，鐵捲門此時是拉下的，外邊倚著牆擺了些破銅爛鐵、空水桶，還有兩顆舊輪胎，側邊，有一扇普通鐵門。

這應該能用。能選的話，密閉空間永遠比開放空間好，儘管，我也不是沒有打野炮的經驗。

現在，萬事俱備，那就動手吧。

我加快了腳步，但仍然確保我的每一下落腳都還是寂然無聲，很快地，我離她只剩不到十公尺，我隨即從身側筆電包內翻出一小罐乙醚與手帕，旋開了蓋子，將手帕徹底浸濕。我再度看了一下周遭，不遠的前方，有一盞路燈壞掉，不斷閃爍，而在距離我至少一公里的範圍內，都沒有車流，鼓勵著我動手。

少女接近了不斷閃爍的路燈，動作被閃燈切成一格格，看起來頗爲怪異。我飛奔而出，落腳還是跟貓咪一樣輕靈，直到最後一刻，少女都沒有注意到我的存在，但當我的手帕蓋上她臉的時候，她反射性地掙扎起來，她的手腳亂扯，但因爲缺乏防身術的相關知識，全是浪費時間力氣的徒勞；她嗚嗚叫著，聲音不但被悶住，更加速了吸入乙醚的速度。

我沒有一絲動搖，只是用盡了全身力量壓住她，隨後，我起腳前勾她的後足跟，令其向後仰跌，順勢將她拖向田埂的方向。她的腳還不斷踢動，磨著地面，試圖阻止我的動作，但，沒有用，不過幾秒之間，我就將她拉入陰暗的田埂中了。而後，她的手部掙扎逐漸趨緩，她的腿腳也開始發軟，重量往我身上壓來，跟著，她便失去了意識。

我放開了她，隨後重回路上。少女方才掙扎力道強勁，雖然書包還掛在身上，但耳機卻掉了。我將其撿起、纏好，走回了田間，將其收入少女口袋。隨後，我將少女扛到肩上，踏著田埂間的實地，往工廠的方向去。她的體重頗輕，加上我多年的鍛鍊，要扛起她並不算吃力。她身上散發著摻有汗味的淡淡果香，那應該不是香水，而是洗髮精留下的味道，聞起來像是蘋果，摻雜在一起很是好聞。

遠遠地，我聽到一台摩托車的聲音，我轉頭看去，方才那條柏油小道，已經離了百公尺遠有，摩托車正緩慢經過，我將身子伏低，少女放倒在地，自己也趴下。機車的速度沒有任何變化，顯然並未察覺異狀，等到機車已經遠離快半分鐘，我才又起身，小心地抬頭檢查了前後左右，這才再度將少女扛起。

後邊的旅途，一帆風順。

抵達廢棄工廠，我將少女放在一邊斜倚著牆，從口袋中摸出開鎖工具，感受裡邊的結構，隨後，喀啦一聲，門鎖便解開。我將少女扛上肩，踏入門內，反手鎖上。工廠內有不少破舊機台，東缺西缺，放的大都是沒有價值的連接物、框架、結構，而非真正驅動的引擎或核心機組。

我選了塊空地，將少女放下，隨即從我的筆電包中翻出一特大號塑膠防水布，抖開鋪平在地上，再將仍然無意識的少女抱放到防水布的正中央。看著她，我感覺到自己的陽具硬化，不過人已到手，不急在這一刻，我還要替自己做點準備。我從口袋中又翻出一包濕紙巾，開了包裝，將自己身上方才因趴伏在地躲藏身形時所沾染上的塵土大致抹去，尤其指尖上的泥土，我一點也不喜歡那種乾沙感。跟著，我將公事包卸下，置放身側，除下全身衣衫，折疊好，放到防水布最角落。

我的下體很硬了，我已經餓了很久了，但，耐心是種美德，很多事情，得要先行計畫好，對受害者有通盤的了解，可以增加情趣。於是我伸手去掏少女的口袋，摸到了錢包，掏出檢視，裡頭除了普通學生會有的物品，也有一張與雙親的拍立得合照。但是並無保險套。學校不都會教嗎？隨時放個保險套在皮包裡，向施暴者求情，請他們使用保險套好保護自己。

相信我，那只會讓人更興奮，更想要無套中出罷了。重要的是，不要落到我們這種人的手中，如果，眞的不幸發生了，那解方只有一個，便是學會承受。

我繼續掏著口袋，摸到了手機與耳機，隨即將其掏出，放到另一邊地上，不過，因爲手機被密碼鎖著，無法看到儲存在裡頭的資訊。但也沒差。我改翻少女的書包，裡面只有普通的課本與文具，物品井然有序，字跡娟秀端正，也沒有什麼上課時的隨筆塗鴉，感覺是個正經的好學生。順帶一提，她目前就讀高二。這年紀不錯。女人的年紀不那麼重要，但，我還是有偏好的。年紀愈小，我愈喜歡。

我喜歡那種未經人事的純粹。她們往往會叫得更慘。

我伸指滑過少女的臉蛋。她膚若凝脂，吹彈可破，加上沒有太多贅肉，一下子還捏不起來。

眞棒。

我知道，我臉上肯定洋溢著幸福滿足的微笑。

我快等不及了，但，不行，還有最後一個步驟，我要拍照留念。我掏出了手機，開始拍攝。當初會買這支手機，除了看上它晴雨無阻的特色外，高畫素、優質感光元件的相機也是我的一大考量。近拍拍臉、遠拍全身，一張又一張，每一張都極盡誘惑，每拍一張，我都覺得自己早就堅硬若鐵的陽具，似乎又硬了一些。

喀擦、喀擦。

我點開了相簿，檢查自己的成果，很多張，至少有四、五十張，雖然沒有露點，但不管是從白色制服透出來的鐵灰小背心，又或是她聳然而起的胸部，都美不勝收。我不斷下滑，看著照片，直到出現上一個受害者的照片才停下來。紅色內衣的女子渾身是傷的全身照、沾滿精液奄奄一息的臉部特寫，還有，女子趴伏但屁股翹高的臀部特寫。

我認爲少女的事後照會更好。

我走到公事包邊，掏出一罐水，淋在少女臉上，開始掌摑她。乙醚的效果通常消散得很快，這時候，應該差不多要醒了才是。

果然，少女的軀體開始顫抖，先是手指頭抽搐，隨後，她那有著美麗睫毛的空靈眼眸慢慢睜開。如今看起來，少了點靈氣，只有空洞的困惑。我朝她微笑，而她，則是持續眨著眼，試圖理解情況。她慢慢坐直身子，轉了轉頭，用力甩甩頭，再轉了一圈，看了周遭環境，而後，她對上了我的眼睛。

「嗨。」我微笑說，期待著接下來的尖叫或是求饒。

「那個，能快點嗎？」

我的臉頰肌肉僵了。這不是我預料的。我想要說些什麼，但我想不到。她在裝嗎？應該是吧，臭婊子肯定是在裝！

啪的一下，我的手臂已經揚起，給她一個輕脆的耳光。

「再說一遍？」

她沒有叫、沒有哭鬧，只是舉高了手掌護住了臉，而後低聲請求。是的，只是請求，不是懇求，更別說求情求饒。

「拜託，不能打臉。」

「妳還裝？」

我的怒火更盛，順手又揮出一掌，狠狠擊在她的腦側，少女眨眨眼睛、僅剩能見的臉孔也糾結皺緊，只是，她沒有任何反抗的意思，只是持續用雙掌蓋住她的臉，眼睛卻凝視著我，充滿了不解。

「抱歉，我不知道你在說什麼，我真的不知道。」她唯唯諾諾地說。

我懶得說話。

裝的，肯定是裝的。我伸手去扯她的制服，啪的一聲，扣子便噴了一地，露出她的小背心，只是，她還是沒有反應，沒有尖叫、沒有恐懼；我更怒，粗暴去扯她的小背心下襬，輕鬆便掀起了她的衣服，露出身子。

沒有。她還是靜靜地忍受著。我多想要一拳打在她的子宮上，讓她痛到低聲嗚咽，不只是口水從嘴角淌下，更有淚水鼻水滲出弄髒滿臉的程度，但我的拳頭終究沒有揮出去。

因爲，背心下的胴體，已然滿布傷痕，刀割、瘀青、香菸燙灼。我自己就曾凌遲過不少女性，那些傷疤我怎麼可能不認得？我原先緊握的拳頭鬆開來，手指頭輕輕滑過那凹凸不平的傷疤。摸起來粗糙，與她未受傷的光滑皮膚呈現極大差異。

我用力扯她，令她轉過身露出背脊，不意外地，上頭也一樣布滿了傷口，縱橫各處、深淺不一而顯得雜亂無章，明顯摻雜了不少的情緒揮灑在內。我手快速向下一探，扯開了她的褲頭，底下是我想像且熱愛的純棉白色內褲，理當皎白如月的大腿，上頭卻坑坑疤疤，像是一條條深褐色的醜陋昆蟲攀附其上。

我胃中的食物似乎湧上了喉頭，就要破口衝出，但是沒有，那只是一個乾嘔，沒有酸臭的胃液或是糜狀的食物殘骸。我看不下去了，我手一伸，便將衣服與褲頭拉好，將那不快的畫面給遮擋住。但那還不夠，光是知道、光是站在她的身邊，我便覺得難以忍受。我不自禁地退開，退到了沒有防水布的地方。即便我的腳掌踩上了骯髒、滿布灰塵的地板，我也無法再感覺到多少噁心。我的屌，自然也已經軟了，垂頭喪氣地晃著。

都因爲她。

我的指尖似乎都還帶著那令人不快的觸感，我的指甲修得太過乾淨，所以即便狠狠刺入我的掌心，其所帶來的痛覺也不足以將噁心感消除。

「你……還好嗎？」她詢問，幾乎沒有多少情緒。

「妳認眞？」

「如果你想要，其實你可以直接說……。」

她邊說，手便掀起了衣服下襬，作勢要脫衣服，我立刻揮出手刀，刷地打上她的手腕，她痛得再度縮起身子，但是，她眼中盈滿著的仍是不解，而非恐懼或是控訴。

「別了，妳那樣我可吃不下。」我不快地說。

我走到防水布的角落，拾起地上的衣服穿。少女只是側頭看著我。

「你剛剛……爲什麼不直接問我呢？」

「不懂嗎？」

少女搖頭。她不懂。她無法理解吃別人吃剩的殘羹剩飯是多麼噁心，被料理這麼久了，她卻還是不懂。是對方料理風格的關係吧。

「哈，既不能吃，又不懂品味……妳眞是夠怪了。」我不禁搖頭嘆氣。

她似乎想要說些什麼，但最後她沒有問出口。我也已經將衣褲重新穿好了。我看著他，她也看著我，我的右手摸著口袋中的刀柄，思考著接下來該如何處理。殺了她？

但現在，我就連取她性命的動力都沒有。

她的手機忽然響起，少見的用和弦鈴聲，畫面上則放著父母的合照，影中人笑容燦爛，來電顯示是父親。

「完了，已經這麼晚了嗎？」

她伸長了手，就要去撈起放在一邊的手機，我手刀立刻切下，疼得她皺臉縮手。我隨即箝住她的手腕，讓她無法動彈。也是在這瞬間，我才終於聽懂了那手機旋律。世上只有媽媽好。

「我的電話……。」少女低聲說著，手仍然使勁前探。

「不行。」

「可是我爸在找我。時間晚了，我該回家了。」

「不行。」

鈴聲終於停了，她也不再掙扎。於是，我鬆了手。她沒有再試圖去撈手機。她不像是要求救的樣子。從一開始，她便沒有恐懼。

「爲什麼不行？」她問我，輕輕撫摸著自己泛紅的手腕：「我以爲……。」

「對，但我還沒決定如何處理妳這……不能吃的東西。」我平靜地回道，「該要當作廚餘堆肥呢，還是……。」

「廚餘？我——」

「安靜。我很好奇，妳身上的，是誰的調味？」

「什麼？」

「那些傷，是誰的手筆？」

「喔、喔，是我自己。」她囁嚅回應。

「怎麼看都不像是妳會有的美感與手工。」

「我……沒有說謊。」

哼。

「妳背上的呢？」

「都是我自己做的。」

我冷冷瞧了她一眼，隨即伸手去抓起她的手腕。她完全沒有顫抖，只是自然地讓我牽起。我拿起手機，以手電筒檢查了指甲，再端詳了她的手肘內側。

「說謊前最好先打好草稿啊，妳身上可沒有一絲一毫自殘者該有的刀工。」

「你……。」

「手腳太乾淨了，明顯是精挑細選、一點風險都不敢冒的調味，怎麼可能會是妳的手筆？」

我說道，伸指彈了她的腦門一下，她吃疼眨眼，接著露出古怪一笑。心虛的笑。

「那個……。」

手機發出簡訊提示音，螢幕亮了，待機畫面中，父母的臉亮起，而後又暗。少女的視線在手機與我身上來回一下，最後，她沒有動作。

「我想是妳的父母。」

用膝蓋想也知道。她張嘴，立刻就被我打斷。

「不必怕，我不會跟誰說的，我只是純粹好奇罷了。」

「這個……嗯……。」她垂低了視線，不敢與我相視。

「所以，他們爲什麼要這樣對妳？」

「因爲……我表現不好，沒有當個乖孩子。」

她的聲音微弱，手指頭搓著自己的大腿，調整著姿勢，明顯不安。

「所以，我被處罰了，只是這樣。」

「『只是這樣』，呵呵。」我不禁冷笑。

她沉默著，而後，電話鈴聲再度響起，她幾乎是反射性地伸手想要去接，我早有預料，立刻便以手刀將她擋開，隨後起腳，以膝蓋頂住少女的胸口，不讓她動彈。她的手不斷伸來，嘴上懇求，但我不爲所動。鈴聲遂在響了一陣子後停止。

她也跟著停下動作。

「妳一定覺得爸媽很愛妳、很疼妳吧。」

「是啊！他們是我最棒的爸媽。」

她那欣慰的笑容，令我不禁感到輕蔑。還有噁心。還有憤怒。

「呵，是啊，他們啊，愛妳、疼妳到他們必須要親手料理妳。」我譏諷。

「呃……我……。」

簡訊聲響，她又想伸手，我再度起腳，這次，我的力氣沒有收住，直接將她踢倒，她悶哼一聲，重新坐倒在地。

「拜託，讓我跟他們講一聲我會遲到就好。」

「妳為什麼不還手？」

「我……我……。」

「妳是不敢、不能？還是不願呢？」

簡訊聲響，這次沒人理會。而她，也回答不了我的提問。不是不願，而是不能。

「啊啊，怎麼會有人喜歡妳這種淡而無味的乖孩子呢？」

我不禁感到荒謬。我當然知道，一塊肉能有很多、很多不同的料理玩法，但我永遠不理解他們的口味。

「乖孩子有什麼不好嗎？」

「呵呵，完全糟蹋了妳這塊上好的肉啊。」

「我、我又不是肉。」

「哈哈，任由妳父母魚肉，還說自己不是？妳眞是有病啊。」

「我才沒有。」

「如果沒病，那妳為什麼不知道妳父母跟我一樣，是不折不扣的人渣呢？」

她握緊了拳，身子聳立而顫抖，原先平靜過頭的表情，變得肅然不悅，不再那麼溫和。臉上的肌肉線條變得明顯，秀眉明眸緊縮，但仍然美得很。甚至，更像是我想要看到的表情。尤其是，當這反抗、憤怒的表情終於崩毀瓦解的時候。

「他們才不是人渣！我不准你這樣說他們！你才有病。」

「他們就是。」

「我、我……你再這樣說的話……。」

她的牙齒露出，咬得死緊。她的牙齒整齊，若不是天生工整，便是戴過牙套吧。

「來，打我呀，賞我一巴掌，踢我一腳，試著讓我住嘴呀。」我挑釁地說。

一時間，少女似乎想要出拳，我也期待著。如果她出拳了，那代表我還是有機會的，但最後，她緊繃的肌肉放鬆，重新坐倒在地上，看起來有些無力。

「而這樣，妳還能說是沒有病嗎？」

她沒有說話。

「但也很有趣。」

我是眞心的。是的，她噁心得難以入口，但，現在我才感覺到她與別的醜女人的差異。那些醜女人，只是酸臭、不可口的食材。但她不是食物，現在的她，像是無機物。像是一塊金屬板。或是，一個人。不是競食者也不是獵物的人，可以染黑的人。

一個跟我有問有答的女人。

手機聲響，少女再度伸手探去，這回我沒有客氣，直接踩住了她的手掌，疼得少女低聲哀嗚。我想要聽到她求情、求饒。但她沒有。鈴聲停止時，我鬆開了腳，隨後，我起腳狠狠一踢，將手機踢飛，喀啦幾聲，手機撞得粉碎，螢幕上先是如蜘蛛網般裂開，將父母笑容給敲碎，幾秒後，畫面才徹底暗掉。

「我的手機，你這樣子……你會害我被處罰的。那裏面有——」

「——抱歉，但那鈴聲太惱人了。」

「但你也不能這樣啊！」她明顯露出不悅的神色。

「這世界上啊，沒有任何應該或不應該的事情喔！」

沒有任何事情，可以用應該概括。

「有的。」她堅定地說。

不需要她說出口，我就知道她會說什麼了。

「妳知道嗎？我決定好要怎麼處理妳了。跟我走吧。」

我伸出了手，抬起還坐在防水布上的少女的下巴，手指頭輕撫她的櫻唇。我不禁舔了舔唇。這麼美的唇，眞是浪費了。

「跟你走？去哪？」

「去玩。」

「不、不要，我要回家。」

「我知道，妳喜歡妳的雙親、妳喜歡那溫馨溫暖的家，妳喜歡當乖孩子，可是，一直當乖孩子的話，妳就看不到那些不同角度的……事情了。」

我輕撫少女的眼瞼，注視著她，一點也沒有轉開我的視線。

「什麼事情？」

她試圖縮頭，但我的手拉住了她的下巴，讓她不得動彈。她還是好奇的。

「充滿樂趣的各種事情，還有，無法言喻、僅能親身感受的美味。」

像是，性愛的美、染指的好、破壞的甜、踐踏他人的滿足、踰越的愉悅、獵人的優越。

「我只想要回家。」

「相信我，我們可以是同類，我也保證，絕對不會吃了妳。」

她看著我，眼睛眨了眨，視線又轉了轉，一時間只有兩個人的呼吸聲。但最後，她的視線並沒有落在我身上，而是看向遠方的手機殘骸。

「請讓我回家。」

我又看了她一陣。她很堅決，好奇心已經重新被壓下。於是，我鬆了手，左手則伸進後口袋，摸上小刀的刀柄，指尖輕輕磨著刀身，而我的右手，卻開始撫摸少女的咽喉。那樣柔弱、乾淨，要是種上幾顆草莓肯定美不勝收的頸子。

「我會很失望的。」

「……我沒有那麼了不起。」

她微微聳肩，臉上有些訝異與抱歉。是的，抱歉。我真捨不得將這麼怪異、有趣的她殺掉。我捨不得殺掉這個「人」。

「相信我，妳有。」

「……嗯。」

「呵，要回家也不是不行，可問題來了，我如果就此放妳走的話，我的行蹤又怎麼辦呢？妳會跟別人提起嗎？」

「……不會。」

「眞的不會？」

她點頭。她的眼神沒有任何動搖。她沒有說謊。

「啊啊，因爲妳是乖孩子，本來就不應該亂說話，尤其不該跟警察說，對不對？」我莞爾苦笑。

「我不應該跟任何陌生人說話的。」她囁嚅回應。

「而妳卻跟我聊了天。」

她沒有多說話，只是低垂了視線。也罷，這樣也好。

我鬆開了刀柄，開始收拾我的作案工具，她則是飛奔去撿手機，心疼地將它收回口袋中，而後才回到我身邊，撿回了她的私人物品與書包，隨後找到了門，解開了鎖，推門快步跑走。

我東西收好，隨即跟著走出。她正快步走著，背影不斷縮小。

我朝火車站的方向走去，只是，才走了幾步之後，我就停了下來。我不自禁回頭看向如今已經小得如同半隻手掌的她。我從沒有碰過這麼有趣的人。我想要知道她住在哪。

於是我重新跟上她。

我好像也不太餓了。

十分鐘，路過的汽機車總共三輛，沒有一台注意到我。因爲，我始終縮身在黑暗的陰影中。

跟著，她到家了，那是一棟獨棟透天別墅，別墅看來新新然，高有五樓，是清水磚外牆爲主的設計，二樓式外凸式鐵欄杆封住了陽台，三樓、四樓、五樓陽台都沒有封起；一樓是自帶停車位的前院，一台高檔的進口深黑色的車子停在其中。一看就知道是有錢人。我可以想像出爲什麼他們住得如此遙遠。沒有閒雜人等，沒有顧慮。

別墅目前只有四樓燈亮，我隱約能聽到電視聲。夜晚實在很安靜。

我看著少女推開庭園鐵大門，走入停車前院，翻出鑰匙，開了別墅大門、進門，消失在建築物之內。

我看著四樓的燈火發呆，跟著，電視聲停了，燈光似乎也晃蕩了下。但也就如此。說實在話，我不知道自己爲什麼還駐足在此，不就如此嗎？我該走了。

於是我踏上了回火車站的路。

然後，我聽到屋中傳來了男人的咆哮。震幅被窗戶與距離給稀釋，但情緒沒有，憤怒、狂躁。爆炸。跟著，啪唧響亮，聽起來是瓷器破碎的聲響。

他敢打她？他憑什麼？他算是哪根蔥？

我丟下公事包，返身衝刺，隨即順著飛奔的速度一躍，雙手連攀雙足連踢，指尖已經勾上牆頂，肩臂一撐腰一收，刷地一下，人便翻了過去。那牆，至多只能對付那些毫無運動的癡漢、肥宅罷了。

男人還在怒吼，距離近了、聲音大了，但我依然聽不清實際內容。

我伸手去推大門，沒有意外地鎖上了，我從口袋中撈出開鎖工具探入。我的心跳很快，手上的細微觸感因爲腎上腺素的大量分泌而被模糊。我試著收攝心神，但男人還在連聲咒罵，每一句，都破壞我的呼吸節奏。我試著加快速度，但這大門的撞針較複雜，是圓孔的。我應該要能開得了的，可是我的肌肉卻無法精準控制。

我閉上眼睛，試圖清除不必要的干擾。但沒辦法，聲音還是不斷飄下。

「幹你娘的！」

咖的一聲，我的手抖了一下。開鎖工具斷掉。

「幹！」

我咒罵，撿起斷掉的工具，看了一下左右。好吧，爬牆上樓吧。我攀上了車頂，倒退幾步，隨後加速跑跳，雙掌便搆上了透天外的水管，腿也夾緊。

男人的聲音變得小了，細微得好似聽不見。也或許是因爲我急躁的喘氣太過大聲吧。我快速地上爬，動作矯健，幾秒後便上了二樓的鐵窗欄，跟著往更上層的三樓去。

我的手探到三樓的陽台邊緣，雙手一拉便翻了進去。落地窗被窗簾給擋住，我看不到裡面。我伸手去推窗門，但只是稍微震了一下，沒有動，明顯被鎖上了。媽的，破窗而入，絕對沒有電影中演的那麼簡單。算了，再上一層吧。

我小心地站上三樓陽台邊緣，抓住了水管，再向上，奮力一躍，勾到四樓外陽台欄杆，翻了進去。落地窗內的窗簾並未拉上，屋內景況一覽無遺，那是個客廳空間，穿著汗衫的父親蹲坐地面，一腳踩在少女的胸口上。她的制服再度敞開、小背心被掀起，乳房上多了一個血淋淋的刀痕，不斷滲血。茶几上則擺了根沉重扳手，以及幾瓶啤酒，其中一罐倒了下來，但沒有液體流出，明顯是喝乾了。

少女眼裡含淚，抿緊了嘴不敢出聲，而在沙發上，冷冷看著他們倆的母親，正抽著菸，伸手輕輕撢了撢菸頭。徐娘半老，風韻猶存。我能夠看出少女的輪廓與影子。但沒有少女的空靈。母親身上只有冷漠，我很熟悉的冷漠。

我的情緒忽然之間冷了。情緒並沒有消失，只是，溫度被壓住了。

我一手探向落地窗，拉動了窗門，另外一手，則將小刀掏出口袋，藏於掌心之中，踏進了他們家中。

「嗨，各位好。」

我的腳步無聲，動作寂然，所以，直到開口，他們才注意到我的存在。所有人都嚇到，身子抖了一下，而後，所有人都看向了我。我雙手交疊，冷靜地看著他們。

「你怎麼會……。」少女驚訝地開口。

「閉嘴！」

父親左手捏住少女嘴巴，讓她閉嘴。右手伸長了，撈起桌上沉中的扳手，在空中揮舞恫嚇。但我動都不動，甚至不禁莞爾。會叫的狗，不懂怎麼咬死人。

「你他媽是誰？想怎樣？」

我望向母親，她的眉頭皺著，只是，當我們對視之後，眉眼便舒展開，打了個響指，父親看過去。母親抬抬眉，冷笑一聲，深呼吸，將菸絲燒得火紅，一下就燒了好長一截，隨後，吞雲吐霧一口。

淡定。

「看起來，我們可以省下自我介紹了。」

父親明顯還沒有進入狀況，來來回回看著我跟母親，而後，才終於意識到默契。乓的一聲，扳手丟回了桌上，雙手隨即環胸，一臉不屑。

「原來，原來，我就覺得今天不順口，沾了什麼臭味。但請問，有什麼事？」

你嚐得出來？我實在懷疑。但，算了，我懶得再做口舌爭辯。沒必要。

「我要帶走她。」

「嘿嘿，難怪人們總說，別人盤裡的肉特別可口。餓慌了，所以連用餐禮儀都忘光了？別人吃到一半的殘羹剩飯也想要搶？」

父親邊說，邊伸手掐住少女雙頰，少女疼得張開了嘴，但沒敢出聲。

我用鼻子冷哼一聲。

母親將菸捻熄。我沒有回話，我該講的已經講了。

少女嘴巴呈O形，露出雪白的牙齒，父親以手指頭撫過牙齦與牙齒，沾了口水，自己又舔了舔口水，臉上笑容淫蕩。他在向我示威，在標記地盤。若我想要吃她，確實，我會反感。但我現在已經不想吃她了。

但那得意洋洋的神氣，看了就惱人。

「我們沒打算分享，滾吧。」

「我想妳誤會了，我來，可不是想要圍桌共餐。畢竟，你們的料理方式，我是敬謝不敏的。」

我不是跟父親說的。他不過是個操線木偶罷了。

我的視線投給了斜視著我的母親。她的嘴唇塗著嫣紅的唇膏，原先那根菸嘴上留有淡淡的粉色。她以兩根細長、幾無皺紋的手指抽了另一根菸出來，點燃，從嘴角吐出一口煙。她的眉頭蹙著。

「哈哈哈哈，既然如此，那就直接滾蛋，廢話這麼多？」父親粗暴地說。

「可惜，我是來打包帶走的。」

「而你以爲我們會因爲你隨隨便便的幾句屁話，就讓出我們倆花了多年心血養育的心、頭、肉？」

母親皺眉，雙指扣住菸懸著。

「我是如此希望，不過，我也知道那只是奢望。」

「你再不滾蛋，我就不打算客氣了。」

「恐怕你們的客氣，一定得要被我辜負了。我也建議，我們大可不必繼續打轉了。」

「你給我……。」

母親打個響指，父親立時住口，轉頭看向母親。我也注視著她。

「食色性也，我懂，但，你沒有食欲。」

「我現在是沒有。」

「那，理由？」

「獨食難肥，我想找個伴啊。」

「她？」

母親的眉毛抬高，嘴角掛著不屑。伴裡面，可有人字邊，她女兒沒有。

「妳的不懂，就是我們永遠無法共食的原因。」

「確實。」

「好了，雖說君子不奪人所好，不過，我們不都是人渣嗎？所以，如果不把她交給我，就別怪我出手搶啦。」

父親看向母親，母親冷笑一聲，吐了口煙，隨後，她舉著菸的左手放往手邊的菸灰缸，輕輕彈了彈菸身，撢下了灰。她換起蹺高的腳，眼睛飄向父親。

她的右肩輕輕動了動。雖然因爲側著，我看不到她的手部動作，但我知道，她要出手了。

該動作了。

我不再廢話，箭步衝向沙發上的母親，刷地一下，早就藏在掌心的小刀揮出，輕巧無聲、幾乎沒有任何阻力地割斷了母親的喉。她的菸落地，左手握住了自己的脖子，噹啷一聲，一把帶有血色的刀落到了磁磚上。她右手握不住那藏著的刀了。她甚至想起身，動作才到一半，便軟腳摔跌在地。

「操你媽的！」

父親怒吼的同時，我的視線已經轉去。但他早撈起桌上的扳手，狠狠撞來，一手鎖住我的頸脖將我釘上牆壁，逼得我雙腳懸空，喉頭氣窒無法發聲，就像是我不久前將老人釘上車廂門一樣。跟著，我的眼前爆出金星。不痛，但我的意識差點就要散開。我的耳邊能聽到母親的咳嗽聲、咕嚕的泡泡聲。我的手也還抓緊了小刀。我的左手猛力上格，架開了父親第二下的扳手重擊，右手的刀則憑著直覺與記憶送向他的眼球，當我眼睛重新聚焦時，刀身已經沒腦而入，鎖住我脖子的鐵腕也鬆了開來，我摔落在地，同時因爲脖子所受的擠壓而咳起嗽，氣管似乎在燒灼。

然後，我的眼睛感受到刺痛，閉了起來。是我頭上創口的鮮血流入了眼中。我趕緊伸手去抹眼睛，耳朵卻聽到急促的腳步聲與摩擦聲，我想是少女要來攙扶我，我仰起頭。

但不是。

我的喉頭忽然感覺到一股外力，跟著，當我理解時，發覺那是一股痛楚。非常、非常地痛。我感覺到大量的液體湧出我的身體，我的頭腦發暈，我的手幾乎失去所有力氣，只勉強擦乾了我一隻右眼，便垂在了身畔。我努力睜開眼皮，眼前視線卻快速收縮，黑色自四面八方湧來，但在勉強能夠看清的正中心，女兒還跪著，腳邊放著那把母親的刀。血更紅了。我的，覆蓋了她的。

爲、爲什麼？

我想要這樣問，可是，我聲音出不去，只有某種咕嚕聲。像是我把手腳綑綁著石頭的女人拋入海中、撲通一聲之後浮起來的泡泡。

「媽、媽，妳還好嗎？媽……。」

少女啜泣著。啊啊，我忘了……她還是爸媽的心頭肉。

住戶公約第一條

Beck

好想要喔。

小洋一整個下午都想著音樂班同學帶來的那個淺藍色戰鬥陀螺。那個陀螺的旋轉方向跟其他的陀螺相反，發射器也是專用的，發射時必須用左手操作才能讓它旋轉。小洋玩得很不順手，好幾次都發射失敗。

但小洋覺得那個陀螺很棒，相反的旋轉方向實在太特別了。他滿心盤算著要怎麼向媽媽討一個來。

月考剛過，生日還很遠，耶誕節更遠，學校裡也沒什麼自己有把握的比賽，這幾天還因爲作業寫太慢天天挨罵……

小洋扶著生鏽的樓梯扶手走上樓梯。

這幢老公寓是爺爺留給爸爸的，平時由媽媽管理，二樓以上都隔成大小不等的套房收租。小洋直到上個月去同學家的社區式大樓參加生日Party，才知道自己家這棟公寓有多麼老又多麼破。

媽媽說：「撐一下啊，等輪到我們這裡都更就有新房子了。」小洋問她「都更」是什麼，媽媽解釋說，就是政府出錢幫我們蓋新房子，小洋聽了更加迷惑。

政府爲什麼要出錢幫已經有房子的人蓋新房子？蓋給沒房子的人住不是更好嗎？他還想追問，但媽媽沒耐心再多作說明了。

二樓樓梯間，即使白天仍然頗爲幽暗。

小洋發現有個女孩子背對著樓梯口，蹲在自己家門邊。

女孩身上穿著跟小洋相同的學校制服，長長的頭髮綁成兩束馬尾，小洋認得她是住在三樓的何家晴。

雖然知道她住在三樓，但其實小洋很少在公寓裡看見她，反倒是在學校比較常打到照面。她讀二年二班，就在他的隔壁班。

小洋走到她身邊。「欸，妳蹲在我家前面幹麼？」

何家晴轉頭看了他一眼，伸手指指面前的地板。小洋湊過去，伸長脖子朝地上看。

小洋聞到了一股奇妙的味道。地上是一具鼠屍。

灰色的小小屍體，眼睛和嘴巴都大大地張開著，全身毛茸茸，看起來沒有什麼外傷，只有腹部有點凹陷。

「老老老老鼠！」

小洋跳了起來，後退三步貼到牆邊。

何家晴被他的叫聲嚇了一跳，疑惑地看著他。「怎麼了？你會怕喔？」

「妳不怕喔？」小洋拚命貼著牆壁。

何家晴站起身，伸腳用腳尖輕輕碰了碰鼠屍。

「不用怕啦，牠已經死掉了，你看，牠都不會動。」

「死掉了還是很可怕……。」

「死掉的東西有什麼可怕？又不會咬人。」

小洋吞了口口水。「我……我媽很怕老鼠，就算是死的她也會怕。」

何家晴歪過頭，笑著斜睨小洋。「你在說你自己吧？你也超怕的吧？」

「我——我才不怕——」

被嘲笑的屈辱感讓小洋湧起並不存在的勇氣，他硬著頭皮挺起胸膛，緩慢地往鼠屍方向挪近半步。

「沒關係啦，怕老鼠不會怎樣啊，我也怕會飛的蟑螂。」

小洋看著何家晴，她的笑容中似乎沒有嘲笑的意思。他縮回了跨出的那隻腳。

何家晴揚起眉，模仿著購物頻道「老師教你一招撇步」的口氣和動作，朝小洋伸出食指，說道：「老師教你一招撇步！你怕老鼠的話可以養貓喔！貓會抓老鼠，老鼠就不敢來了。我也想養貓，貓咪也會抓蟑螂。」

小洋爲難了起來。

「可是我媽規定不能養寵物，妳看住戶公約有寫，『不得飼養寵物』。」

他邊說邊指向張貼在樓梯間的Ａ４紙張，上面寫著「住戶公約」，第一項爲「不得飼養寵物」，還特別用螢光筆畫了線。

何家晴順著他的手指往牆上望去，細細讀過那行字，撇了撇嘴。

「什麼嘛，這種規定也太無聊了吧。」

回到家之後，小洋已經把那個淺藍色反向旋轉的陀螺忘得差不多了，他只記得何家晴觀察鼠屍時冷靜的樣子、歪頭對自己笑著說「怕老鼠不會怎樣」的樣子，還有一邊嫌住戶公約很無聊，一邊甩著馬尾跑上樓的樣子。

「小洋，你剛剛在門口跟誰說話？」小洋媽媽迎上來幫他拿書包。

「樓上的何家晴啊。」

小洋媽媽聞言，停了幾秒才說：「小洋，媽媽有話告訴──」

小洋沒等她說完就接口：「她在我們家門口發現一隻死老鼠。」

「死老鼠？」小洋媽媽杏眼圓睜。

小洋點頭，伸手比劃了一下。「大概有這麼大，肚子扁扁的。」

小洋媽媽立刻陷入歇斯底里。

她在客廳中間來回走了好幾圈，邊走邊埋怨一定是樓下早餐店又在放藥、怎麼每次都跑到樓上來死之類。最後她找出了口罩、手套和報紙，全副武裝地踏出家門，出門前還深深地看了小洋一眼。

媽媽壯士斷腕般的那一眼讓小洋有點緊張。他豎耳聽著門外的窸窣聲，一邊磨蹭到桌邊，發現桌上擺著好幾盒長條的蜂蜜蛋糕。

沒多久，小洋媽媽搖搖晃晃地開門進屋，一進門就衝進浴室瘋狂洗手，接著像被抽光棉花的布偶一樣癱倒到沙發上，喃喃唸著：「好噁心我要吐了嗚嗚嗚嗚──」

小洋試著安慰她：「媽媽，沒關係啦，怕老鼠也不會怎樣啊。」

「說什麼風涼話。」小洋媽媽瞪了他一眼，起身走向桌邊，動手把一盒盒蛋糕裝進紙袋裡。

「怎麼有這麼多蛋糕？」小洋拿起紙袋想幫忙，卻馬上被媽媽奪回去。

「這些是要送給房客的中秋節禮物。有多的，等一下切給你吃。」
「要給房客的嗎？我可以幫妳拿給何家晴。」
小洋媽媽聞言又是一頓。
小洋以爲她沒聽清楚，補充道：「就是住在三樓的何家晴啊！我幫妳拿給她。」
「三樓那家不用送。」
「爲什麼？」
小洋媽媽避開兒子直視過來的視線。「她們家常常沒人在，拿去也沒用，應該沒人會吃吧。」
「可是何家晴在——」
「樓上的阿姨常常喝酒，喝醉了就會亂罵人，我們住樓下都聽得到，而且她每天都打扮得很誇張……當媽媽的不正經，又沒有爸爸，在這樣的家庭長大，不會是什麼好孩子。」
小洋驚愕地看著媽媽。
「所以媽媽希望你和那個女生保持距離，不要跟她一起玩。知道嗎？」
小洋垂下視線。媽媽提高音量又問了一次「知道嗎」，他才心不甘情不願地答了聲「喔」。
「知道了就去洗洗手，媽媽切蛋糕給你吃。」
「……那妳幫我切大塊一點。」

小洋端著切片的蜂蜜蛋糕，走上三樓，來到何家晴家門口，用力敲著門，一邊喊：

「有人在家嗎？」

敲沒幾下，何家晴就來開門了。她從門縫探出頭來，看見是小洋，先是朝他笑一下，接著比了個「噓」的手勢。

「小聲點，我媽媽在睡覺。」

小洋興沖沖地把蛋糕捧到她面前。「要不要吃蛋糕？」

「……要給我？」

「嗯！我們一人一半。」小洋說著就把蛋糕剝成兩半，一半遞給何家晴。「來，給妳一半，很好吃喔！」

她伸手接過蛋糕，表情有點忐忑。「謝謝……我可以留給我媽媽吃嗎？」

「好啊，那我這一半再分妳一半！」

聽見小洋的回答，她露出開心的笑容。「好啊！謝謝！」

她轉身把蛋糕拿進屋裡；一會兒又走出來，輕輕關上門。

兩個孩子並肩坐在樓梯上，把剩下的蛋糕再分成兩半。小洋把比較大的那一半遞給了何家晴。

「妳媽媽怎麼現在在睡覺？」

何家晴捧起蛋糕聞了聞，才張口咬下。

「因爲我媽媽上班很累啊。她從晚上一直工作到半夜，天快亮才會回家，而且每天都要喝很多酒，所以會很累。」

「我媽沒有上班，不過她也說我爸上班很累，所以我爸每天晚上回家之後都會一直躺在沙發上。可是我爸躺著也沒有要睡覺，他都在玩手機。」

她點點頭表示理解。「我媽媽說太累也會睡不著，像她常常要吃藥才能睡。」

不管睡不睡都很累，累不累都可能很難睡。小洋有感而發：「上班眞的是很累的事耶……。」

「對呀，我媽媽工作很辛苦，現在是她睡覺的時間，你下次敲門要小聲一點喔！」

小洋立刻降低音量，用氣音問道：「好……那她要睡到幾點？」

何家晴伸出手指抵著下巴。「不一定，她有時候會睡很久，睡到快上班了還起不來。」

「起不來怎麼辦？」

「我會叫她……。」

她話還沒說完，走廊上傳來呼喚聲。

「晴晴——何家晴——妳在哪裡？」

何家晴的家門被打開來，一個打扮豔麗的年輕女子睡眼惺忪地探出上半身，朝走廊兩邊左右張望。她長長的頭髮微顯凌亂，隔夜的妝容有點糊了，洋裝肩帶垂了一邊下來，露出半個肩膀。

「我在這裡！」何家晴立刻站起身，跑回家門前。

女人對何家晴噘嘴，撒嬌似地問道：「妳在外面幹麼……唔？妳朋友嗎？」

長睫毛下水汪汪的視線投射到自己身上，小洋莫名其妙緊張起來，下意識地立正站好。「阿姨妳好！我是二年三班的陳念洋！住在二樓！」

女人打了個哈欠。「不要叫阿姨，阿姨聽起來好老……晴晴，我找不到卸妝水，妳收到哪裡去了？」

何家晴伸手幫她把肩帶拉好。「我放在原來的地方啊，沒有嗎？」

她哈欠一打就停不下來，邊縮進屋裡邊口齒不清地催促道：「沒有沒有，這裡沒有那裡也沒有，快點幫我找啦……。」

何家晴伸手朝小洋輕揮，用嘴型說出「拜拜」兩字，跟著媽媽進屋關門。

小洋看著關上的門發呆。

那個就是何家晴的媽媽啊……喝醉了就會亂罵人，每天都打扮得很誇張，那個……「不正經」的媽媽。

這時門忽然又打開，把小洋嚇了一跳。

女人再次探出頭，長髮如瀑般隨她探頭的動作垂下，肩帶又滑下來了。

她瞇起眼睛朝小洋微笑。「對了，謝謝你的蛋糕，有空再來玩啊。」

「不不不不客氣……。」

小洋結巴了半天，話還沒說完，門又關上了。

◆

今天音樂班的同學又帶了那個淺藍色的陀螺來班上。

小洋再次借來試玩，這次他玩得比較順手了。順利發射陀螺後，他發現陀螺在高速旋轉時，無論向右邊轉或是向左邊轉，看起來其實都一樣；它的特別之處，只有親手把它發射出去的人才知道。

他跟何家晴聊過陀螺，她說她沒有玩，但聽見他提到向左轉的陀螺時，她笑著告訴他：「那它跟別的陀螺都不一樣，很酷耶！」

小洋覺得自己跟她真是太合得來了。

當小洋提著音樂班的補習袋走進家門時，何家晴正好從樓上跑下來。她看見開門的是小洋，直接跳下兩、三階樓梯，笑嘻嘻地蹦到他面前。

「你回來啦？」

「妳要去哪裡？」

「我要去看貓咪。你要不要一起去？」

小洋忙不迭地點頭說好，何家晴笑彎了眼睛，朝他勾勾手。

「嗯，那我帶你去！」

她帶著小洋穿過巷道，跑到街上的大型寵物用品店外。

店裡的櫥窗中有顧客寄養的成貓，也有待收養的流浪小貓；一旁的地上堆放著一包包特價貓砂，包裝和立在一旁的廣告板上都印著「特級配方」、「超強力除臭」等字句。兩個小孩貼在玻璃櫥窗上，望向明亮的店裡。

何家晴近乎癡迷地看著那些貓咪。

「大貓小貓都好可愛，我眞的好想養貓喔……這樣我媽媽不在家時，貓咪就可以陪我了。」

小洋囁嚅道：「我……我也可以陪妳啊。」

何家晴看了小洋一眼，老氣橫秋地皺眉搖頭。「不行，我媽媽說不能依靠別人，不管什麼事都要靠自己。」

小洋一愣，何家晴回頭看貓，又說道：「而且貓咪有軟軟的毛，摸起來很舒服，很溫暖。」

小洋抬手摸了摸自己的頭髮。「欸欸，我頭髮也軟軟的。」

「誰……誰要摸你的頭髮啦！」

不知道爲什麼，何家晴講話忽然變大聲了，小洋又摸了下自己的頭髮，自覺手感還不賴。「我阿嬤滿喜歡摸的啊。」

何家晴不理會他的推銷，她別過臉無情地說道：「反正我覺得還是貓咪比較好。」

這時，小洋想起了貼在樓梯間的住戶公約，還有媽媽生氣的臉。他試著提醒何家晴：「可是住戶公約規定不能養寵物……。」

她又轉過頭來，好像沒聽見他剛才說了什麼，雙眼發亮地繼續說著養貓的話題：「對了，你知道嗎？我在書上看過，貓咪很愛乾淨，又不會吵，是最適合養在家裡的動物。」

小洋垂下雙肩。「但是我媽說貓和狗一樣都很臭……。」

她指向貓砂的廣告立牌。「用貓砂就不會有味道了，你看，它寫說強力除臭。」

「可是我媽說不行……。」

「而且養貓就可以趕走老鼠了——」

「我媽就規定不能養嘛！」小洋大聲起來。

何家晴用鼻子用力噴氣，也有點不高興了。「好啦，知道了啦！」

在媽媽忙著做晚飯時，小洋一直坐在沙發上看電視。

飯後，媽媽又忙著收拾碗盤，小洋則順理成章地繼續看電視。

沒多久爸爸也回來了。爸爸一回家就斜躺在沙發上，小洋黏到爸爸身邊看他滑手機，直到媽媽過來拉住他衣領，罔顧他的反抗把他拎去洗澡。

洗完澡後，媽媽叫小洋把書包拿過來檢查功課，一看之下發現他漏了兩頁沒寫，小洋一臉生無可戀地伏案趕工，媽媽手叉腰在一旁監督，見他寫得潦草，忍不住用聯絡簿拍擊他的腦袋。

好不容易寫完可以上床睡覺了，小洋躺進被窩裡，拉著被子一角問媽媽：「媽媽，我們公寓眞的不能養寵物嗎？」

「不能。快點睡。」

「樓上樓下都不能嗎？爲什麼？」

「樓上樓下都不能，因爲很吵又很臭。快睡。」

小洋鍥而不捨：「可是有的寵物很乖又不會吵，像貓咪之類的，而且用貓砂就不會臭了。」

媽媽壓低的聲音在夜裡聽來像悶雷一樣：「陳念洋，閉上眼睛，睡——覺——」

三樓的何家晴今晚也是一個人照顧自己。

傍晚時，她把洗好的米放進電鍋裡，在小桌上用卡式瓦斯爐煎荷包蛋，開了兩個罐頭，等飯煮好後盛出來，簡單解決了自己的晚餐。

飯後收拾桌面，她拿出作業，在同一張桌上很快地寫完。

洗澡後她直接換上睡衣，拿出吹風機吹乾頭髮，接著打開桌上的檯燈，關上房間大燈就寢。

凌晨四點，大門傳來卡啦卡啦的聲響。

何家晴從床上坐起身，揉了揉眼睛。聽到鑰匙落地聲和媽媽的咕噥聲，她連忙跳下床去幫媽媽開門。

門一開，妝容豔麗的母親就擠開她直直撞進屋裡。還很年輕的女人踩著細跟高跟鞋，腳步踉踉蹌蹌，走沒幾步就摔倒在桌邊，做了精緻水晶指甲的指尖攀上桌緣，卻只能軟軟地搭在那兒，沒有力量撐起身子。

何家晴關上門，把母親扶到椅子上坐下。

女人趴倒在桌上，開始大聲唱歌：「世上只有媽媽好，有媽的孩子像個寶……。」

「媽媽，小聲一點啦。」

女人撐起臉望向女兒，目光渙散。

「關妳屁事！妳誰啊？管我那麼多？」

何家晴把倒來的水放在桌上，輕聲回道：「我是晴晴啊。」

女人看著眼前的小女孩。跟自己五官相似的小小臉龐顯得十分安靜，這份安靜吸引了她也感染了她，她呆愣幾秒後，忽然爆出傻笑：「嘻嘻嘻，對對對，妳是晴晴，哈哈哈哈，我的寶貝女兒！Oh my God！我有一個女兒耶！老天爺，我竟然有一個這麼大的女兒，我要好命了……嗚嗯……。」

「先喝一點水吧。」何家晴把水杯推向她。

「好，喝水……今天的客人帶了奇怪的藥來吸，薰得我好想吐，眞的超噁的，救命……幫我拿安眠藥……。」

她一手撐住頭，另一手胡亂指了幾下，示意女兒拿藥。

何家晴撿起她的手提包放到桌上，從裡面找出安眠藥，剝了一顆出來。女人一把搶過藥錠和包裝，自己又多剝了一顆，摸索著水杯迅速服下。

吞完藥後，女人咚地一聲又趴回桌上，抱頭嚷道：「啊……不行，頭也好痛。再幫我拿那個藍色的，兩顆……四顆，要四顆才夠。」

何家晴在包包裡翻找了幾下，回道：「藍色那個……已經沒有了。」

「沒有了？沒有了我要怎麼辦？我頭快痛死了！我會死的！」女人說著，用力拍了幾下桌子。

何家晴垂下眼皮，輕輕拍撫著她的背。「趕快睡吧，睡一覺就會好了。」

女人看了她一眼，拿起水杯仰頭喝乾，把杯子遞過去。

「再幫我倒一杯水。」

趁何家晴轉身倒水時，女人抓來手提包，從裡面拿出藍色包裝的止痛藥，剝出數顆藥錠。何家晴端著水回到桌邊，正好看見媽媽把藥錠丟進嘴裡，手上的水杯一下子被搶去，她萬般無奈地看著母親仰頭灌水。

「才剛買的怎麼會沒有了，就知道妳會騙我。」

「媽媽……不要吃那麼多種藥啦……。」

「囉嗦！那妳能幫我痛嗎？分一點給妳痛好不好？啊？妳行嗎？」

何家晴也只能搖頭。如果可以的話，她很願意為媽媽分擔一點，但她知道痛苦不是蛋糕，是沒辦法分享或分擔的。

見她搖頭，女人打蛇隨棍上，開始發洩起來：「看吧？只會說那些沒用的風涼話……什麼找個正當的工作啦、什麼自己振作才不會讓孩子被看笑話啊……哈哈！看笑話？這些幹話才好笑吧！一個個說得那麼好聽，還不是都在背後嫌我、騙我？這世上沒人靠得住，統統都是騙子……嗝……。」

何家晴低垂著臉，臉頰卻突然被女人雙手捧住抬起，她被迫望向母親。

女人不知何時換上了很安靜的表情，聲音又輕又柔，眼裡有水波流轉。

「晴晴，對不起，都是我不好。」

「沒有，媽媽沒有不好。」

「妳每次叫我媽媽，我都覺得好可怕，怎麼會這樣呢？我怎麼會變成妳媽媽啊？我怎麼可以當媽媽呢……好可怕喔，怎麼辦……。」

「媽媽一點都不可怕。」

女人聞言一愣，接著露出笑容。她雙手仍然包著何家晴的臉，拇指輕輕順著她的眉毛，小心翼翼地來回描畫著。

「晴晴最乖了，媽媽最喜歡晴晴，別人都不算什麼，媽媽只要有妳就夠了。爲了妳，媽媽什麼困難都不怕，眞的喔……只有妳是我的寶貝。」

何家晴在母親的雙掌間露出笑容。

她小小聲地、眞心誠意地開口：「我也最喜歡媽媽了。」

女人發出了清脆的笑聲，把何家晴攬過來，在她臉上用力啵了一下，留下一個唇印；接著又把她摟在懷裡，鼻尖蹭著她的頭髮和臉頰，像個疼愛女兒的母親般親暱而溫柔地笑著跟她說話：「那，晴晴今天過得怎麼樣？有發生什麼好玩的事嗎？」

何家晴偎在母親懷裡，聞著她身上的各種氣味，也露出微笑。「我今天下午去看貓咪了，還看到有一種新的貓砂寫說加了香水顆粒，再臭都不怕，感覺好像很厲害。」

女人聽到這裡又興奮起來，大聲說道：「喔！玫瑰香味！好棒喔！超厲害！好！等媽媽存多一點錢，搬到可以養貓的地方，我們就來養貓！買那個香水貓砂來用，再臭都不怕！」

她邊說邊揉著何家晴的頭，把她睡前吹得整整齊齊的一頭長髮揉得亂七八糟，接著又趴回桌上傻笑。

何家晴呆站在桌邊，抬手整理著被撥亂的頭髮，擦了擦臉上的唇印。

而爛醉的女人此時又唱起歌來，氣若游絲、斷斷續續地唱著，末尾還附贈一個酒嗝。

「你若欲有孝序大毋免等好額，世間有阿母惜的囡仔上好命……啊啊啊頭痛死了……嗝呃。」

何家晴花了很大的力氣才把母親弄到床上去。

女人幾乎一沾床就不省人事；何家晴爲她蓋好被子後，又找出卸妝水和毛巾回到床邊。

何家晴迅速爲熟睡的母親摘除假睫毛，用面紙沾卸妝水擦去她臉上的濃妝，接著用毛巾再幫她擦一次臉。

卸妝後的女人看起來年輕了一點，但憔悴了許多。

何家晴伸指撥開黏在母親額頭和頰邊的頭髮，這才關上電燈，回到她身邊睡下。

◎

小洋要求要試著自己走路上下學，小洋媽媽勉爲其難地同意了。

這天一早，她把兒子打點好送到家門口，她一邊幫小洋檢查書包背帶、整理衣領袖口，一邊不厭其煩地叮嚀：「走路要靠邊邊，不要跟同學打打鬧鬧，巷子很窄，有車子要過就先停下來，讓車子先過。記得走路要靠邊……。」

「走路要靠邊講過了啦。」

何家晴背著書包走下樓梯，聽見腳步聲的小洋抬起頭；看見彼此，兩人都雙眼一亮。何家晴朝小洋露齒而笑。

小洋開口叫她，但只說了一個「何」字就瞬間噤聲，目光偷偷飄向蹲在身旁的媽媽。小洋媽媽則是低頭忙著幫兒子調整早就調整好的書包背帶，裝作沒看到也沒聽到何家晴。

見到這副光景，何家晴的笑容消失了。她板起臉，快步跑下樓梯。

走出公寓大門來到巷道中，何家晴跨著大步迅速向前走，沒走多遠，就聽見小洋從身後快步追來的聲音。

「何……何家晴，我們一起去上學。」

她轉頭質問他：「你媽媽叫你不要跟我玩，對不對？」

「我……沒……沒有啊……。」小洋回答得心虛，口氣也很虛。

「那你就乖乖聽你媽媽的話啊，反正你們規定不能養貓，我早就想搬家了。」

何家晴別開臉，加快腳步把小洋甩在身後。

這天小洋心情很低落，一直到中午放學都還無法振作起來。他背著書包慢吞吞地走出校門，在門邊站了好一陣子等不到媽媽來接，才想起自己從今天開始挑戰獨自上下學。

本來是想跟何家晴一起走的，變成這樣一點意思也沒有了……小洋邊走邊踢石頭，鞋底在柏油路上摩擦出聲。

在紅磚圍牆邊轉彎，正好是學校到家裡路程的二分之一。轉彎後的牆角旁有一支電線桿，背著書包的何家晴正蹲在那裡。

看見她蹲得低低的身影，小洋悚然一驚，似曾相識的畫面讓他回憶起那天的鼠屍。他不敢開口喊她，從背後悄悄靠近，這才看清楚躺在她面前的不是鼠屍，而是一隻活生生的貓。

橘色的虎斑貓仰頭瞇眼，看起來很自在；何家晴伸手在牠背上順著毛輕輕撫摸著。她百般愛惜地摸著貓，不時對牠輕聲細語地讚美：「你好可愛，好乖喔！你喜不喜歡鮪魚？想不想來我家玩？」

虎斑貓「喵」了一聲。何家晴開心地笑了。

「我媽媽說以後要搬到可以養貓的地方，到時候你跟我們一起去好不好？」

聽見她說的話，小洋心裡頗為受傷；他躲在牆邊，遲疑著要不要過去跟她說話，卻見她先一步站起身。

剛剛還懶懶趴著的虎斑貓已被何家晴抱在手裡。她不知道抱貓時得用另一手托住貓屁股，因此牠的身體拉得長長的，垂下來的後腳幾乎要踏到地上。

「好乖好乖，跟我回家哦！」

何家晴半拖半抱地帶著貓往公寓方向移動，但只走了兩步，貓就從她手中跳下逃走了。

「啊，別跑嘛，你剛剛不是答應我了嗎？」何家晴追著貓跑走了。

小洋刻意等何家晴跑遠了才走過那支電線桿，而她和貓都沒有再回來。

他無精打采地回到公寓，走上二樓進入家門，在玄關洩憤似地甩掉鞋子。

「回來啦？」小洋媽媽過來幫他拿下書包，還擁抱了他一下。「你今天挑戰自己上下學都成功了，小洋長大囉，變勇敢了喔！」

「喔……還好啦。」

不知為什麼，媽媽滿面笑容的樣子看起來有點刺眼，小洋目光飄移開來，看見桌上還有兩盒蜂蜜蛋糕。

想起住在樓上那個不正經的媽媽和不會是好孩子的女孩，小洋真心想當一個勇敢的人。他刻意放大了音量說話：「媽媽，還有蛋糕嗎？」

「有啊。」

「我想拿一盒去給何家晴和她媽媽。」

媽媽驚訝地看著小洋。小洋覺得胸膛裡好像有一隊太鼓達人在打鼓，但他還是抬起臉，向前跨了半步。

「她……她媽媽沒有亂罵人，她們也喜歡吃蜂蜜蛋糕……而且妳是房東，房東應該要公平。我們老師就很公平，班上的小朋友都很喜歡她——我覺得對人不公平很不好，這樣是不對的。」

小洋拳頭緊握在腿側，微微發抖。

他覺得自己做得很好。

小洋從媽媽那裡贏得了一盒屬於何家晴的蛋糕。

他提著蛋糕上樓敲門，卻一直沒有人應門；他心想，也許何家晴出門了，便捧著蛋糕坐在樓梯上，耐心地等她回來。

小洋等了好一會兒，才看見何家晴拖著一個很大的塑膠袋，氣喘吁吁地上樓。袋子裡面不知道裝著什麼重物，她用雙手去提，肩膀都拱起來了，也只能半拖半拉地移動它。

抬頭看見小洋坐在樓梯上，何家晴立刻停下腳步。

「你在這裡幹麼？」

「我拿蛋糕來給妳……妳提什麼？我來幫忙吧！」

「不用了……。」

罔顧她的遲疑，小洋快步跑下樓梯，抓住塑膠袋一邊的提把。「一起搬比較快啊！」

何家晴沒有說謝謝，但也沒有拒絕。

小洋幫忙何家晴把袋子提到她家門前，袋子真的很重，當兩人把袋子放下時，小洋看見了袋裡露出的貓砂，包裝袋上的貓咪圓睜著琥珀色的眼睛，從袋子的開口望向他。

「這是……貓砂嗎？妳幹麼買貓砂？」

何家晴一時語塞，她扁了扁嘴，目光移向別處。

小洋追問道：「妳偷養貓了嗎？妳怎麼可以偷養？」

「噓，小聲一點啦！我沒有——」

「妳怎麼可以偷養貓？是中午那隻嗎？不行啦！」

「……中午？」她眨了眨眼。

小洋急得跳腳。「妳中午放學回家時在路邊摸一隻貓摸很久，我有看到！妳把牠帶回來了對不對？」

「對……對啦！因……因爲牠很乖，所以我就把牠帶回家了。」

小洋覺得天都要黑一半了。「不行養啦！我不是一直說不能養的嗎？我還拿蛋糕來送妳耶！等妳那麼久，結果妳跑去買貓砂！我媽知道的話就完蛋了！」

何家晴比小洋冷靜多了，她定定地看著小洋，一雙眼睛跟貓砂包裝袋上的貓咪一樣圓。

「那你幫我保密，不要告訴你媽媽我買了貓砂。」

「可是——」

何家晴湊近小洋，幾乎是逼視他了。「你媽知道的話就完蛋了，你希望我完蛋嗎？」

「當然不希望……。」

樓下傳來開門聲，兩人都是一驚，不由自主地望向樓梯口，接著又互望了一眼。

何家晴迅速打開家門，把貓砂拖進家裡。

「啊，等一下，這個給妳——」

小洋想把蛋糕遞過去，但何家晴先一步關上了家門。與此同時，小洋媽媽的腳步聲和說話聲從樓梯間傳了過來。

「小洋？蛋糕送完了嗎？怎麼那麼久？」

面對著站在樓梯口雙手叉腰的媽媽，小洋冷汗直冒，看向手上那盒來不及送出的蛋糕。

「我……那個……何——何家晴她好像不在家，我敲門很久都沒人開門。」

小洋媽媽哼了一聲：「我就說吧！她們家敲門都沒人應，送東西來也沒用。」

「那，那我掛在門上，她回來就會看到了。」

「隨便你啦。快點回家寫功課了。」

小洋把蛋糕的紙袋掛在何家晴家的門把上，跟著不耐煩的媽媽離開。下樓前，他忍不住又回頭看了何家晴家門口一眼。

當天晚上熄燈後，樓上傳來砰砰磅磅的開關門聲，接著是洗衣機運轉的聲音。

小洋在棉被裡睜開眼睛，隔著牆壁聽見了媽媽的抱怨。

「樓上怎麼搞的？三更半夜洗什麼衣服？」

爸爸嘰哩咕嚕回了什麼，小洋聽不清楚，媽媽的聲音總是比較大。

「還有啊，走廊也弄得很髒，到處都沙沙的，今天來看房子的那對母女當著我的面用腳在地上磨來磨去欸，害我丟臉死了……樓上空著的那兩間一直租不出去，現在還來這招……。」

隔天放學回家後，小洋火速吃完午餐，就帶著掃把跑到三樓，不太熟練地打掃著三樓走廊的地板。

何家晴打開門，把自己從門縫裡擠出來。火速關門後，她才看見正在掃地的小洋，小小的眉頭微微皺起。

「你幹麼在這裡掃地？」

「我媽說走廊都是沙，妳小心一點，我好怕妳被發現……還有，妳昨天是不是半夜還在洗衣服？聲音很吵，我媽在說了啦。」

「沒辦法，貓尿尿到被子上了，很臭啊。」

小洋停下掃地的動作。「妳不是說有貓砂就不會臭了嗎？」

「貓砂又不能鋪在棉被上。」

「那貓砂要鋪在哪裡？」小洋還眞的不知道貓砂要怎麼用。

「就是鋪在被貓咪弄得臭臭的地方呀。」

「喔……。」幫忙保密到現在，小洋突然對藏在屋裡的貓咪感到好奇。「那我可以進去妳家看貓咪嗎？」

何家晴一驚，連連搖手。「不行不行！」

「爲什麼不行？」

「我——我媽媽在睡覺，你會吵到她，而且，而且……。」

「而且什麼？」

「而且你媽那麼討厭動物，動物一定也討厭你，貓咪會用爪子抓你！」

受到意料之外的恐嚇，小洋很沮喪。「怎麼講這樣……。」

看他這樣，何家晴似乎也有點後悔，但嘴上還是很堅定地拒絕：「反正不行啦。對，不行。」

見何家晴邊說話邊摸著口袋，小洋轉移了話題，又問她：「妳要出去嗎？」

「嗯，我想去買新的貓砂。」

「妳昨天才買了一大包。」

「對呀，可是不太夠用，我想再買一包，鋪多一點。」

沒想到貓砂用量會那麼大，那何家晴養貓得花多少錢啊？小洋瞬間擔心起來。

何家晴又問他：「你媽媽等一下會出門嗎？」

「不知道，她剛剛在看電視。」

她再度皺眉。「那……如果被她抓到就糟了……。」

「妳去買吧！我幫妳把風，要是我媽出來了，我會告訴妳。」

「你要怎麼告訴我？」

小洋歪著頭想了一下，望向手上的掃把，靈機一動：「用這個？」

兩人搬來椅子放到三樓樓梯間的窗戶邊，小洋拿著掃把站上去，作勢將掃把伸出窗外，一邊對何家晴說明他的執行計畫：「妳回來時看一下窗戶，如果看到我把掃把伸出去，就表示我媽出來了，妳就先躲好，等我媽不在時再把貓砂搬回來。」

何家晴還有疑慮：「這裡是三樓，你家在二樓，你要怎麼知道你媽出門了？」

「我可以聽樓下有沒有開門的聲音。」

她點了點頭。「好主意，你很聰明耶！」

見她緊張的神情略略放鬆了些，小洋不禁對自己的聰明才智感到得意。他豪氣干雲地一揮手。「妳快去買吧，這邊就交給我！」

「好！那我用跑的。」

何家晴握著口袋裡的錢，邁開腳步一溜煙地跑下樓。

小洋拿著掃把在窗邊待命，過不了幾分鐘，就開始抓耳撓腮、動來動去，數度探頭朝外看。

在屋裡沒什麼感覺，但當小洋把頭從窗外縮回來時，一絲奇妙的氣味鑽進了他的鼻腔。那味道不太好聞，有點熟悉，但他分辨不出究竟是什麼味道。

小洋抽了抽鼻子，心想媽媽的規定還是有點道理，養寵物真的會臭臭的啊……希望何家晴買回新的貓砂後可以解決這個問題。

胡思亂想間，樓下傳來了刺耳的開門聲。

小洋彈了一下，探頭看向窗外。正好看見何家晴拖著貓砂出現在巷口。

砰地一聲，樓下的家門關上了，小洋立刻將掃把伸出窗外用力揮舞，但巷口的何家晴正低頭拖著貓砂，沒有發現小洋的示警。

小洋見狀急了，掃把向外伸得更長，拚命上下左右大幅度揮動，但何家晴全神貫注在她拖曳著的重物上，完全沒注意到這邊。

何家晴！快點看這邊啊！小洋在心裡吶喊著，再度增加搖晃掃把的力道——一個不小心，掃把脫手了，直直向窗外墜下。

小洋媽媽打開公寓大門，才走出半步，從天而降的掃把就啪地一聲擦過她鼻尖，在她眼前落地。

她先是嚇了一跳，接著就憤怒起來，一步跨到街上，氣勢洶洶地抬頭大罵：「誰把掃把丟下來的？很危險知不知道！誰！出來！」

小洋趴在窗邊，戰戰兢兢地探頭向下看，正好跟媽媽四目相對。

看見兒子的臉，小洋媽媽愣了一下，再度開口時，聲音已由高亢轉為低沉：

「陳——念——洋——你在幹什麼！」

小洋媽媽獨有的低頻怒吼聲瞬間響徹巷弄。何家晴聽見她的咒罵聲，馬上拖著貓砂躲到路旁的機車後面。

「陳念洋！下來把掃把撿回去！你完蛋了你！」

何家晴蹲在機車後面，看見房東太太像枚巡弋飛彈一樣在原地轉了好幾圈，也看見下樓撿掃把的陳念洋被房東太太當場揍了幾下屁股，再被拎著上樓。

她吞了口口水，握緊塑膠袋的提把。

隔天早上吃早餐時，小洋媽媽問小洋這兩天有沒有看見樓上的阿姨。小洋一陣心虛，但還是回答沒有看見。

小洋媽媽也沒多問，轉頭跟丈夫商量起來：「房租遲兩天了，這幾天都沒看到人，敲門也不來開……。」

「會不會是出遠門了？」

「可是半夜有腳步聲啊！我覺得很奇怪。」

「嗯……這樣真的怪怪的，不是還有個小女孩嗎？」

小洋偷看爸媽，吃了一半的吐司拿在手上，直到被媽媽催促才想起要再咬下一口。囫圇吞完早餐，小洋背起書包，跟爸媽道別後出門，接著跑上三樓，去敲何家晴家的門。

「何家晴，妳在家嗎？何家晴？」

不管小洋怎麼敲，都沒有人應門。

心想何家晴大概先去上學了，小洋放棄叫門轉身下樓。希望能在上學路上或學校見到她，除了再提醒她一次，也要她記得叫媽媽來繳房租。

上學步行的路程不長，以小洋的腳程大約走個七、八分鐘就能到了。他邊走邊左右張望，可是一路都沒看見何家晴的影子。

行經上次目擊何家晴摸貓的電線桿旁，那隻橘色的虎斑流浪貓蹲坐在原地，用跟上次一樣的姿勢慵懶地曬著太陽。

看見那隻貓，小洋的嘴巴張了開來。

不——不是吧？牠不是被何家晴帶回去偷養在公寓裡了嗎？何家晴那時也承認就是這隻貓了啊？而且貓砂用量還超大，害她買了一包又一包，也害他把風時被媽媽抓包，痛揍了一頓。

難道牠忘恩負義逃家了？那何家晴知道嗎？

小洋躡手躡腳地靠近虎斑貓，還沒進入牠周身方圓半公尺內，牠就「喵」了一聲跑走了。

太……太奇怪了！看著貓咪圓圓的黃色屁股，小洋益發感到疑惑。

整個早自習和第一節課，小洋都心不在焉。他坐立難安，等到下課鐘聲一響，就立刻衝出教室，跑到隔壁二年二班。

「我要找何家晴！」

在教室後方猜拳的小朋友轉過頭來，你一言我一語地告訴小洋：「何家晴不在——」、「何家晴還沒來喔！」

「還沒來？怎麼會……。」小洋愣在原地。

第二節下課，小洋又去問了一次，得到一樣的答案——何家晴還沒來。好不容易捱到第三節下課，小洋第三度跑到隔壁班。

「何——何家晴——」

在門邊的學生迅速接話：「沒有來——」

「她沒來也沒請假，老師說要打電話去她家。」另一個學生湊過來補充，一邊伸手指向教室後方的辦公桌。

何家晴的級任老師正在講手機。收訊似乎有點問題，她邊說邊從座位上站起來，語氣中有藏不住的焦急。

「喂？聽得見嗎？家晴？喂？我是雅婷老師——」

老師把手機緊貼在耳旁，快步走到教室外頭，小洋連忙跟在她身後。

她的聲音刻意放得溫柔，神情卻非常凝重：「妳不要哭，沒事，沒事的，妳先開門讓大人進去好不好？沒事的，等一下救護車就過來了，大家都會幫妳……家晴？何家晴？妳聽老師說——」

何家晴……在哭嗎？

老師拿著手機跑向學務處。

這時上課鐘聲響起，走廊上的學生們紛紛跑回教室，小洋卻仍舊茫然地站在原地。

他怎麼樣也想像不出何家晴哭的時候會是什麼樣子。

放學後，小洋背著書包全力跑回家。圍牆邊電線桿旁的那隻橘色虎斑貓仍然待在老地方，但這次小洋沒有注意到牠。

轉進巷道裡，小洋遠遠看見自家公寓樓下停著警車和救護車。

他跑進公寓，一股恐怖的氣味像具有形狀似地籠罩上來，小洋用力皺了皺臉，捂著鼻子繼續跑上樓。

三樓傳來議論紛紛的聲音，小洋跨上樓梯口，遠遠看見媽媽和兩名警察還有幾個陌生的大人站在何家晴家門口。

「今天才發現的嗎？」

「對，兩天沒看到人了，而且有味道跑出來……。」小洋媽媽用手帕掩著口鼻回答員警的問題。「她……她是很好的房客啦，小妹妹也很乖……。」

看見這麼多陌生人，小洋在樓梯口遲疑了一下。這時，蓋著白布的擔架從屋裡被抬了出來。

「小心門框！」

「怎麼滿地都是貓砂……。」

大人們零亂的腳步把貓砂從屋裡帶到門外，走廊地上也都是貓砂。

擔架一被抬出來，空氣中那股可怕的氣味彷彿又更濃了些。小洋有點想吐，後頸和手臂上起了一片片雞皮疙瘩。

媽媽的聲音斷斷續續傳過來：「請問一下，像這樣的情況，有什麼公費可以補貼損失嗎？畢竟我們也算是受害者……。」

小洋用力摀著鼻子，眼淚都擠出來了。何家晴呢？他忍著惡臭向前走了幾步，聽見了微弱的嗚咽聲從門裡傳出來。

「媽媽只是在睡覺，不要把她帶走，拜託，拜託……。」

是何家晴的聲音，她在哭。

小洋大聲叫她的名字：「何家晴——」

「嗚嗚嗚嗚……不要……。」

不知道是否聽見了小洋的呼喚，她的哭聲一下子變大，由啜泣轉爲號啕。

小洋想要跑到她身邊，卻擠不開圍在門口的大人。穿著制服的員警被他撞了一下，連忙伸手攔住他，不讓他再向前擠。

「小朋友不可以過來！」

「何……何家晴！」

小洋急得耳朵都紅了，他抓著攔在身前的手臂，即使伸長了脖子也看不到何家晴在哪裡。媽媽好像也過來拉他了，她說的話又多又急，他卻一個字也聽不進去。女孩哀哀的哭聲在走廊間迴盪。

小洋不知道自己爲什麼也哭了，眼淚和鼻水像約好似地一齊跑出來，他扯著喉嚨，朝前方聲嘶力竭地大喊——

「妳不要哭，我會保護妳——我會保護妳的！」

・劇本摘錄・

16	
時間	夜
場景	內　頂樓走廊
人物	小洋媽、租屋女、租屋女母親

△頂樓走廊，小洋媽媽滿面笑容，帶著一位年輕女性和她的母親看房子。

小洋媽媽：我們這邊環境很單純，頂樓就只有兩戶，裡面這戶是一個單親媽媽，她生活單純，女兒也很乖，習慣都很好啦！你看晚上還這麼安靜，單身女生住這邊很合適的。

租屋女：（吸吸鼻子）可是走廊好像不太通風。

小洋媽媽：（語速加快）最近天氣比較熱嘛，把後面陽台的門打開就好了。洗衣機也在後面陽台，晾衣服的地方很大喔。我帶你們去看看？

△看房的租屋女和母親互看一眼，沒有動身，顯得不太有興趣。

租屋女母親：（用鞋底在地板上磨蹭）這地上怎麼沙沙的，都卡進鞋子裡了……

△租屋母女站到一旁低聲討論，一個掩著鼻子，一個用鞋底蹭地板。

△小洋媽媽臉上的笑容漸漸掛不住。

17	
時間	夜
場景	內　小洋房間
人物	小洋

△小洋房間已經熄燈。樓上傳來開關門聲和洗衣機運轉的聲音。

△小洋躺在床上睜開眼睛，隔牆聽見媽媽的抱怨。

小洋媽媽：（和丈夫通電話，OS）樓上這兩天愈來愈誇張，三更半夜還在洗衣服。走廊也弄得很髒，地上都沙沙的。

小洋媽媽：（OS）不是，你知道嗎，今天來看房的還當面嫌給我看耶，丟臉死了……。

△小洋拉起棉被蓋到鼻端，眼睛眨了幾下。

18			
時間	夜	場景	內　頂樓走廊
人物	空景		

△走廊盡頭，洗衣機運轉聲停止。

△晴晴家走廊，門內傳出晴晴母親帶著酒意，哼唱「搖籃曲」的歌聲。

19			
時間	夜	場景	內　頂樓走廊
人物	小洋、晴晴		

△頂樓走廊。小洋拿著掃把，不太熟練地掃著地板。

△晴晴家門口開了一條縫。晴晴側身從門縫裡擠出來，再火速關門，慌張鎖門。

△晴晴回頭，看見小洋在掃地。

晴晴：（警戒）你幹麼在這裡掃地？

小洋：我媽說走廊很髒，妳小心一點，我好怕貓被發現……還有妳們昨天晚上洗衣服很大聲，我媽在說了啦。

晴晴：沒辦法……貓尿尿到被子上了，很臭啊。

小洋：你不是說有貓砂就不會臭了嗎？

晴晴：貓砂又不能鋪在棉被上。

小洋：那貓砂要鋪在哪裡？

晴晴：就是鋪在被貓咪弄得臭臭的地方呀。

小洋：喔……那我想看貓咪。

晴晴：不行！小洋：爲什麼？

晴晴：我——我媽媽在睡覺，你會吵到她，而且，而且……。

小洋：而且什麼？

晴晴：而且你媽那麼討厭動物，動物一定也討厭你，貓咪會用爪子抓你！

小洋：什麼啦……。

晴晴：反正不行。對，不行。

△晴晴邊說話邊往樓梯移動。

小洋：妳要出去嗎？

晴晴：我要去買貓砂。

小洋：妳昨天不是才買……。

△晴晴已經下樓不見身影。

20			
時間	夜	場景	內　頂樓晴晴家
人物	晴晴		

△夜裡，房內桌上的檯燈亮著，還有晴晴媽媽的歌聲。

△桌上放著媽媽的手機，播放晴晴母親唱歌的影片。

△晴晴穿著媽媽的外套，戴著口罩，眼眶泛紅，剪開貓砂慢慢傾倒出來。

△晴晴拿出毛巾，塞在門縫下方。

20-1			
時間	夜	場景	內　頂樓晴晴家（手機中的影片）
人物	晴晴、晴晴媽		

△晴晴家裡，大燈關著，桌上檯燈點亮。

△醉醺醺的晴晴母親右手拿著手機自拍，左手摟著一臉愛睏正在揉眼睛的晴晴，朝鏡頭哼搖籃曲。

晴晴母親：（搖籃曲）……嗝呃。晴晴妳知道嗎？媽媽好愛妳好愛妳喔……。

晴晴：（苦笑著閃躲她的吻）媽媽快點去睡了啦，很晚了耶……。

笑臉男玩具店

達達馬蹄

最近孩子們都在謠傳著，公園裡出現兩名神祕人，他們會共乘一台發出噗噗聲響的小型機車來到公園，後座那名總是穿著酒紅色西裝，臉上留了八字鬍，鬚尾彎彎鉤起，過敏的鼻子讓他似乎呼吸不順，常常用嘴巴吐氣，他張口近乎撕裂至耳際的微笑，在不知哪個小孩開始稱呼他爲「笑臉男」後，他便也這樣自稱自己，似乎很喜愛這如同都市傳說的代稱。

前頭負責駕駛的神祕人，總戴著藍眼睛的白貓偶頭，那張臉看起來像在微笑，但卻始終沒有換過表情，他身材高瘦，雙手過膝，總穿著深紫色條紋西裝，像個行動衣架。

他們總在同一棵大榕樹下停下，並發出如尖叫一般的煞車聲。

笑臉男蹦地跳下車後，會先調整頸間與衣服同樣鮮紅的領結，隨後從明明平扁的外套口袋裡，掏出手掌大的金色搖鈴，用他骨柴的指間捏著長柄，搖晃發出清脆的啷鐺聲：「嘿，看我說個故事。」

那笑容總讓流浪野貓們的尾巴不自覺地毛根直直束起，牠們掂著足尖直盯著笑臉男，卻又不直接逃開。孩子們起先亦是站得遠遠地，但終究抵不住來自天性的好奇，彼此推拉下一帶一地慢慢靠近笑臉男。

「嘿，看我說個故事。」笑臉男在幾乎對折鞠躬後，便從胸口掏出一張黑紙，折成四角紙盒。

這幾次下來，大家都知道若想看他說故事，就得拿出自己珍貴的寶物來交換，珍藏的遊戲卡片、捨不得吃的蛋糕、一本充滿祕密的日記等等。

「沒有給寶物，你也趕不走我！」一個穿著澎澎裙的女孩說著。

笑臉男只是張嘴笑笑，幾顆金牙還反著光，他打了一聲響指，貓頭人便從車廂拿出一條大黑布並拉開攤在地上，布巾緩緩晃動冒出四個凸角，隨後像發芽一般向上升起，貓頭人拉開布巾，裡頭是一個白色方形平桌，上頭擺了個黑色皮箱。

「嘿，看我說個故事。」笑臉男一手搖著手鈴，一手拿著黑色的紙箱蒐集大家送來的珍寶，大家的東西越投越多，紙箱在他手上卻輕如鵝毛，彷彿能輕易地頂在頭上。

「仔細瞧、仔細看，好戲開始啦。」笑臉男摳摳敲了皮箱兩下，上頭的鎖扣喀拉彈出，上蓋緩緩地彈開，孩子們個個瞪大眼睛，驚嘆望著前方，合不起來的嘴，都沒注意口水早已垂落滿地。

誠實的小孩，會看見皮箱裡冒出不可思議的立體影像，而那沒有給寶物，或者欺騙給了珍寶的，只會看見空無一物的皮箱。

笑臉男時而低沉時而高亢的音調，讓孩子們漸漸地沉入他所構築的綺麗世界。

這是未來的未來，也就是很久很久以後的世界，在高不見頂的都市叢林間，有一頂七彩的圓形帳篷。

笑臉男的身影出現在皮箱裡，他與貓頭人走在摩天大樓排排豎起的道路上。

這個城市有個名爲「明星馬戲團」的大型互動性選秀活動。參賽者會站在幕後的通訊平台，立體投影到「馬戲團帳篷」的「玻璃櫥窗」進行自由表演，在多樣化動畫素材的輔助下，參賽者可展現出不同於以往、超越人體極限的演出。

明星馬戲團一推出，迅速成爲城市裡休閒與文化流行的指標。

笑臉男與貓臉人緩緩地拉開馬戲團的門簾，小小無奇的帳篷透過空間壓縮技術，裡頭擁有無盡寬大的空間。

原本只是幾個錯落的主題區域，隨著觀眾與表演著的大量投入，一格一格的玻璃櫥窗接連組合，迂迴延伸出無底的巨大迷宮。

每道櫥窗裡的表演者盡力吸引眼前來往的人潮，靠著觀眾手上拿著的圓形「通訊器」來給予「愛心」，愛心愈多，除了能夠晉級排行榜，也能夠換取現金，像是一個巨大的水族館，來來往往的人交錯在色彩繽紛的魚群之中，他們可以選擇唱歌的魚、跳舞的魚或者耍寶的魚，而那些展現欲望、裸身交歡的魚，亦是觀眾樂於浸淫的元素。也如同一張令人迷失的網，觀眾與演出者彼此亦是捕食者也是獵物，兩者之間相互展現出全新的娛樂供需模式。

馬戲團的中心爲一座圓形廣場，廣場上的平台上站著一個體型巨大、由四個平板構成臉部的人形生物，爲明星馬戲團的現場播報員，會以臉部的畫面來播出表演者特別表演的畫面，並不時進行排名的報導。此外，另有單面平板頭的人形生物穿梭於馬戲團帳篷裡，負責維護場內秩序，並以臉部平板播送中央傳達的廣告或者即時訊息。

「明星馬戲團，明星馬戲團，誰是下一個大明星，由你決定。」四面平板人站在平台上高聲疾呼：「流行專區Ａ四〇一櫃的蒂蒂公主！再度獲得本週愛心冠軍，我們恭喜她！」

玻璃櫥窗內的蒂蒂向前方激動的粉絲致謝：「謝謝你們的愛心，蒂蒂公主愛你們，謝謝，謝謝。」她手一揮，便換上另一套華麗的公主裝，周邊冒出許多泡泡與愛心圖案。她接連表演輕快而動感的歌舞，櫥窗前方擠進上萬名的觀眾，馬戲團因此爲增派許多平板人到場同時轉播，紛絲不斷透過圓形通訊器傳送愛心，櫥窗上頭的獲取數量不斷增加，冠軍的圖示彈跳著。

「不錯不錯，看看我的傑作。」笑臉男對著台上的蒂蒂笑著。

隨後，兩人轉身走向兒童專區，一群小朋友正圍著裡頭的咖啡色布偶小熊。那可愛的小東西，正在台上帶著前方的孩童們一起做體操。

笑臉男拿出「圓形通訊器」，立體投影出一張女孩的臉龐，撥開她垂下的黑色長髮，女孩皺著眉無法抵抗，露出藏在下方的淡紅色斑塊，那幾乎佔據半張臉，像是帶著脫不掉的面具。

「女孩，來成爲我的娃娃吧。」笑臉男手一拍將立體投影壓成扁平的圓面，接著用手指滑動通訊器的畫面，跳出一個以他模樣仿製的動畫傀儡娃娃：「去吧，把她帶來。」

傀儡娃娃點點頭，向下翻滾，消失在通訊器裡，畫面閃爍顯示著：「訊息已發送。」

笑臉男與貓頭人隨後離開馬戲團帳篷。

玻璃櫥窗內的動畫布偶一邊晃動，一邊跟台下的小朋友們開心地唱跳著：「要記得發愛心給熊熊喔！」

馬戲團的地下室，某個表演者後台房間的角落，娃娃操作員，可芬，她手中按著發信器，一邊發出這句固定的語句：「要記得發愛心給熊熊喔！」

她看向中央平台上蒂蒂轉播的即時影像，那個像仙女般的蒂蒂，被眾人擁戴的蒂蒂，每當人群向蒂蒂歡呼，她便不由自主按下發話鈕，使得自己的分身熊無法說完整段句子：「要記得——」「要記得——」「要記得——」

直到可芬視線的角落，冒出一封閃爍著未知來源訊息的通知，她這才回神，發現眼前一個人也不剩，她悻悻然結束表演，從玻璃櫥窗登出，疲憊地拿下戴在頭上的連結器，走下通訊平台，攤在梳妝台前的椅子上，語音助理的聲音在這全白的表演者休息室裡環繞著：「嗨，可芬歡迎回來，恭喜您，本日排行爲第二五七名。」

可芬喃喃低語：「怎麼又往後了？」心想，如果連小朋友的市場都沒辦法攻下，落出三百名之外，那她馬上就會被淘汰。

「您有一封未知來源的影像訊息，請問要讀取嗎？」語音助理說。

「讀取。」可芬脫下專門配合投影用的白色連身服。

桌上的通訊器立體投影出一個禮物盒，配合著簡短而有力喇叭樂曲後，裡頭跳出笑臉男的卡通傀儡，它張開大嘴跳了一支踢踏舞，最後張開雙臂，上頭的動畫捲軸向外拉開，寫著「笑臉男玩具店」。

笑臉男傀儡向她鞠躬，並伸出手指著她說：「想知道美麗的祕密嗎？」可芬舉起手正想揮除廣告訊息，傀儡娃娃變出一張蒂蒂的動態照片，神情驕傲又帶著輕視，傀儡娃娃轉了幾圈，並直直地指著某個方位，頭部緩緩地轉回看著可芬：「你可以改變，請跟我來。」

可芬與蒂蒂曾是同班同學，但兩人就像是不同世界的人，幾乎沒有來往。臉上因為天生的紅斑胎記，讓可芬總是穿著可以遮住半顆頭的寬鬆連帽外套，也因此被戲稱為「巫婆芬」。

她常常羨慕而偷偷地望著公主一般的蒂蒂，每天被眾人捧在手掌心，還能藉由自己的美貌獲取許多特權。

說不在意肯定是騙人的，她也好想像蒂蒂一樣成為大家注目的焦點，尤其當她知道心儀的初戀對象也曾經向蒂蒂告白時，便打從心底好想重新塑捏自己的臉。

自己好希望能像重開一個新的遊戲角色一樣，點點手指便重啟新的樣貌。

「削下巴、墊鼻子、捏美人尖、割雙眼皮、豐潤臉頰，都可以做到，您需要什麼？」

整形醫師機械式的問著，直到拉開可芬長年遮蔽臉頰的長髮，才睜眼說道：「換膚比較難處理喔，但也不是不行，但花費需要這樣……。」醫師按了按手中的通訊器，螢幕上緩緩飄出讓可芬難以負擔的數字。

可芬忍不住抱怨著，都到了滿街都是「立體投影」的年代，數位化的虛擬影像調整臉蛋也是輕鬆自如，哪張照片與影像沒有被美化過，但是眞人整容居然還是如此昂貴。

而醫師冷冷地回說，科技造就的虛假愈多，眞實的面容就更珍貴不是嗎，天生美麗的容貌當然是稀世珍寶。

可芬心想，那蒂蒂不就是稀世珍寶中的A貨。

蒂蒂從小就上螢幕、拍廣告，學生時期也是數一數二的校花，無論走到哪都有追尋她身影的回眸，長大後甚至直接被「明星馬戲團」相中直登玻璃櫥窗，靠著甜美可愛的歌唱舞蹈，不到半年便直上冠軍寶座，有報導誇張地寫著，蒂蒂是沒有形容詞可以描述的美，彷彿有她存在的世間，其他人就是無比醜陋。

蒂蒂在螢幕面前總是溫柔婉約，氣質出眾，揮個手便能讓一群男士拜倒。

「機會是留給準備好的人。」那個洗髮精廣告式的回頭，讓眾生迷失在她烏溜溜的黑髮裡。

可芬失望的踏出診所，這筆昂貴的手術費讓她沒辦法跟家人提起換臉計畫，她將同意書放在背包裡，一放便是半年，像是護身符或者將士的家書，她拚命打工賺錢，每日耳提面命著自己生來的要務：變臉、變臉。

可芬拿著圓形通訊器，畫面上立體投影的笑臉男傀儡邊跳邊指引著她，穿過無數電子圖像的商店街與大樓，鑽進幾條迂迴的街道後，在一間隨時會坍塌的的木造建築物前停下。

她瞇起眼看著這奇怪的商店，貌似是一間古董店，但外觀沒有任何常見的那些奪眼華麗的電子投影廣告板，深咖啡色的木門上有許多被蟲蟻啃食的小洞，門旁兩邊的透明玻璃被擦得剔透閃亮，像是歷史課本裡前世紀老房的照片，要不是周圍沒有什麼人潮，她還以爲自己走進了主題樂園。

她慢慢靠近玻璃櫥窗，裡頭的邊架上擺放許多玩偶，都帶著神祕微笑。可芬被眼前一隻芭蕾舞者的木製娃娃吸引，原本靜止的玩偶自己緩緩而優雅地跳起舞，可芬看得入迷，發出讚嘆，直到她突然間它張開眼睛，嚇得可芬彈退了幾步。

玩具店的木門被緩緩推開，發出嘎的聲響，貓頭人走出，不發一語，只是看著可芬，並用手朝內比著歡迎的姿勢。

可芬與貓頭人滾大的藍色雙眼對望著，時空瞬時凝結，她像是被迷惑似的，心中原本滿載的疑惑全然消失，她跨出了步伐，隨著貓頭人踏進了店內。

店內充滿許多只會在書本上看見的舊時代玩具，沒有任何灰塵與蜘蛛網，只是擺了太多東西，使得空間有些狹小與昏暗，裡頭的玩具與現代科技感十足的電子設備完全不同，某些玩具還靠著機械原理（或魔法？）正在店內穿梭移動。

牆上掛了好幾個木製掛鐘，滴答滴答地響，四周許多娃娃注視著可芬，她下意識地拉低帽子，好遮住它們望過來的視線。

「呀，我高貴的客人。」笑臉男從一個轉角冒了出來。

一張咖啡色的歐式貴族單人皮製沙發「跑」到可芬的身後，一旁飄來有著精細花紋雕刻的下午茶圓桌，一張小黃花點綴的米白色桌巾從頭頂緩緩地張開並落在桌上。

「請坐，請坐。」

可芬來不及拒絕，沙發已向前推著她的小腿促使她坐下，貓頭人踮著腳似地悄悄走來，他一手捏著茶盤，一手端著茶壺將紅茶倒入瓷杯後，輕巧地端放置桌上，接著兀自站到一旁準備聽從下個指令。

許多機械摩擦碰撞的運作聲音迴盪在店裡，坐在可芬前方那帶著詭異笑容的笑臉男說：「我叫笑臉男，是這間店的老闆，這裡專賣不一樣的玩具，但妳別誤會，不是什麼不良品，都是實用的玩具，能夠讓妳心想事成。」

「心想事成？」

笑臉男老闆向前，睜大眼睛看著可芬，瞳孔中的黑彷彿會將人吸入深淵，他壓低聲音說著：「妳想知道變漂亮的祕密嗎？」

「是……是的。」可芬下意識避開笑臉男的眼神，撇眼看見貓頭人冷漠的笑容。

笑臉男拍了拍手，貓頭人轉身走到店內的被一排木架遮住的角落，推出一台草綠色的扭蛋機台：「這是『眞實娃娃系列』扭蛋，來吧，扭一顆，本店今日大特惠，您可以免費獲得一顆試用。」

可芬轉了轉扭蛋機，掉下一顆手掌大的塑膠球，她看了眼笑臉男，並將扭蛋打開，發現裡頭是個沒有臉的娃娃。

「這可不是普通的娃娃，使用它，妳將可以享受完全不一樣的人生。」笑臉男起身拿出通訊器：「先拍張臉部的照片。喔，請把頭髮撥開。」

可芬雙手握緊，感到十分難爲情，她最害怕拍照，而笑臉男卻還要她露出完整的臉龐。

「給我個機會，也給妳個機會。」沒等到可芬同意，貓頭人已經在她身後幫忙綁好頭髮，笑臉男像是腳踩著輪子似的，環繞著可芬並拍下她完整的臉型。

「接下來，這邊不要，那邊不要對吧。」通訊器立體投影出可芬的頭，笑臉男用雙手彷彿捏黏土一般重新塑造出一張全新的臉龐：「接下來把照片送出去。」他按下確認鍵後，無臉娃娃的額頭閃爍紅色光源，幾秒後亮出綠光。

無臉娃娃的臉部漸漸突起，浮現可芬的臉龐，她不自覺地驚呼一聲。

「再一下就大功告成，請跟我來。」笑臉男將可芬從椅子上扶起，並拿起桌上的娃娃，帶領可芬走到店內後方，貓頭人早已在後方等待，並在兩人面前拉開一張藍白色條紋相間的浴簾，裡頭擺了一個白色瓷製浴缸，裝滿冒著白煙的熱水，笑臉男將娃娃丟了進去。

「我們讓它泡個澡。」笑臉男打了個響指，貓頭人按了手中的通訊器，喚出笑臉男傀儡，它悠悠地唱著輕快的爵士樂曲。

「一首歌的時間，神奇的事情即將發生。」笑臉男說。

浴缸裡的娃娃慢慢地變膨脹，長出與可芬一模一樣的身體，它赤裸地躺著而兩眼無神地看向前方，笑臉男傀儡的歌唱停止時，牆上的掛鐘跳出詭異的笑臉男娃娃在敲鑼打鼓。

笑臉男興奮地說著：「中獎啦、中獎啦，抽中了『清新少女』造型。噢，您真幸運，一抽就抽中隱藏版！」

「這……是我？」可芬感到有些害怕。

「這是依照您的臉型做出來的仿真娃娃，完全接近實體的比例。不管是外貌還是觸感，都跟真人沒什麼兩樣，而且經過人像美化後，她比您本人更青春美麗。」

可芬摸著娃娃精緻的臉龐，的確神似自己，有種熟悉卻又陌生的感覺。

「機會是留給準備好的人。」笑臉男的聲音混雜著蒂蒂的話語在可芬心底迴繞著。

從前的可芬其實很抗拒明星馬戲團這假借才藝，明顯是靠外表才能出線的活動。

但某日前往馬戲團外送包裹時，無意間從一個單面平板人的臉上，看見蒂蒂接受訪談的直播節目，她微笑地與主持人對坐在沙發上，那濃妝豔抹的主持人，正用高昂的語氣說著：「歡迎大家再次回到現場，再次歡迎今天的大來賓，蒂蒂公主。」

蒂蒂雖然漂亮但性情高傲，輕視所有對她有威脅或無用的人，可芬看見她裝可愛的樣子，忍不住笑了出來。

「大家好，我是蒂蒂公主。」蒂蒂穿著典雅的黑色禮服，向現場四面八方的觀眾揮手，現場的人明知道這只是影片，仍然滿是欣喜地揮手高呼。

兩人中間飄浮著半透明的玻璃圓球，裡頭浮現蒂蒂在馬戲團表演的立體影片，她留著一頭黑長髮，看著前方唱著歌，動畫泡泡的效果，還襯上滿天的星空，觀眾個個如癡如醉。

「接下來我們繼續回顧蒂蒂公主的成長史，請看投影……啊，這是妳的高中畢業照？」

圓球內轉換投影出那年全班同學在畢業典禮一起拍下的「動態照片」，所有同學都正開心地揮著手，當年的可芬，正巧就站在蒂蒂後方，撇著嘴側著身，就是不願意面對鏡頭。

主持人裝模作樣且異常興奮地說著：「哇，當明星果然真的是天註定，以前就很有明星樣啊。」還誇讚說同樣的粉紅色制服，穿在不同人身上，彷彿完全是不一樣的材質。

畫面緩慢拉近，特寫蒂蒂的臉蛋，也正巧放大了可芬的臉龐，照片上的可芬似乎也知道自己被正被觀眾注視與比較著，趕緊從畫面裡躲開。

看完訪談後的可芬，賭氣地也參加了明星馬戲團。

她知道自己有個蒂蒂所沒有的天賦：是的蒂蒂根本不會唱歌，她甚至五音不全的出奇，但科技總是能替她立即修正，因此沒人發現蒂蒂如白鵝一般的嗓音。

可芬歌聲極富渲染力，不管是讓人心碎痛哭，亦或開心地盡情搖擺，都能收放自如，她下定決心收起自卑與嫉妒，鼓起勇氣想透過歌唱來證明自己不必輸給那只有容貌的蒂蒂。

但真正參加比賽後，可芬才發現櫥窗裡高人氣的參賽者，都是有著精緻五官的明星樣，即使沒有特別的才藝，也能夠透過改圖、修音來獲取愛心，她的表演起初頗受好評，但在這偌大的水族館裡，人們總是在追求極致的感官刺激，她的歌聲馬上就被拋棄在後，於是轉換過多次的表演模式，好不容易選定躲在熊布偶娃娃的裝扮下，對著這個世代的兒童唱唱跳跳，來維持自己的票數。

「嘿！」可芬回神，笑臉男扶起眼前的仿真娃娃：「這娃娃還有個重要的功能。」

笑臉男要貓頭人按下通訊器上，嘿嘿地低聲笑著，娃娃的額頭開出一個小孔，迸出一條金屬線，笑臉男將線的尾端輕輕拿起，自顧自地將它黏到可芬的頭上，並將通訊器交還到可芬手中：「這步驟需要您親自按下才能執行，您知道的，我們也害怕別人利用『玩具』去做一些可怕的事情。」

可芬終於明白這就是美麗的祕密，她抱著姑且一試的心情，閉上眼按下鈕，眼前的光影瞬間變化，漸漸感受到全身皮膚與熱水接觸的溫度，她睜開眼，與另一個雙眼無神的自己對看著。

「我親愛的客人，希望您能滿意我們推出的玩具。」

可芬拔掉連接線，從浴缸站起，貓頭人遞上一面銀色鑲嵌數個寶石的手鏡，可芬瞪大眼看著自己煥然一新的臉龐。

「親愛的客人您不用擔心，這只是暫時移轉您的意識，您當然可以隨時『還原』。」

原本以爲只是脫下那粉紅色的面罩，但現在白淨無瑕、清透可穿的皮膚，比她想像中的更加完美。

「這是仿眞玩具，是給變裝派對使用的『特殊玩具』，目前還在推廣階段，所以還不是很多人知道。」

可芬無法離開鏡子裡那陌生的自己，她興奮念起蒂蒂的廣告台詞：「機會是留給準備好的人。」

現在她也握有這個機會了。

「看到您喜歡眞的是太好了，我們還提供其它配件進行選購，噢，請不用擔心您的『本尊』，我們會將它好好安置，您就好好享受吧。」

新樣貌的可芬滿心歡喜地回到展場的休息室，房間內的語音助理說著：「親愛的可芬小姐，歡迎您回來。讀取不到您的身體健康數值，需要爲您聯絡醫療小組嗎？」

「不用了。」每次表演前，可芬都會坐在明星馬戲團的後台休息室發呆，這全白的房間裡僅有一張梳妝台，她常常透過「通訊器」反覆觀看蒂蒂的表演，並模仿她的歌舞表演，可芬看著鏡中的自己，笑了笑，心想今日的我不一樣了，她故意滑開蒂蒂的廣告，並擺了許多相同的pose。

「親愛的可芬，請問要登入玻璃櫥窗進行表演了嗎？」

「好的。」

「布偶熊套組已爲您準備完畢。」

「不用，今天我要露臉，幫我準備幾套可愛的衣服。」

「好的，戴上連接器後就可以挑選了。」

可芬穿起白色的通訊衣，並站到通訊轉播平台，戴上連接器：「登入。」

「馬上爲您連接。」

可芬的意識被傳送至玻璃櫥窗內，選了一件金色的緞帶禮服，配上白色絲質長手套，還特地戴上寶石后冠。

「嗨，大家好，我是……你們的熊熊……的好朋友。」台下的小朋友發現出現的不是布偶，滿是疑惑地看著台上那正在揮手的陌生人。

「雖然熊熊離開這裡，但大家還是可以繼續支持我喔。」

小孩子還沒意識過來，可芬深吸一口氣說：「大朋友小朋友好，我是可芬，全新的可芬，我們一起回到中世紀打魔王闖關吧。」身後場景化爲一個古堡內石頭堆砌的房間，她舉起手，雙手一揮便換上戰士服，手中冒出白色的光束，刺眼的亮光慢慢退去，握住一把銀色的寶劍。

可芬轉身開始向前砍殺，身旁冒出的怪獸，人來人往的路人發現可愛的可芬，漸漸地圍觀她如何玩遊戲，愛心數量與排名持續上升。

可芬連續表演了五小時才結束遊戲並從玻璃櫥窗登出，摘下通訊器時甩了甩頭髮，第一次被這麼多人注視，讓她好不習慣。

語音助理說：「親愛的可芬，恭喜您進入百大熱門表演排行榜！」

房間裡跳出影視窗格，播放著現場的新聞畫面，四面平板人正一如往常聲嘶力竭地播報著及時排行榜，可芬畫面正在無限輪播，而她愛心數量持續攀高：「眞是太令人驚訝了，兒童專區原本普通的熊熊，本日終於以本人的樣貌登場啊，原來是個可愛的少女呢。」

畫面的影像接連冒出觀眾的即時評價：

路人A：「可芬好可愛，我要跟她一起玩遊戲。」

路人B：「熊熊原來這麼可愛，比蒂蒂更吸引人。」

小朋友A：「我比較想要聽熊熊唱歌。」

路人C：「原本我喜歡蒂蒂，但現在看到可芬我整個戀愛了。」

四面平板人說：「看來可芬參賽者很有可能會威脅到蒂蒂蟬聯的冠軍寶座呢，這個後起之秀還會有怎樣的演出，戰況又會如何發展，我們將為您持續追蹤。」

語音助理突然跳出來：「可芬小姐，A四〇一櫃的蒂蒂在門口請求拜訪，請問是否開門？」

自從她參加比賽以來，蒂蒂從來沒有與她相認，也沒有踏入過這間休息室，她猶豫一下後說：「……開門。」

電動門滋地一聲滑開，蒂蒂還穿著通訊用的緊身白衣，重重地踏進休息室，她劈頭便朝著可芬怒吼：「娃娃？」

「什麼？」

「妳去了玩具店對吧？」

可芬看著蒂蒂，兩人靜默幾秒，可芬朝著通訊器說著：「關閉語音助理系統十分鐘。」

語音助理回道：「好的。」

可芬看著鏡子裡的自己，眼角餘光可以瞥見蒂蒂的眉頭正在抽動。

「別裝了……」蒂蒂抓住可芬的手臂，將衣袖向上推去：「每個玩具娃娃都有一個印記。」

「妳做什麼！」可芬的上手臂有個笑臉男的刺青在睡覺，那刺青看見兩人後，便急急忙忙地鑽進衣服內，手臂內側留有一串序號，燙金的字寫著「青春少女款03／05號」。

「我今天就看到這個刺青跑來跑去。」蒂蒂接著說：「青春少女款的皮膚細緻度跟彈性果然不一樣，的確有機會贏過我。」

蒂蒂拉開袖子，也露出手臂內側的序號，寫著「可愛女孩款01／05號」。

「別想搶走我第一名的位置。」蒂蒂狠狠的說完後，便快步離開。

隔日，蒂蒂登入玻璃櫃時，換上黑色緊身連身皮衣，凸顯她的性感身材，褐色直髮換成金色長捲髮，黑瞳轉爲藍色的眼珠，她對著在場的粉絲擺了好幾個誘人的姿勢：「大家好，我是『性感特務』蒂蒂，快點來一起跟我解任務吧。」

蒂蒂舉起雙手，手邊變出兩把手槍，背景變成一個廢墟的畫面，她朝著攝影機的方向指去，輕視又冷冷地看著前方，彷彿正透過螢幕向可芬示威。

可芬草草地結束演出，心裡憤恨不平，原本今天名次能夠往前邁進，但觀眾全部又被新造型的蒂蒂給拉了過去，害她的名次只稍微前進十名。

她隨即衝進玩具店，緊抓住正在擦拭架上水晶球的貓頭人，使得水晶球差點摔在地上：「老闆，老闆呢？」

貓頭人仍然笑著不說話，只是指向後方，笑臉男老闆正戴著耳罩式耳機邊聽歌邊搖擺屁股，可芬快步走近並扯下笑臉男的耳機，笑臉男唉了一聲：「哎呦哎呦，好痛。」

「我要變更美，」可芬大吼的說：「一定要贏過那個女的。」

「誰呢？」笑臉男一派輕鬆地說，張嘴裂開的笑容似乎又更靠近耳朵。

「蒂蒂，她也跟你買娃娃，我知道。」

「我覺得妳現在這樣很好啊，難道不美嗎？」笑臉男喝一口放在桌上的紅茶，他揮揮手，貓頭人隨後遞上銀製的手鏡。

可芬推開鏡子，比了比自己的胸部：「但蒂蒂的娃娃身材比我好。」

笑臉男老闆笑了幾聲：「那妳只能購買配件來『裝飾』一下囉。」他放下杯子，指向一旁連到天花板的大櫃子，笑臉男帶著可芬靠近木櫃，標示著娃娃的四肢、頭型、頭髮，所有物件皆分門別類地放置在一格又一格的抽屜內：「您的願望，我們都會幫您成眞。」

依照可芬的要求，貓頭人從櫃子裡拉出所有她想要更換的身材配件，可芬拆下胸前略微扁平的肉塊，換成雄偉而堅挺的山峰，她自信地對著貓頭人推來的連身鏡照啊照，鏡子還會隨著她想要看的角度移動，她滿意又自豪地相信自己一定能贏過蒂蒂。

可芬提早登入玻璃櫥窗，故意換上和蒂蒂同款的性感連身皮衣，除了展現出她的身材外，也想和蒂蒂一較高下：「我愛你們大家。特務可芬謝謝你，我們一起去解救人質吧，謝謝你，愛你喔！」

台下的觀眾果然被她的新造型給吸引著，還有人投影她的名字來現場應援。

可芬心想，蒂蒂待會兒一定會大吃一驚，內心雀躍不已：「我們，開始玩遊戲吧，Let's go！」她開始玩起動作遊戲，愛心數量一直往上竄升。

沒想到，蒂蒂早預料到似的，以嶄新的樣貌華麗登場，膚色變成了亮麗的黝黑，曲線也更加完美，五官深邃立體，尤其更換成蜜桃色的性感豐唇，一噘嘴，眾人彷彿被勾了魂似地，不由自主地向蒂蒂櫥窗靠近。

可芬見狀，也不甘示弱地回到玩具店，要求笑臉男老闆再拿出更好、更完美的配件。

從這天起，兩人開始無限制地對自己的身材樣貌進行大改造，像是一場武器裝備競賽，每日她們都在爭相展示著自己最驕傲的樣態，胸脯愈大愈挺，腰際愈窄愈細，臉蛋愈長愈尖，瞳孔色彩眉毛濃淡能改就修，性感豐唇與櫻桃小嘴不斷交替使用。

只要是能夠讓觀眾給予愛心的各式噱頭她們都會嘗試，倔強而不服輸的兩人，不容許對方擁有自己沒有的裝備，使她們對自己的改造愈來愈出奇，有時變成中古世紀的大耳妖精，有時是美豔動人卻抱著自己頭顱飄蕩來去的斷頭女鬼。

觀眾如嗜血的蚊蟲一般追看她們互相鬥艷，又像坐在圓形競技場看兩隻互相傷害的猛獸，使得兩人即使將最美的配件都擺在身上，卻也構成最詭譎的體態。

直到某天，四面平板人突然刊出全新少女團體的廣告，可芬不知道這兩個小女生是何方神聖，居然初登場就可以登上馬戲團中央平面的廣告。

可芬趁著演出前低調地走入會場，看著那特技加寬兩倍的玻璃櫥櫃，年輕女孩在裡頭唱唱跳跳，她們吸引的年齡層更加廣泛，老老少少都在台下揮著手。

女孩們身上那不遮蔽而明顯露出的笑臉男刺青還在上頭跳著舞，可芬馬上明白這是怎麼一回事。她偷偷摸摸地走進後台，找到女孩的休息室，正想要按下訪客鈴時，另一隻手拍了拍她的肩，害她差點叫了出來。

可芬轉身，才發現是蒂蒂，她們都發現了笑臉男刺青，那兩個小女生肯定也是個娃娃。但沒想到現在的小女生（也可能不是？）居然肆無忌憚地就這樣大方呈現，對她們來說無疑是一種危害。

兩人心照不宣，害怕使用娃娃的事情被揭穿，累積的人氣與名次將瞬間歸零。

此時，休息室的門開啟，裡頭走出一名穿著西裝的管家機器人說著：「歡迎兩位。」裡頭兩名一模一樣臉龐的女孩，正坐在精緻的軟沙發上，喝著她們最愛的熱牛奶。

「嗨。」女孩A有著金色長捲髮，看起來像柔軟的布幔。

「請坐。」女孩B是一頭黑髮，拉緊的馬尾，讓她眼睛細細吊著。

管家機器人靠著下方的輪子滑動，緩緩而優雅地遞給她們一人一杯熱茶。

「想問我們是不是娃娃？」女孩B說。

女孩A立刻接話：「妳們可以不用問了，我們就是。」

「妳們不怕被揭穿嗎？」可芬說。

「揭穿？反正這個活動一開始就不是要追求眞實。」女孩們一同狂笑不止，一旁的管家機器人也呵呵了幾聲。

「我還以爲妳們最懂得這個比賽的意義。」女孩B說。

可芬與蒂蒂滿是疑惑。

蒂蒂說：「不就是得冠軍。」

女孩A站起身，指著她倆：「妳們愈來愈奇怪的裝扮，以爲馬戲團都沒發現嗎？」

「馬戲團追求的是關注，有關注就有錢賺。」女孩B笑著說。

「妳們做得很好，妳們愈詭異，就能幫馬戲團賺更多的錢。不過，最近妳們的人氣開始下滑，馬戲團才把我們推出來，事實上，我們是要來幫助你們。」

「我們？」

兩名少女的組合，原來是官方派出的團體，而馬戲團官方建議可芬與蒂蒂短暫地合作，假裝與新勢力一同對抗，好引起觀眾更多的好奇與關注。

可芬與蒂蒂雖然不情願，但名次下滑是事實，只得馬戲團的建議，演出這場鬧劇。她們被迫組成一個新團體，連休息室都合併到同一間，被包裝成好姊妹共同奮鬥的形象。她們假裝一同勤奮練舞，假裝驚喜慶祝生日，所有被馬戲團宣傳的日常影片，像是一部部刻意錄製下來的虛構電影。

這場被戲稱爲美豔與清新的大對抗，在馬戲團的操作下，果不其然是由可芬與蒂蒂的組合獲得最多觀眾的支持，她們甚至還在馬戲團開了演唱會，人氣又衝破了新的高點。

然而可芬卻一天比一天更感到虛無與空洞，她甚至常常一覺醒來，分不清什麼是現實，什麼是夢境。

可芬這天假裝低調地走進馬戲團帳篷內，故意讓自己的粉絲認出來增加好感度，正當許多人圍著她拍照時，看見一旁的平板人，臉上正撥放著自己過去扮演熊熊的影片，雖然並非本人即時的演出，但現場仍聚集著許多小粉絲，邊拍著照、跳舞，不時隨著音樂歡聲雷動地呼喊，手中的通訊器也不斷地發送愛心給她。

可芬抬看著中央平台，電子廣告畫面上蒂蒂與自己，她心裡想著一直希望能擁有漂亮的面貌，受到眾人的喜愛，但爲什麼現在卻沒有辦法感到開心呢？

平板人從她身旁走過，臉上是互動式的影像，可芬的容貌經由攝影設備登上電子面板，感覺自己現在像是個奇怪的外星生物。

「又換了新眼睛啊，是花了多少錢啊？」蒂蒂突然出現在她身後。

可芬回神，不甘示弱地說：「買『藍色媚人瞳孔』增加我的魅力，有什麼不對嗎？」

「哼，笑臉男老闆說那是個催眠用的眼睛，沒想到妳眞的買了。」蒂蒂高傲地說著：「簡單來說，妳就是沒實力，才需要買一些附加的東西吧。」

「呿，不要把自己說得多高尚。」可芬說：「妳之前還不是在簽名會的時候，故意噴魅惑香水吸引許多人，妳這妖氣沖天的狐狸精。」

「有種就露出原來的樣子來比一比啊。」蒂蒂打量可芬全身：「不過，我就算把臉弄醜，都比妳原來的樣子好看，妳以前的綽號叫什麼來著，巫婆芬。」蒂蒂說完便走向兩人的休息室。

可芬氣不過，趁著休息室的門尚未闔上，她上前一把抓住蒂蒂的頭髮。

蒂蒂叫著：「妳……妳瘋了嗎？」

「瘋女人，以前因爲妳比較漂亮，所以常常吃妳的悶虧，現在不一樣了！」可芬瞪大眼睛看著蒂蒂。

「你以爲我甘願跟你一起搭檔嗎？只有我也能拿第一！」蒂蒂用力推開可芬，兩人因爲換上高跳的長腿而重心不穩，一起跌坐在地上，蒂蒂又跪又爬地從抽屜裡拿出用來修改衣服的雷射短刀：「妳這麼吵，乾脆變成大嘴女吧。」

蒂蒂上前抓起可芬的臉，用短刀一把將可芬的嘴巴劃開：

可芬摸著劃開嘴巴而掉下的下頷，趕緊去照鏡子，她驚恐地瞪大雙眼，好不容易變美的臉龐卻變成了這副駭人的模樣：「我……我要報警！」

「可以啊，順便把妳娃娃身體的事情也一起揭開如何？」蒂蒂拍拍可芬的肩：「給妳個建議，我當我的眞明星，妳做妳的假布偶，我保證不會傷害妳。」

「啊，我要殺了妳！」可芬對著鏡子大叫著。

「好好地當妳的熊不就好了嗎。」蒂蒂起身離開。

「我……我的臉是最重要的，妳不知道嗎？」可芬吼叫著，撿起地上的短刀，衝向前，也朝著蒂蒂的臉頰狠狠割下，使她破了個大洞。

「啊，殺人啊！」

蒂蒂發了狂似地將可芬推到門上，兩人開始扭打，而自動門感應到物體後便自動開啟，兩人重心不穩，一齊跌到外頭的馬戲團帳篷內。她們拉扯對方的四肢與頭髮，路過的單面平板人雖然在現場維持著秩序，但兩人的爭鬥太過精彩，反而吸引更多人圍觀，還以爲是馬戲團的特別節目，興奮地拿起通訊器錄影。

突然所有單面平板人接收到中央的指令，快速而輕巧地在場邊圍起了白線，兩人的紛爭儼然成爲一場格鬥競賽。

蒂蒂用力扭轉可芬的頭，可芬則不甘示弱一個翻身將蒂蒂固定住，她們四肢因打架而凹曲，愈來愈像恐怖的怪獸在互相啃咬對方，而觀眾們居然也隨著兩人的毆打而尖叫歡呼。

不知打了多久，直到兩人終於精疲力竭地分別坐在對角休息，掉在一旁的圓形通訊器突然又跳出笑臉男的動畫訊息：「公告公告，限量隱藏版完美比例的『維納斯女神版』登場，唯一一個，先搶先贏啊，歡迎來轉扭蛋喔，絕對讓妳成爲大家的女神。」

可芬與蒂蒂互看一眼，兩人喘著氣，以怪異的姿勢爬起身，同時向在場的觀眾喊著：「通通讓開。」兩人拿起通訊器，起身跳出擂台外，往馬戲團帳篷外狂奔。

她們在熱鬧的街上一路互相推扯，身體因打架而損壞嚴重，扯下的肉塊配件沿路散落在街上，兩人呈現詭異的姿勢奔跑，路人們以爲是馬戲團故意將戰場延伸至路邊，愈來愈多人加入觀戰的行列，一同在街上奔跑，還有人拿著通訊器當起直播記者，向螢幕前的觀眾進行即時報導，瞬間，全宇宙的網際網路都在關注著這場怪異的競賽。

可芬最終在玩具店前追上了略微領先的蒂蒂，她跳上前將蒂蒂向前推倒，隨後一手拉住她的鼻孔，一手掐著脖子，用盡力氣一拉，將娃娃的頭顱摘離身體，圍觀的路人倒抽口氣，一陣寂靜後，隨即是此起彼落的歡呼嚎叫，可芬一手提著自己掉落的下巴咧嘴狂笑著，另一手提著蒂蒂的頭顱展現自己的勝利，耳邊彷彿聽見榮耀的交響樂曲，觀眾們熱烈地鼓掌叫好，蒂蒂的頭顱仍不斷嘶吼著：「妳這該死的瘋女人！」

「女神娃娃是我的。」可芬喘著氣，將蒂蒂的頭顱丟在路邊。

蒂蒂的身體奮力地站起，卻因沒有頭顱可以控制方向而到處亂跑。

可芬假裝沒聽見蒂蒂難聽的連珠炮地咒罵，拍拍身上的灰塵，故作儀態優雅地敲了敲玩具店的大門，笑臉男玩具店門緩緩開啟，貓頭人一如以往優雅地走出，笑臉男已在裡頭迎接：「可芬小姐恭喜妳，先到店裡歇息歇息。欸，去把那些人打發走，嘿嘿，沒事兒，沒事兒。」

可芬驕傲地進到店內，貓頭人在外面阻擋人群拍照，並撿起掉落在路邊的蒂蒂頭顱。

「我的第一名，我一直都是第一名。」蒂蒂不斷地吵鬧哭喊著。

馬戲團帳篷內的中央，四面平板人播報著可芬獲得總冠軍，變身為維納斯女神模樣的她，雖不比原本的臉蛋漂亮，但眾人卻沒有任何疑惑，像是被下蠱了一般，一股腦將票投給了她，可芬自然順理成章地獲得冠軍。獲頒女神桂冠當下，紙花從上頭撒了下來，台下的觀眾居然像是拜見女王一般盡情地歡呼，可芬開心地在紙花圈裡不停地旋轉著。

笑臉男老闆在玩具店裡看著一個玻璃圓球詭異地笑著，他默默地唸起咒語，雪花慢慢地從玻璃球內冒出，片片掉落，下方有個娃娃正在裡頭旋轉，彷彿是迷失在美貌與虛榮之中的可芬。

「完成啦，這娃娃真美，可不是嗎？」

笑臉男喚來貓頭人，要他拿走水晶球並放到櫥窗展示櫃上，與其它架上許多的娃娃一樣，在水晶球內不斷旋轉。

可芬的本體被安置在玩具店的角落裡一個巨大的膠囊中，她睜著眼看著前方，只能永遠癡癡地傻笑。

肇事者逃逸

黃囧熊

即使現在，蕭勝陽仍舊搞不懂究竟是怎麼一回事。

就像無辜的路人遇到飛來橫禍，被肇事車輛撞上，瞬間的衝擊將一切毀滅殆盡。然而毀滅不是最可怕的，最可怕的是這個暴力，它不帶一絲的恨意，也沒有任何的針對性，它冷漠地撞碎一切，冷漠地事不關己地離去，冷漠地留下關於受害者的評語，只有四個字——

算你倒楣。

事情通常在平凡無奇的時刻，就已經悄悄地開始了。

就像這一天早上。

蕭勝陽和同學兩人，按照慣例早早就出現在電機實驗室。

他們的指導教授，一定準時在早上八點半踏進實驗室，九點整離開，一直到下午四、五點才會再次出現。教授出現的短短時段內，只要發現自己的研究生沒有出現在實驗室，研究生們就要倒大楣了。蕭勝陽試過一次，被罵得狗血淋頭，再也不想試第二次。他不曉得他同學是不是也被教授幹過，但兩個人很有默契地在每個美好的早晨同時出現在實驗室，答案應該不言可喻。

不過事情也不全然那麼糟，至少教授離開實驗室後，就是他們的自由時間了。

他們有時候會玩幾場線上遊戲過過癮後，才開始一天的正事。這陣子蕭勝陽和同學迷上一款線上遊戲，認識了一個叫做「pigeon」的網友，他們三人經常組隊和其他的隊伍進行對抗賽。

教授前腳剛出門，他們已經準備好躍躍欲試了。

遊戲的內容大致上就是，程式會隨機給出獲勝條件，然後由兩到三個隊伍看誰先達成，有時候是先到某個地方，或先拿到某樣物品，或是先把對方全數幹掉，所以玩的過程講究戰術和策略，每個人都有分配好的任務。

這一場，蕭勝陽擔任偵察兵，或者也可以說是誘餌，他負責走在隊伍前面拓荒，他們一邊玩，一邊閒聊講些不重要的垃圾話，畢竟不講垃圾話等於沒玩過線上遊戲嘛。

從重生點開始，三人組一路推進，在遊戲場景中，蕭勝陽隨時注意周遭的狀況，當前進到中段，差不多準備和敵方遭遇時，他走過轉角靠近場景中的一根柱子時，突然怎麼都走不動，應該是說，角色可以活動，但只是在原地擺動姿勢，而且他愈掙扎，畫面便開始變亂，貼圖圖層穿過角色的身體，整個螢幕上一塌糊塗。

「喂，我卡住了。」蕭勝陽用耳麥向隊友們說。

「你在哪？不是走在最前面嗎？」同學回覆。

「就卡住了啊，前面的柱子那裡啊。」蕭勝陽一說完，他看見其他兩人的角色從他的角色旁邊經過，pigeon 甚至穿過柱子往前走卻沒事。

「你說柱子？柱子旁邊沒人啊？」pigeon 說。

同學接著說：「對啊，只看到 pigeon。柱子有怎樣嗎？」

蕭勝陽抓著遊戲手把亂按一通，試圖讓角色掙脫，好像沒什麼用。

「一定是 BUG！」蕭勝陽邊按邊說。

他剛說完，耳麥突然爆出一陣驚呼，同學和pigeon異口同聲地大喊：「喔喔喔！啊！幹！敵人打過來了啦！」

一片手忙腳亂時，沒有人注意到實驗室的門悄悄地打開，有人走進來了。

當蕭勝陽注意到有個女生的聲音說「不好意思」，已經是對方講第三遍的時候了。他停下手上的動作，從座位上抬頭看。

長長的睫毛下，女孩一雙可愛的大眼睛正瞧著蕭勝陽，她一頭深金色的中長髮，與她的長相相得益彰，穿著多層次的雪紡紗上衣，長短合宜的短褲，既不會太暴露，也不會太累贅，腳上踩著小短靴。

蕭勝陽冒出的第一個念頭就是：完美！

接著他才意識到，糟糕，這樣盯著人家瞧，是不是太沒禮貌了？

他清了清喉嚨，想不到該說什麼，只能傻傻地看著對方。

女孩笑了一下，舉起手上拿的東西，「嗨，學長，我是來交作業的。」

然後輕輕地搖晃手上的作業。

蕭勝陽突然想到自己頭上掛著耳麥，手中抓著遊戲手把，眼前的螢幕還停在遊戲畫面，但這裡卻是學校的實驗室，好像做壞事被抓到一樣。

而且還是被天使抓到。

他趕緊扯下耳麥和遊戲手把一塊放桌上。

愣了一下，他想找個地方讓學妹放作業，可是看著自己凌亂的桌面半天，上頭堆滿了教科書、講義，還有電烙鐵和莫名其妙的小零件之外，還有喝了一半的珍奶和昨天吃剩下的鹽酥雞紙袋，最後他半放棄地隨意指著某個角落，「喔，放……放那邊就可以了。」

「謝謝學長。」學妹依指示放下作業後，轉身離開。

蕭勝陽呆望著學妹的背影，目送她離開。

學妹走到門口時突然停下來，轉身望向蕭勝陽，當她發覺學長一直看著自己，笑了一下，然後說：「學長 bye bye！」

學妹一踏出實驗室，天外飛來的一團紙球擊中蕭勝陽的頭。

「喂！肖豬哥學長，回神啦！人家班花捏，你這個阿宅高攀不上啦！」同學說。

「你才阿宅！你全家都阿宅！」蕭勝陽反擊。

他順手拿起剛才學妹放下的作業，封面除了題目和日期之外，一隅印著「四年甲班胡琳迦」。甲班？甲班的助教是他沒錯，這麼一想，對啊，他對學妹的確有印象，他記得她長得很漂亮，不過以往多半只是匆匆一瞥，沒想到面對面時……她比想像中還要漂亮！

他一想到難得的機會，竟然是在這麼囧的狀況下，不得不搖搖頭。蕭勝陽絕望地將報告放回桌上，不小心揮到桌上那杯珍奶，飲料溢了滿桌。

他輕聲咒罵：「啊！幹！幹！幹！都濕掉了！」

一旁的同學突然陰陽怪氣地學女腔說話：「學長——」然後轉而暴吼：「你害我們全

隊陣亡了啦！」

晚上七、八點，蕭勝陽手上拎著雞排和珍奶走在回家的路上，他沿著大街慢慢地走到一個靜謐無人的路口。這個路口他再熟悉不過，不曉得走了幾百遍了，他像昨天、像前天、像之前的每一天一樣，踏著慣常的步伐通過十字路口。

蕭勝陽邊走邊想著，待會回家先發個訊息給教授，說上次研討會的報告已經寫好了，然後先洗澡，之後再邊吃點心，邊把昨天沒看完的美劇看完。突然，他覺得自己像阿宅一樣。

他喃喃自語：「不是像，就是。」

然後想到學妹……

就在這時，耳邊突如其來爆出一陣刺耳的嘎嘰聲，那是輪胎的聲音。

他直覺望向聲音來源，沒想到一對刺眼的車大燈直直地照著自己，他伸手遮住部分光源，讓他得以窺見沒擋住的部分，那是一輛朝他高速而來的車子。

砰！

蕭勝陽還不知道發生了什麼事，人已經趴在柏油路上了。腦袋中一片空白，幾秒鐘後疑問才浮上來，「我被車子撞到了嗎？」

他想爬起來，卻完全使不上力，就像武俠小說裡面的人物被散去了內力，如滴水入百川大海，以爲用盡了全力，然而力量卻消散無蹤，不知去向。過一會兒，他貼在柏油路面上的臉頰，湧現出麻麻痛痛的感覺，他的臉頰摩擦著粗糙的路面，好不容易笨拙地轉到另一邊，他覺得好像聞到血的味道。

也正好可以看見肇事車輛的車屁股。

車子撞上電線桿後，變形的引擎蓋冒出大量白煙，他看見車子後輪輪轂夾著一隻斷臂，斷臂的手指還勾著一袋鹽酥雞，頗眼熟。

來不及細想，肇事駕駛下車了，他逆著路燈的光，且蕭勝陽的視線也愈來愈模糊，看不清楚來者是誰，只能看見失焦的黑色剪影，不過還是能分辨得出來，肇事者的身子搖搖晃晃，踩著踉蹌的步伐朝自己走過來。

肇事者站在蕭勝陽身邊，將他的身軀翻過來，蕭勝陽聞到一股濃濃的酒氣，肇事者看見他的臉與傷勢之後，倒抽了一口氣，跌坐在地上，接著連滾帶爬地逃回車上，蕭勝陽快消失的視力倒是清楚地看見對方小腿上有著一個相當特別的刺青，是一條蛇回頭咬自己的尾巴，形成一個圓圈狀。

肇事者跳上車子，重重地甩上車門，下一秒倒車燈亮起，斷臂掉在地上，轟地車子猛然倒車，前後輪接連從蕭勝陽身上輾過。

他的視線被車子底盤蓋住，只見得到一片漆黑，然後就失去了意識。

蕭勝陽回過神時，正盯著全黑的螢幕畫面。

畫面上淡入出現「載入中」的字樣。

咦？遊戲還沒開始？好像有哪邊不對勁……他舉起自己的雙手查看，然後退開椅子看看雙腳，全身上下安然無恙。剛剛是不是發生了什麼奇怪的事？

完全沒有頭緒，他搔搔頭，下意識地拿起桌上的遊戲手把，「載入中」的字消失，畫面切換成線上遊戲的主畫面。蕭勝陽控制角色往前走，在不遠的前面經過一根建築物的柱子，忽然圖層像刀片一片一片穿過蕭勝陽的角色身上，不管他如何扭動手把，角色依舊動彈不得。

這個畫面讓蕭勝陽不自覺「咦」了一聲。

但爲什麼會有這樣的反應，他自己也不知道。

「不好意思。」忽然有個女生的聲音說。

蕭勝陽抬起頭，有個漂亮女生站在他的座位前。

喔！對，是學妹，來交作業的。

女生笑了一下，舉起手上拿的東西說：「嗨，學長，我是來交作業的。」

然後輕輕地搖晃手上的作業。

嗯？不對啊，我怎麼知道她是來幹麼的呢？蕭勝陽暗暗想著。

蕭勝陽扯下耳麥和遊戲手把一塊放桌上。

不是很確定地指著雜亂桌面的某個角落，「喔，放……放那邊就可以了。」

「謝謝學長。」學妹依指示放下作業後，轉身離開。

蕭勝陽望著學妹的背影，她走到門口時突然停下來，轉身跟蕭勝陽說：「學長 bye bye！」

學妹一踏出實驗室，天外飛來的一團紙球擊中他的頭。

「喂！肖豬哥學長，回神啦！人家班花捏，你這個阿宅高攀不上啦！」同學說。

蕭勝陽沒有理會同學。

他拿起學妹的作業，封面除了題目和日期之外，一隅印著「四年甲班　胡琳迦」。奇怪？這一段是不是在哪邊看過啊？蕭勝陽總覺得有種奇妙的既視感。他搖搖頭，將報告放回桌上，卻不小心揮到桌上的珍奶，打翻的飲料溢了滿桌。

他輕聲咒罵：「啊！幹！都濕掉了！」

一旁的同學突然陰陽怪氣地學女腔說話：「學長——」然後轉而暴吼：「你害我們全隊陣亡了啦！」

晚上回家的路上，蕭勝陽正準備穿越十字路口，他驀地止步。直覺告訴他，這裡好像……不太對勁。是哪裡不對？他在無人的路口左右張望，一邊是蝴蝶街，垂直的是原始路，很正常啊。他再看向對面路邊的電線桿，上頭貼著一張很老套的傳教標語「天國近了」。

安靜。

應該沒事，他想。

於是他邁開腳步穿越過馬路，誰知道才走到一半，伴隨著尖銳刺耳的輪胎嘎嘰聲，一輛行進間的車子幾乎沒有減速地撞上蕭勝陽。蕭勝陽應聲飛了出去，重重地摔在地上，而肇事車輛撞上「天國近了」電線桿才停下來，車頭不住地冒白煙。

肇事駕駛下車後，蹣跚地走上前查看蕭勝陽的狀況，發現他簡直不忍卒睹，便驚慌地逃回車上。

蕭勝陽躺在地上，頸部已經無法動彈，他只看見有刺青的小腿快速地跑開，然後遠方建築外牆上有座電子時鐘，上頭顯示著九點五十分。

肇事車輛突然倒車，連續兩次前後輪接力，輾過蕭勝陽。

「幹！我卡住了！」

蕭勝陽聽見 pigeon 的咒罵聲才醒過來。

「你在哪？不是走在最前面嗎？」同學搭腔。

蕭勝陽想到，對啊，在玩線上遊戲。於是他操控角色往前走，來到柱子旁邊時，看見同學的角色在那裡繞圈圈，卻沒看見 pigeon。

卡住了？卡住的不是我嗎？怎麼變成 pigeon？他移動角色經過同學和柱子旁邊。

咦？沒事耶！他一直來回走動，確認眞的沒事。

pigeon 被困住，我就沒事了耶！蕭勝陽心中推想著。

「厚！那欸安內？」pigeon 兀自罵著。

不對，打線上遊戲之前我在做什麼？是在……蕭勝陽好像忽然想到什麼，皺著眉歪著頭，立刻扯下耳麥和遊戲手把丟到桌上，倏地站起來，實驗室的門同時打開，學妹一開門看見蕭勝陽像驚喜盒裡的彈簧人偶一樣，幾乎是用彈的彈起來，她呆了片刻，蕭勝陽朝她伸出手，學妹意會不過來這是什麼意思？

蕭勝陽看了看學妹手上的作業，學妹愣了一下，才將作業遞給蕭勝陽，然後說：

「報告就麻煩學長了，學長再見喔！」

學妹很有禮貌地點了頭，轉身朝門口走去。

蕭勝陽按照「慣例」，目送她的背影離開。不過這次他看見了一個很特別的東西——學妹的小腿上刺了一枚刺青。

「肖豬哥學長——」同學虧蕭勝陽的同時，朝他背後丟了一團紙球。

蕭勝陽背對著同學，頭也不回反手一抓，竟然精準地一把接住紙球，然後順手丟回去，同學來不及說完「肖豬哥學長」後面的話，紙球就不偏不倚地擊中他的臉。

蕭勝陽看了看「似乎」很熟悉的作業封面後，正要放到桌上時，動作忽然定住，他先把桌上的珍奶挪到另外一邊，才將作業放到原本放珍奶位置的旁邊。

他坐下後，將遊戲畫面切回正常電腦使用狀態，打開搜尋引擎鍵入「蛇、咬尾巴、圓圈」，然後知道那個圖案叫做「銜尾蛇」。

學妹，就是那個肇事者。

但即使知道眞相，對整個事態好像也沒多大幫助。

當蕭勝陽又站在夜晚靜謐的十字路口時，他還是不曉得該如何處理當下的狀況。他看了看蝴蝶街的路牌，在原地站著遲疑了……五分鐘有吧。

如果我繼續往前走，還是會再來一次嗎？我要試試看嗎？蕭勝陽繞著這些問題打轉，「哎呀！」他輕輕地喊出聲來。

他索性往回走，遠離十字路口，看到另外一條路就轉進去。反正回家的路也不是只有這一條！蕭勝陽走在另外一條路上，走著走著，出現了一堆上頭閃著紅色警示燈的紐澤西護欄，前方整條路的路面都被刨掉了，等著一旁的工人重新鋪上柏油。

此路不通，他就走另外一條路，走沒多久，先是看見紅藍色交替閃爍的燈，才看到警車停在一邊，路口拉起黃色警示帶，不曉得發生了什麼事？他對看熱鬧沒什麼興趣，再次轉彎走進別條路，這次遠遠地就聽見吵雜的機具施工聲響，果然前面有輛怪手從路面挖起淅瀝瀝的泥巴，迴轉到另外一邊把泥巴堆成一座小丘。

蕭勝陽心中犯嘀咕，靠，今天晚上是怎樣？他只能就近再走別條路，繞開施工路段。「眞有這麼邪門就對了！」他剛閃過這個念頭，一抬頭，蝴蝶街的路牌又出現在眼前。

剛才走了老半天，繞來繞去左拐右拐，結果還是回到原點，鬼打牆啊！

這下該怎麼辦？那麼多次了，應該不會又發生一樣的事吧？蕭勝陽用這樣的說詞試圖說服自己，但其實自己也存疑。他左右張望，確定四周沒有任何動靜，疑神疑鬼地穿越馬路，像做了壞事怕被逮個正著的賊。好不容易走到一半，蕭勝陽仍不放心地注意周圍是否有異樣。

整條大街上連個人影都沒有，沒事……他鬆了口氣。

終於可以放心地回家了。

嘎嘰聲後，蕭勝陽第N次重傷倒地不起，車子到底是從哪裡開出來的？他最後看見的還是銜尾蛇刺青和遠方電子時鐘的時刻，九點五十分。

然後他就死掉了。

蕭勝陽發現自己拿著遊戲手把在發呆。

學妹應該快來了吧？

果然，學妹推開門，走進來。

他脫掉耳麥和遊戲手把一塊放在桌上，站起來看著學妹。

「學長。」學妹說，「我來交作業。」

「嗨，放桌上就可以了。」

學妹把作業放在蕭勝陽指定的位置。

「謝謝學長，學長bye bye囉。」學妹輕快地向蕭勝陽揮手。

蕭勝陽冷靜地看著學妹轉身離開，他再次看見銜尾蛇刺青，不由得打了冷顫。

學妹走出實驗室，蕭勝陽坐下的同時，一團紙球從頭頂飛過去。

他叫出電腦介面，點開高鐵的網站，訂好下午到高雄的車票。

「逃得遠遠的，總可以了吧？難不成妳能開車到高雄撞我？」蕭勝陽忍不住碎碎唸。

蕭勝陽一到高鐵站，先到提款機領錢，從吐鈔口拿了鈔票，數了一下只有兩張千元鈔票，螢幕顯示餘額為十七元。接著蕭勝陽到自動售票機前準備取票，他背後起了一陣小騷動，他停下手邊的動作，好奇地回頭看，櫃台前方排隊的人龍不曉得什麼原因騷動著，他觀察了一下，排隊的人紛紛抬頭望向上頭的電子看板，指指點點著。

他也抬頭看了過去，電子看板上一排字滑過：「因不明原因訊號異常，本日南下北上列車，全面停駛，如有不便敬請見諒。」

「真的有這麼巧就對了？」蕭勝陽又在喃喃自語了。

經過好幾次的經驗，蕭勝陽推論出，要避免事情一再地重演，或許可以試試兩個方法，一是避開事故地點；二是避開事故時間。他看手錶才四點半，外頭天色尚早，他毅然放棄高鐵這個選項，立刻轉身朝捷運站走去，應該來得及搭車回住處，他心中如此盤算著。

他的推論可能是正確的，因爲他順利地通過十字路口，在太陽還沒下山前回到住處啦。

果然行得通！蕭勝陽換上海灘褲和素色T恤，一派輕鬆地在房間裡東摸西摸，好像很久沒回過房間一樣。

晚上他就不再出門了，他從櫃子裡翻出泡麵，而後端著泡好的泡麵，坐在電腦前面邊看美劇邊吃，他吸了兩大口泡麵，咀嚼著，手機響了。

蕭勝陽一看是教授打來的，趕緊嚥下口中的泡麵，接起了手機。

「我問一下，上次研討會的報告在哪？」教授問。

「都在老師的資料夾裡面啊。」

「找過了沒有。」

「不然就是——」

「我沒空一個一個找！你負責的東西，等一下放我桌上！」教授說完，立刻掛掉電話，完全不給討價還價的餘地。

蕭勝陽把手機放回桌上，看了一下手錶才七點半，他腦中沙盤推演，抓了一下時間，走去學校、把東西找出來、再走回來，如果回程要趕在九點五十分前通過十字路口，應該沒什麼問題才是。他稀里呼嚕地把泡麵吃完，碗就擺在桌上，默默地走去換上外出服，離開住處。

蕭勝陽從容地走在安靜的街道上，突然手機鈴聲大作，嚇了他一大跳，他掏出手機，一看是同學打來的，他接起手機。

「欸！老闆在找你，你知道嗎？他超不爽的！」同學說。

他邊走邊講電話：「我知道啊，他剛有打給我了。」

「是喔，啊是什麼事情？」

「就是——」蕭勝陽講到一半，抬頭看見遠方牆上的電子時鐘，他愣住了。

九點四十九分。

他拿著手機的手垂了下來，同學不斷地在電話那一頭「喂」。

蕭勝陽正好站在蝴蝶街路牌底下。

出門時才七點半，就算走得再慢，走到這裡也不可能花了兩個小時啊？

他揉揉眼睛，再看一次，還是九點四十九分，他不相信地舉手看錶，結果手錶依然顯示著七點半，秒針根本沒有動。

蕭勝陽咒罵了一聲。

同學繼續「喂」。

遠方的鐘，從九點四十九分變成九點五十分。

不知打哪來的車燈出現，車體高速撞向蕭勝陽。

他飛了一段距離，重摔在地，銜尾蛇是他最後看見的一個東西。

掉在地上的手機，同學還在另一頭「喂」個不停。

「喂！喂！」同學的呼喚聲把蕭勝陽從放空的世界中拉回來。

這裡是……實驗室？蕭勝陽開始有點搞不太清楚，自己到底在哪裡了。所以，又回到剛開始囉？

他驚覺有個人影在前面，一抬頭，就見學妹已經站在那裡了。

她站多久了？

「嗨，學長？」學妹爽朗地說，「我是來交作業的！」

她說完，舉起手中的作業，輕輕搖晃幾下。

蕭勝陽想指個位置讓學妹放作業，才發現手裡握著遊戲手把，而且頭上還戴著耳麥，他將耳麥摘下連同手把放到桌上，指著桌上角落說：「喔，放著就行了。」

「謝謝學長！」學妹依言放妥，然後轉身朝門口走去。

她走到門口站住，轉身正要向蕭勝陽說再見時，蕭勝陽正好站起來，直直地走向她，直到她面前才停住，學妹顯得有些驚訝，睜著大眼睛仰頭注視著蕭勝陽。

「學妹，那個——」他舔了下乾燥的嘴唇，「呃，我覺得呢，可能有點唐突，不過，那個……嗯……。」

蕭勝陽滿腦子想的都是該怎麼講比較好，話反而全都堵住了，變得沒辦法好好地說出來，學妹則是安靜專注地等著他繼續說下去。

「哎呀，就是！」他管不了那麼多了，「晚上可以一起吃飯嗎？」

「學長的意思是——」學妹的一雙大眼睛注視著蕭勝陽，「是在約我嗎？」

蕭勝陽被看得十分不自在，眼神飄走。誰先飄走，誰就輸了！他這麼想，於是又把眼神拉回來，跟學妹的目光對上。他覺得自己的臉一定紅透了。

「可以嗎？」爲了轉移尷尬的氣氛，他丟了問題出來，但語氣就沒有像開口約晚餐時那麼有魄力了，弱了許多。

學妹沉默著，眼珠子骨碌碌地轉，好像在想什麼。

蕭勝陽有些緊張，爲了避開死亡的結局，他打算乾脆和肇事者在一塊，就可以就近避開她脫序的行爲，但萬一被拒絕了，接下來要採取什麼樣的策略呢？

學妹本來是想對學長開開玩笑，故意吊他胃口，結果蕭勝陽看起來有些焦慮，她不忍心再作弄他，於是回答他「可以」。

得到肯定答覆的蕭勝陽，焦躁轉成疑惑，懷疑是不是自己漏聽了一個「不」字？

學妹看他呆呆的，覺得很有趣，只好再說一遍：「我說可以。」

她說完，轉身走到門外，又立刻回頭。

「學長 bye bye，晚上我來實驗室找你。」

一旁的同學看得不可思議，驚訝不已，宛如第一位見證核子試爆成功的目擊者。班花耶，這個阿宅竟然敢開口約班花，而且還約到了！

晚上燒烤店內，蕭勝陽與學妹兩人相對而坐。這在平常根本是無法想像的畫面，怎麼可能會有機會和這麼漂亮的女生單獨共進晚餐？哪來的勇氣開口邀約啊？蕭勝陽心想，這就叫做因禍得福嗎？如果就這樣死了，也甘願。

然後他突然想到，反正還會活過來嘛。

他夾了塊牛肉塞進嘴裡嚼著，而對面的學妹雙頰泛紅，原本就開朗的她，此刻說起話來更大聲，舉止更率性一些，雖還不至於失控，但看得出來很明顯已經醉了。

她拿起桌上的酒瓶，將僅存的啤酒往玻璃杯裡斟滿，接著整支酒瓶倒過來，晃了晃，又滴了幾滴酒液進杯子裡，而後她舉起空酒瓶對店員搖了搖。

店員看見，準備走過來，蕭勝陽趕緊朝店員揮揮手，做了一個「不要」的手勢。店員對他點頭示意，接著就去忙其他的事。

蕭勝陽按下學妹高舉酒瓶的手，輕輕地取走酒瓶放到旁邊。

「我看差不多了，是不是該走了？」

在櫃檯結完帳，學妹搖搖晃晃地走在前頭，蕭勝陽跟在後面，兩人一前一後走出餐廳，學妹一邊走一邊笨拙地在她的提包裡頭像摸彩一樣不知道在撈什麼。

蕭勝陽走上前去，「在找什麼？」

兩人站在燒烤店外的停車場，學妹沒有答覆他的提問，兀自往提包裡撈著，翻了好幾下，接著把撈到的東西舉得高高的給蕭勝陽看，大聲地宣布：「找到了！」

原來是汽車鑰匙。

她拿著車鑰匙，蹣跚地往前走到她白色的車子旁，準備開車門。蕭勝陽見狀走過去，輕巧地從喝醉了的學妹手中將鑰匙抽走。

「我來開，妳上車吧。」

學妹聽話地讓出駕駛座，到另一邊開門上車，蕭勝陽也上了車，發動車子後，離開停車場。

車子行進中，學妹側身蜷縮著抱住雙腿，坐在副駕駛座上，面朝著駕駛座上專心開車的蕭勝陽。

「學長約女生，一向都這麼直接嗎？」學妹酒醉的語調，聽起來還挺可愛的。

「當然不是啊。」

「少來了！」

「眞的啦，我可是鼓起勇氣才開口的。」

「鼓什麼勇氣啦！我沒那麼可怕啊。說！爲什麼？爲什麼要約我？」

蕭勝陽猶豫了幾秒鐘，「因爲……因爲妳每次來都會害我打翻珍奶啊。」

學妹故意瞇著眼睛，彷彿抓到什麼可疑的話柄，「每次？我可是第一次去找你吧？」

他不曉得怎麼回答，索性不回答。學妹也沒追問下去，車內瞬間變安靜。蕭勝陽覺得奇怪，剛才還講話講得好好的，怎麼突然沉默了？他很快地瞥了學妹一眼，原以爲她睡著了，沒想到學妹睜著大眼睛凝視著自己，然後她開玩笑似地起了另外一個話頭。

「學長、學長……其實仔細看……你還滿帥的嘛。」她說完，又端詳了一會，更正道：「不，應該是可愛才對。」

蕭勝陽完全無法招架這樣的話題，根本不知道怎麼接話，只好專心地開車。他覺得好熱，臉一定又紅了。

車裡再次安靜下來。

他又瞥了副駕駛座一眼，結果學妹已經睡著了。

蕭勝陽慢慢開了一小段路，感覺方向盤忽然變重了，一時間沒想到發生了什麼狀況，接著方向盤劇烈晃動，車外則傳來規律的金屬碰撞聲，匡啷匡啷。

他慢慢減速靠路邊停下車子後，拉起手煞車。

學妹還在睡。

於是他下車查看，車子的左後輪胎已經乾癟貼地，只好換上備胎了。

他打開駕駛座的車門，拉起後車廂的釋放拉桿，再走到車子後面去，掀開後車廂蓋。彎腰準備取備胎時，前方在視野邊緣有黑影在晃動，他立刻抬頭看去，是學妹嗎？可是她應該在睡覺吧？他停了一下，確定沒有其他動靜，心想果然是多慮了。

他再次彎下腰的時候，黑影又閃過，他再次抬頭，赫然發現學妹已經跨過中央分隔區，坐上駕駛座了。

不妙！他轉頭看向路邊，果然一根貼著「天國近了」標語的電線桿矗立在那兒。
「不會吧？」蕭勝陽小聲地脫口而出。
下一瞬間，巨大的撞擊力道，蕭勝陽已經趴在地上。
遠方建築的外牆上顯示著九點五十分。
隨後又是兩次輾壓，蕭勝陽又死了。

紙球擊中蕭勝陽的頭那瞬間，他心中想著，重來了嗎？現在走到哪一段呢？
實驗室的門應聲扣上，沒看到誰走出去，他手中拿著學妹的作業。
忽然門又打開，學妹走了進來，她很肯定地直接走到蕭勝陽的座位前，衝著他微笑，拿起他桌上的珍奶，挪到桌子的另外一隅放妥，然後面朝著他倒退著走開，直到門口才揮手對蕭勝陽說再見，轉身離開。
學妹拉開門扉之際，手機響起，她接起手機，邊講邊走出實驗室。
「日本料理？喔，學校後門斜對面嗎？好，七點……。」聲音隨著實驗室門關上，消失。
蕭勝陽放下手中的報告，坐下看著完好的珍奶，然後雙肘撐在桌上，雙手抓著頭髮，一副苦思的模樣。此時桌上的耳麥傳來說話聲，他拿起耳麥湊在耳邊。
「哎唷，反正也不是第一次滅隊，怎樣？要不要再來一場？」是 pigeon 的聲音。
蕭勝陽看著螢幕，用語音回答會有廣播的效果，所以他用滑鼠點出訊息傳送欄，打了一段私訊傳給 pigeon：「有件事眞頭痛。」

pigeon 也用文字訊息回傳：「怎麼了？說來聽聽。」

蕭勝陽想了一下，鍵入：「我有個學妹，晚上可能會闖禍。」

pigeon 回覆：「闖什麼禍？」

是啊，闖什麼禍？怎麼講比較好？他想了一下，鍵入：「酒駕吧，大概。」

「你喜歡這個學妹嗎？」pigeon 傳回來。

蕭勝陽看著 pigeon 最後問的那個問題，遲遲沒有回覆，然後 pigeon 又丟訊息過來：「OK，那我知道了。總之只要在犯錯之前阻止她，應該就行了吧？」

蕭勝陽獨自坐在日式餐廳門口的造型石椅上滑著手機，沒多久一輛警車停在路邊，有個警察下車朝他走來，站在他面前。

蕭勝陽抬頭看著這個警察。「請問有什麼事嗎？」

「你在這裡做什麼？」

做什麼？我好端端地坐在這裡不行嗎？他心想。不過他還是平和地回答：「等朋友啊。」

他覺得這個警察有點莫名其妙，只見警察在他面前拿出手機撥了電話，幾秒後蕭勝陽的手機響了起來，他接起。

「請問你有呼叫 pigeon 嗎？」眼前的警察和電話裡的聲音重疊在一起，警察說話同時，右手食指輕輕地在左臂臂章的鴿子點了兩下。

蕭勝陽立刻站起來，「pigeon？鴿子？靠！你眞的是『鴿子』，哈！」

pigeon 笑著。

「難怪聲音聽起來那麼耳熟，幹麼不早說？」

「嘿、嘿，那！我們來等你的學妹吧！」pigeon 說。

等了一下，學妹終於出現了，他們兩個站在餐廳門口，等著學妹走近。

「咦，你們……。」學妹有點意外在這裡看見蕭勝陽，而且旁邊還站了個警察。

蕭勝陽不等學妹把話說完，上前輕輕地拉著她的手臂。

「我跟她說句話。」蕭勝陽對 pigeon 說，然後和學妹走到一旁。

「我要跟妳說一件事，等我說完，妳可能會覺得我是神經病，妳可以轉頭就走，沒關係，我會另外再想辦法。」蕭勝陽認眞地對學妹說。

學妹點點頭，靜靜地等著。

「我被困在同一天的時間裡了，直到被妳酒駕撞死，然後又會重新開始。一直重複。」他簡短扼要地說，但正因爲如此，顯得有點沒頭沒腦的，「所以，請不要喝酒，跟我待在一起！」

學妹本是面無表情，然後微笑在臉上漾開，「這是把妹的新招式嗎？」

蕭勝陽露出果然行不通的表情。

「不過……我相信你。」學妹從容地補上一句。

他喜出望外地看著學妹，「眞的？」

學妹接著說：「其實，我也被困住了……跟你一樣。」

「我以爲只有我——」蕭勝陽說著說著就停住，皺起眉頭看著學妹，「等一下！妳不會是在跟我開玩笑吧？」

「如果你是開玩笑，那我也是開玩笑。如果你不是，我當然也不是。你是嗎？」學妹正色說道。

「我說的當然是眞的。」

學妹聳聳肩說：「我相信你，怎麼你卻不相信我？」

兩人對望沒有說話，有點尷尬。

學妹先投降，「算了。不知道爲什麼，即使我卯足全力不喝酒、不開車，最後的結局總是莫名其妙地酒駕撞上你。是這樣吧？證明我沒有開玩笑囉。」

蕭勝陽點頭，說：「我覺得應該有解決的方法，我試過幾次了，只是還沒成功。」

「所以，你知道你已經被我撞死好多次了嗎？」學妹語氣柔和，略帶歉意。

蕭勝陽苦笑著點點頭。

「那現在該怎麼辦？」學妹問。

他朝 pigeon 的方向撇了一下頭，「跟我待在一起，離事故地點愈遠愈好，我找了保鑣幫我們的忙。」

學妹看了 pigeon 一眼，然後認真地凝視著蕭勝陽，往後退了兩步，搖搖頭，「不對，你記得上次的經驗嗎？要離遠的不是事故地點，是我。你不可以跟我待在一起。」

蕭勝陽往前走了兩步，試圖拉近距離，學妹則又退了兩步，這之間學妹一直注視著他。然後學妹轉身離開。他本想追上去，跨出幾步之後便停下來。他望向 pigeon，pigeon 也正看著他，他放棄追學妹，朝 pigeon 走去。

「怎麼了？」pigeon 問。

「溝通上有點問題。」

學妹剛才離去的方向，一台白色豐田汽車開出來。蕭勝陽和 pigeon 看著車子離開消失在街上。

「你可以再幫我一個忙嗎？」蕭勝陽問 pigeon。

pigeon 開著警車，蕭勝陽坐在副駕駛座，朝車窗外左右張望。

開了一小段路後，pigeon 拿起車上的警用無線電，說：「復興兩三兩請求線上警網支援協尋一輛白色的豐田汽車，剛從大學路上的日式餐廳離開。」

無線電回覆：「收到。」

蕭勝陽看著車外流逝的街景。

無線電很快就有了回應：「復興兩么洞呼叫復興兩三兩，有一輛從大學路上開出來的白色豐田汽車，在蝴蝶街上，正往原始路前進。」

「復興兩三兩收到，現在就過去。」pigeon 拿起無線電回覆。

遠處出現蝴蝶街的路牌，蕭勝陽看起來有些心神不寧，學妹的車子終於出現在前方。警車鳴笛示警，可是學妹沒有理會，仍逕自往前開，pigeon 踩油門超車到白色豐田前面停下來，學妹才不得已跟著停下來。

pigeon和蕭勝陽下車一起走到學妹的車子旁，pigeon 敲了敲車窗，車窗玻璃降下。

「下車吧，有話好好說，一味的逃跑是沒辦法解決問題的。」pigeon 說。

「我沒有要逃跑，只是想離他遠一點而已。」學妹回答。

學妹下車後，和 pigeon 一起看著蕭勝陽，他一副心不在焉的模樣，到處張望。

蕭勝陽看著這個自己死過好幾次的路口，忽然想到鬧鬼的地點會抓交替，意外死掉的人會一直重複死前的磨難，許多荒謬的超自然傳說紛至沓來湧上腦海，不荒謬啊，難道時間一直重來，就比較自然、就比較不荒謬？還不是一樣。

不過，爲什麼時間重複的起點是在實驗室，而不是直接就在這個路口？解決的方法，會不會就包含在這段時間裡面？答案是在裡面嗎？

我到底漏掉了什麼？蕭勝陽思考著。

詭異的事情出現了，上一秒還安靜的街道，不知道從哪裡出現了一輛車，朝他們三人所在的位置開來，刺眼的大燈照著三人，他們全都看向來車，pigeon 轉身面對車燈，他原本站在蕭勝陽旁邊，方向變了以後，現在變成站在蕭勝陽前面，車子、

pigeon 和蕭勝陽成一直線。

pigeon！蕭勝陽突然想到時間重來時，第一件事是在打線上遊戲，有好幾次是被BUG 卡住，最後一次是 pigeon 被困住，然後 BUG 就消失了。換句話說，如果把「不斷重複的時間」視爲 BUG，那麼只要有人被卡住，BUG 就會消失了吧？或者也可以這麼理解，陷阱被第一個人觸發後，對後面的人就會失去效用。

蕭勝陽伸掌停在 pigeon 背後三、四公分處，但沒有碰到他。

只要把他推出去……

遠方時鐘顯示爲九點四十八分。

他轉頭看學妹。九點四十九分。

他的手在發抖。九點五十分。

迎面而來的大貨車，右前輪轉動間忽然冒出煙塵，車頭瞬間失去控制。

蕭勝陽一把抓住 pigeon 的衣服往後扯，藉著拉扯的慣性，他把自己順勢甩跳出去，不偏不倚地落在車子的路徑上。他終究幹不出那種事，但是已經來不及了。

大貨車朝蕭勝陽、pigeon 和學妹三人直衝而來。失控的大貨車先撞上蕭勝陽，車體再掃過 pigeon 和學妹，結果無一倖免。大貨車、警車和豐田汽車撞成一塊，現場一團混亂。

蕭勝陽猛然從座位上驚醒，他人在實驗室裡。

他從桌上抓起手機塞進褲袋，急忙跑到實驗室門口，一把打開門，學妹正站在門口，被突如其來的開門嚇了一跳。

蕭勝陽注視著學妹，問：「妳知道了嗎？都知道了嗎？」

學妹點頭。

「所以這次要聽我的話，不要再亂跑。OK嗎？」

學妹再次點頭，他走出門越過學妹，「我們走吧。」

「去哪？」學妹問。

「找地方躲起來啊。」

「那這個怎麼辦？」學妹舉起手中的報告。

蕭勝陽從學妹手中抽走報告，回到實驗室門口，將報告輕輕地擲向自己的座位。

「走吧！」

蕭勝陽剛才隨手扔擲的報告竟然安然無恙、準確地落在他桌上的珍奶旁，這這次完全沒有撞倒任何東西。

◎

兩人離開學校，來到外面的路上，柏油路旁的停車格停滿了車輛。蕭勝陽和學妹走在人行道上，準備去開學妹的車。

「去妳家還是去我住的地方？」蕭勝陽問。

「你住的地方好了。」學妹說。

「我們就躲起來，這次就算天塌下來，也不准離開。」

兩人談話間來到學妹的白色豐田旁邊，蕭勝陽走到副駕駛座旁，學妹站在駕駛座車門邊，從肩包裡掏出車鑰匙。

「你確定這樣真的有用嗎？」學妹問，「我是指躲起來。」

一部黑色機車，騎士戴著黑色鏡片的全罩式安全帽，從學妹背後呼嘯而過，在沒有防備的狀態下，一把扯過學妹的肩包，學妹摔倒在地上，但手上仍拉著肩包不放，機車龍頭晃了一下，騎士不得不停下來，手上不忘用力拉扯肩包。

蕭勝陽衝了過去抓住騎士的手腕，騎士踹了他一腳使他往後翻倒，他倒下去時，頭不偏不倚地撞上汽車車身，砰地應聲倒在柏油路上，一時間爬不起來。

學妹看見蕭勝陽受傷，便放棄和機車騎士拉扯，機車騎士得手後，催足油門火速離開現場。

學妹蹲在蕭勝陽旁邊，半扶著他，著急地喚著：「學長、學長？」

蕭勝陽醒來睜開雙眼，呈現呆滯狀態，沒有回應學妹的呼喚。

學妹泫然欲泣，手足無措，過一下子才想到打電話，她從蕭勝陽的口袋找出手機，按好了一一九。

準備撥出時，蕭勝陽開口說話了：「手機給我。」

學妹聽到他說話，開心得不得了，趕快把手機交給他。

「學長，你沒事了？」

蕭勝陽沒有回答，有些痛苦地搖搖頭。接過手機後，把一一九刪掉，撥了另外一支電話。

電話接通後，他說：「喂？pigeon 喔？」

手機另一頭停頓了一會，有點遲疑，「你是誰？你怎麼知道 pigeon？」

蕭勝陽清了清喉嚨，「呃，我的意思是說，我想報警。」

蕭勝陽、學妹和 pigeon 三人從醫院走出來，蕭勝陽看起來沒什麼精神。

pigeon 對蕭勝陽說：「我還想說只有打電動才會用『pigeon』，怎麼會有人知道這個綽號，而且聲音挺耳熟的，我猜是你，沒想到果真是你。」

蕭勝陽笑了笑，pigeon 接著繼續說：「對了，你怎麼會有我的電話號碼？」

「上次、上次你在線上跟我說過啊。」蕭勝陽回答。

「有嗎？……算了，不重要。」pigeon 輪流看向蕭勝陽和學妹，說：「那個看明天還是後天，狀況好一點再來派出所做筆錄就可以了。」

學妹點點頭。

「多注意一下他的狀況，腦震盪可不能開玩笑，小心一點。」pigeon 又對學妹囑咐道。

「那，兩位，我先走了，bye bye。」pigeon 說完轉身走開，可是走沒幾步，又走了回來，「還是我載你們吧，車鑰匙被搶了，車也沒辦法開。回去再找找看有沒有備份鑰匙吧。」

pigeon 駕駛警車行進中，蕭勝陽和學妹一起坐在後座，車上的警用無線電斷斷續續一直有人在說話。

過一會，蕭勝陽開口問：「我們在醫院待了多久了？」

學妹看了手錶後回答：「六個小時左右吧。」

「所以……妳陪了我六個小時？」

學妹點點頭。

pigeon 從後照鏡瞄了一眼在說話的兩個人。忽然警用無線電爆出一連串急促的說話聲：「復興么么兩請線上警網支援，目前有一輛拒絕盤查的黑色機車往蝴蝶街逃跑了，車號是……。」

學妹聽見黑色機車，警覺地望向蕭勝陽，不過蕭勝陽卻無精打采地看著車窗外流逝的街景發呆。

pigeon 拿起對講機，「復興兩三兩呼叫么么兩，聽到請回答……我目前在原始路上，往蝴蝶街的方向前進，可以協助支援。」

蕭勝陽直到聽到原始路和蝴蝶街這兩條路名，才警醒過來，轉頭看著學妹，兩人四目相交。

「怎麼了嗎？」學妹察覺他的眼神變得專注，和剛才完全不一樣。

蕭勝陽答道：「妳知道事故地點在哪裡嗎？」

「車禍地點嗎？」學妹搖頭，「因為之前都是喝醉的狀態，所以……。」

pigeon 突然插話進來：「我順路辦點正事，只要耽誤一下下的時間。」

話說完，警車已經來到原始路和蝴蝶街的交叉口了。

路口一如往常沒有人，遠遠地望去可以發現原始路上有一輛機車左搖右晃地朝路口疾馳而來。

「剛好趕上。」pigeon 說，亮起紅藍警示燈號，並將警車打橫停在馬路中央，擋住機車的去向。

這時候，和原始路交會的巷子裡，有一輛大貨車開了過來，打了方向燈即將匯入原始路。

「你們兩個在車上，不要下來。」pigeon 交代完，抓著指揮棒下車。

機車高速行進，騎士遠遠地就看見巷口有輛大貨車要轉出來，不過他完全不當一回事，即便大貨車車頭已經冒出來了，他還是用亡命的速度前進，大概只差十公分的距離，驚險地從大貨車車頭閃過。

機車是閃過了，但大貨車的司機被突如其來的冒失鬼嚇了一大跳，煞車一踩死，整輛車側滑，幾乎撞上安全島，司機爲了閃開安全島，方向盤往反方向打，試圖將車頭拉回來，又爲了避免車子翻覆，踩了油門，接著就變成蛇行狀態，最後終於失控，而司機徒勞地力挽狂瀾，大貨車終究翻覆在路上，直直地朝警車滑過來。

翻覆在地的大貨車，刺眼的車頭燈刺進警車內，使得蕭勝陽不得不撇開頭，就在短短的瞬間，蕭勝陽彷彿預見了慘劇重演，大貨車會先撞上pigeon，再重擊警車，最後他和學妹兩人慘死在嚴重扭曲變形的車體內。

車外傳來pigeon的呼喊聲，他就站在警車旁邊而已，但聽起來感覺相當遙遠，悶悶的，「你們快下車！」

蕭勝陽抓住學妹的肩膀，指著車門外，「快下車！妳等一下往另外一邊跑！有沒有聽到？」

他越過學妹幫她打開她那一側的車門，然後才打開自己這邊的車門下車，他回頭確認學妹也已經下車了，又用力地朝另一邊比劃，要學妹快跑。

然後他往反方向跑去，蕭勝陽看見貼著「天國近了」的電線桿，認準那個方向衝過去，他邊跑邊回頭注意大貨車，大貨車竟然變成朝他滑來，形成他被大貨車追著跑的狀態。

果然是衝著他來的！

忽然間，有人拉住蕭勝陽的手，他回頭看見拉他的人正是學妹。

「我不是說——」蕭勝陽話沒說完，學妹緊緊抱著他，並在他臉頰上輕輕地吻了一下。

「對不起，讓你受了那麼多痛苦。」

說完，學妹出其不意地推了蕭勝陽一把，他跌坐在地上。

然後她轉身朝大貨車跑去。

「不！不要！不是這樣啊！」蕭勝陽大喊。

強光讓蕭勝陽睜不開眼，他伸手遮住，而學妹的身影像溶化一樣，消失在強光裡。

下一瞬間，一枚人影彈飛出去。

大貨車一路滑行到距離蕭勝陽兩公尺處才停下來。

煙塵飄飛中，蕭勝陽全身發抖，他並不知道自己已經淚流滿面，拚了命想站起來，卻一直摔倒。pigeon 從一旁跑過來，扶他站起來，他趕快跑到學妹飛出去的落點，才幾步路他又摔倒在地，掙扎著站起來，繼續跑過去。

遠處的電子時鐘顯示著九點五十分。

學妹就躺在「天國近了」的電線桿旁邊，那個位置以前是屬於蕭勝陽的。

他哭得稀里嘩啦，走上前去。

結果那個人不是學妹。

帶著黑色鏡片全罩式安全帽的男人趴在那裡。電線桿下有一部攔腰折斷的黑色機車。

學妹呢？

蕭勝陽四處張望，既著急又帶著期望地找尋學妹的蹤跡。

最後他發現學妹倒臥在大貨車旁邊不遠處的地上。

他跑過去，看見學妹四肢完好，跪在她身邊，將她攬在懷中，探了探鼻息，看見學妹閉著的雙眼，眼皮用力擠了擠，除了擦傷之外沒有大礙。

蕭勝陽激動得開心大喊：「pigeon！pigeon！趕快幫忙報警啊！」

「報什麼警啦！我就是警察啊！」pigeon 邊喊邊跑過來。

「我是說！叫救護車啦！」蕭勝陽喊著。

絕大部分的倖存者應該都不知道。只有極少數人明白，得經歷過多少次的失敗才能走到這一步。關於整個事件的始末，蕭勝陽不清楚如何開始的，但他知道是怎麼結束的。現場一片狼籍，遠方的電子時鐘顯示著九點五十分。

然後……

九點五十一分。

・劇本摘錄・

3	
時間	日
場景	研究所實驗室
人物	蕭勝陽、胡琳迦、男同學、女同學

△實驗室裡只有蕭勝陽和他同學兩人，蕭勝陽坐在位置上，專注地盯著螢幕。

△電腦螢幕所在的桌面上，堆滿參考書、影印文件與電路板和電烙鐵等雜物，一旁是吃完的泡麵空碗、手機放在螢幕旁邊。

△男同學手上拿著一杯沒開封的珍奶，走到蕭勝陽旁邊，叫了一聲嚇到蕭勝陽。

蕭勝陽：靠杯喔！

男同學：臭俗辣就不要玩恐怖遊戲啊。吶，這個給你。

△男同學將珍奶放在蕭勝陽桌上，走回隔壁座位。

△蕭勝陽用吸管戳珍奶，吸了一口。

蕭勝陽：珍珠怎麼這麼硬啊？

男同學：昨天買給我女朋友，結果她說減肥不喝。

蕭勝陽：你有冰嗎？靠——我都撿剩的喔。

男同學：加減喝啦，不要在那邊唧唧歪歪的。

△男同學邊說邊走回一旁的座位

△蕭勝陽喝著珍奶，操作滑鼠玩遊戲。螢幕上是電腦遊戲的載入畫面，詭異的畫面上LOADING字樣規律而緩慢的明滅著，畫面上也出現一段文字：「臺灣民間習俗中，凡生前橫死之魂魄，會在特定時地，重複死前痛苦的片刻，唯有找人頂替自己，方能得到解脫。俗稱——抓交替。」

△實驗室門把轉動，門被推開。

胡琳迦、女同學：（畫外音）不好意思。（兩次）

△蕭勝陽第二次才聽見有人說話，抬頭看。

△兩名裝扮入時的年輕女孩站在蕭勝陽座位前方，蕭勝陽清了清喉嚨，三人相對無語，氣氛顯得尷尬。

女同學：哈囉，學長。我們來交期中報告的。

△女同學笑著舉起手上的報告。蕭勝陽發現手上還拿著珍奶，趕緊將剩下的珍奶放到桌上，站起來，指著雜亂桌上的某個角落。

蕭勝陽：喔、喔，那個放著就可以了。

△女同學順手將胡琳迦的報告一起拿了過去放桌上。

△蕭勝陽瞄到胡琳迦，她也剛好和蕭勝陽對上眼，兩人不知道該說什麼。

△女同學走回胡琳迦身旁。

女同學：謝謝學長。

△語畢，兩人朝門口走去。蕭勝陽望著胡琳迦背影，目送她離開。

△胡琳迦走到門口止住，轉向蕭勝陽。

胡琳迦：學長 BYEBYE！

△胡琳迦離開實驗室。

△蕭勝陽傻笑著，一團紙球飛過來擊中蕭勝陽的頭。

男同學：靠！看你那樣子，就知道你被煞到了。

△蕭勝陽拿起報告瞧一瞧，封面印著日期（四月十日），一隅有「三年甲班　胡琳迦」。

△男同學跑過來，搶著要看報告上的名字。

男同學：欸！我看一下叫什麼名字？

△兩人打鬧間不慎撞到桌上那杯珍奶，珍奶傾倒溢了滿桌，也流向了螢幕旁的手機。

△蕭勝陽快速將手機拿起來，甩了甩。

蕭勝陽：啊！幹！弄到我的手機了啦。

4		
時間	昏	
場景	洗手台	
人物	蕭勝陽	

△蕭勝陽用衛生紙擦著手機，這時手機響起，顯示媽媽來電。

蕭勝陽：（畫外音／台語）會啦，我月底會回去啦。

4A 昏 系館大樓外

△蕭勝陽走出大樓門口，邊說著電話，一路穿過校園，走向大門。

蕭勝陽：我們老闆就很機車啊。知道，錢夠用啊，我還有研究經費，不用擔心啦。

△蕭勝陽經過校園一隅，看到一位女生對著一位男生大聲吼著。

校園女：你也太晚到了吧！我都快餓死了。

校園男：對不起啦，那我們去吃燒烤。

校園女：我不要，吃完臭死了，我想吃火鍋。

蕭勝陽：（對手機說）好啦。先這樣啦，我要回家了。

4B 昏 校門路口

△蕭勝陽站在路沿，等著過馬路。小綠人亮起，他抬頭瞥了一眼，旋即跨出步伐，注意力又回到手機上，身旁忽然傳來驚呼聲，他轉頭查看。

△身旁一名中年男子手上拿著一杯咖啡，被對向行人撞上，灑在身上。

△蕭勝陽見狀從背包掏出整包面紙遞給中年男子。中年男子邊咒罵，邊向蕭勝陽道謝。

△事畢，蕭勝陽往前走，來到一旁的巷子便轉進去。

隧道

張耀升

如果能有機會再遇見李靜如，他希望能送她一盞燈。小小的，可以提在手上的那種，不要冷光，要有一點感情，橘黃色，至少在視覺上溫暖。

不要太亮，暗一點好，陪她走了一段後就自然耗盡。因爲靜如需要的，不是太陽或月亮那種恆久的光，那都太亮了，會讓靜如看見自己的殘破，只需要一點點，像是遠方山谷的車頭燈迴繞間在夜裡漫射出的霧中的迷濛，像是深夜裡的白雲般，從山巒頂端逸走那種。

這樣就好，遠遠的，淡淡的，過客一般，萍水相逢，不必相送。

他知道這對靜如是最好的，他瞭解，儘管他們相遇僅僅三天。

第一天

他趁著天色未明，回到這個海邊小鎮。

一輛搬家貨車在起伏的靠海山路上蜿蜒前進，黑夜的車廂裡僅有司機咬著的菸頭在吸吐間閃爍紅光，坐在副駕駛座的他嘗試開啟幾個話題，與司機來回幾句後，明顯感覺彼此頻率不同難以對話。

一陣沉默後，坐在副駕駛座的他拉下車窗，讓風灌進來，呼呼的風吹亂他的頭髮，強風壓著他的眉頭，他的眉宇間鎖著一層無法伸展開來的憂慮。

沒有人知道他是下了多大的決心才搬回這裡，沿途的景色恰恰是個對比，彷如暗夜行舟的小貨車沿著山岸浮游，夜色稀釋人煙、淡薄山樹，風冷而雨朦，只有他一個人內心滿是各種回憶的煙硝。

天光如同一浪白水湧進夜色，調出白灰抹在街景上，刷亮了城市的斑駁。長期且密集的雨水海風浸潤下，所有的建築物與人的外觀都鍍上一層滄桑，多年前經濟繁榮時期建商曾經在這裡蓋了許多新式建築，他們發揮各種建築創意，在當時是一片美好的榮景，但是榮景過了，好時機也過了，這些新穎的建築被人們生活久了，被濕氣籠罩久了，都露出它們不適宜居住的面目。

日出後，山頭一片明亮，就在陽光如烈焰般燃燒到眼前之際，貨車進入隧道，沒入黑暗。

抵達目的地時，已是早上七點，車子緩緩停進一個老舊集合住宅的入口，明暗反差過大，從入口的通道往外看，外面的風景一片慘白，灰牆則退化成黑色剪影。

隨著倒車、停車的聲響，司機下車把家具搬下來，副駕駛座的他抹抹臉，試著擦掉臉上的憂鬱，深吸一口氣，提著私人物品跟著下車往集合住宅內走去。

此時身材纖細的她綁著馬尾從公寓內走出來，她上半身挺立優雅，下半身步伐短促，像拖著一條咬著地面的根，每一步都帶著樹根撕裂的痛楚。

他站到一旁讓出通道給她，她面無表情，對他的注視沒有回應。

搬家貨車的司機搬著他的床走進通道，這一男一女只好靠在牆邊站立讓床通過。她抬頭，花了一小段時間將眼神聚焦在他身上，隨後，像是認出一幅畫那般，給出一個禮貌性的微笑。

他一直看著她的背影，看著她馬尾上晃動的紅色髮帶像一隻蝴蝶飛離而遠去。

第二次見面，是在當天下午的公寓頂樓。

來到頂樓收床單的他看見她爬上頂樓圍牆坐下。

她一坐下來就定住不動，像個雕像，只有偶爾吹拂的風擾動她的頭髮與衣襬，證明她不是圍牆的一部分。

不遠處火車呼嘯而過，音浪為這片眼前的靜止畫面帶來壓迫感，並持續了一段時間。

他緩緩靠近，試圖讓她分心，問：「小姐妳可以過來幫我一下嗎？」

她沒有回應。

他往前走，再問：「好像快下雨了，可以幫我收一下衣服嗎？」

這句話顯然是謊言，此時天台上萬里無雲，斜射的夕陽溫暖而明亮。

在她即將失去平衡而倒下的一瞬間，他跨步向前抓住她，讓她倒入他的懷中。

她不知道身後的人是誰，也許是誰都無所謂，只說：「你可以抱我嗎？我想我可能要死了。」

兩人在天井圍牆上的背影，成了天井的一部分。

「李靜如小姐的情況我們大概瞭解，請您在外面稍候。」急診室的護士顯然面對這個病患許多次，只有丟下例行公事般的這句話。

「李靜如。」在醫院長椅等待的時間裡，他一直反覆唸著這三個字，直到眼前的醫院長廊逐漸模糊扭曲褪色成爲另一個老舊醫院的長廊。

他知道這是夢，也認得這個長廊，十五歲那年，他每天放學後都來到這裡。

如同以往，重複且規律，他起身往前，走到盡頭後左轉，那裡有一間病房，裡面傳來醫療器材運作的聲音。

一個女人躺在病床上，閉著眼睛。

十五歲的他走到病床邊，推推女人的手臂，輕聲說：「媽媽。」

女人沒有反應，身體卻散成一片沙。

如同以往，他告訴自己，這是夢，快醒來，但是如同以往，這眼前的殘酷沒有終點。

「我已經不是小孩子了。」他帶著這句話從夢中驚醒。眼前的長廊又回到原先的模樣，深夜，安靜，陰暗而飄浮著消毒水的氣味。

一個老醫師緩緩走到他面前，說：「李靜如小姐只是重複吃了幾顆處方藥，沒有大礙，等一下你會送她回家嗎？」

他點點頭，老醫師繼續說：「最近換季，病患容易情緒不穩，請你多留意她一下。如果她家裡有什麼容易傷到自己的物品，也幫她收起來。」

帶著這樣的請求與指令，他送她回家。李靜如的家中堆放著的許多打開後並沒有整理歸位的紙箱，他推測她是個外地客，且沒有打算久留。

「進來坐吧，謝謝你。」李靜如說。

他在屋內獲得更多細節，紙箱中跳舞的照片，牆角桌上的藥物、藥袋。

「你要喝什麼？」她問，她走到櫃子旁邊，拿出玻璃杯。

「給我一杯水就好了。」

她倒了兩杯酒，一杯自己拿著，一杯走過來拿給他，在他接過酒後，李靜如又退了回去，兩人保持一段距離。

「抱歉我只有酒。」她喝了一大口酒，而他的眼神透露著懷疑。

她笑了笑說：「我不是酒鬼。我只是以前跳舞受過傷，天氣冷很不舒服，喝點酒會好一些。」

「我以爲是車禍的關係。」他看著紙箱中的照片，照片中她的舞姿很美，被捕捉的剎那有著往時間前後延伸的力量，不似眼前的她，僅剩破敗。

「你還查了些什麼？」

「護士說了一些，我也從網路上找到一些資料，李靜如，台灣首席女舞者，五年前未婚懷孕後因爲車禍而退出舞蹈界，網路上有很多報導。」

「那都只是新聞報導而已。」她走到窗邊，一口氣把酒杯裡的酒喝光，嘆了一口氣，因爲逆光，他無法看清楚她的表情。

她給了一個苦笑，說：「那有提到，我孩子死在我肚子裡嗎？」

這句話令他感到羞愧，他不免想起，他在每一日的工作中是如何面對那些多多少少想談論他過去的人，無論親疏遠近或是出於眞心關懷，都是傷害。

他喝完杯中的酒，走向她，他說：「那些都只是報導而已。」而她已經淚如雨下。

他爲自己的粗魯與無禮感到懊悔，他想起回到這裡之前，他的保釋官曾來探望他。當時的保釋官已經知道他打算搬回家鄉，帶著看似測量海溝深度的眼神來他工作的海產店看他。

他一看到保釋官就放下手上的魚獲對他說：「不好意思，再等我一下下。」保釋官站在一旁觀察他，說：「做得挺上手的嘛。」

「還好啦，做久就習慣了，習慣了就比較快。」他拿了一袋海鮮走出店外交給保釋官，說：「這幾條魚賣相不好，老闆說可以送你。」

「已經三年了，現在我對你很放心。」眼看保釋官的打火機點了幾次都沒點燃，他拿出自己的打火機幫保釋官點煙，保釋官又說：「回去之後，有打算回去看家人嗎？」

他避開保釋官的眼神，說：「我，應該還是不要打擾他們比較好。」

保釋官：「事情都過了那麼久了……。」

他沒有告訴保釋官，事情過了那麼久，但是事情永遠不會過去。

事實上，不管三年或十年，他的時間從「那一天」起就沒有再往前，甚至，從那天起，所有對他的惡意跟羞辱他都無所謂，唯獨關懷令他難以承受，因爲那會穿透他的防備，浸潤他的意志而令他軟弱。

此時的他很想擁抱眼前這位如同廢墟一般的女子，但是他沒有勇氣。他早已被她看穿，她那冷冷的眼神訕笑著他全身上下努力裝扮出來的陽光朝氣。

相對於此，他心中只有一片黑，而她知道。

她知道在這之前的每天晚上，住在她隔壁的這位鄰居必然與她一樣做著惡夢。在她的夢境裡，她總是在一團迷霧中，隱約看到兩個模糊的人影跪在地上，走近一看，似乎是一個媽媽跪著抱小孩的雕像。隨著步伐的接近，她聽見濃重的呼吸，越是接近，她越是清楚看到雕像中的媽媽擁抱著小孩的力道越來越大，小孩的表情也越來越痛苦，此時他才發現那並不是雕像，而那位幾乎要將小孩掐死的母親便是她自己。

在同一個深夜的夢境裡，隔壁房間的他正處在母親的那間病房中，病床上的媽媽全身癱瘓，就連痛苦也難以傳達，僅有微弱的表情。他站在媽媽身邊，幫她擦臉，梳頭髮。搖搖晃晃地，媽媽的眼神落向他，有了一點意識。

他問：「媽？你要說什麼嗎？怎麼了？你要說什麼嗎？」

媽媽的眼神有了一瞬間的凝視，認出了他。她嘴唇顫抖想講話，他把耳朵靠向媽媽嘴邊，但是周遭卻出現吵雜的音樂聲，完全淹沒媽媽的唇語，令他在極度的焦慮中醒來。

他很想在醒來後走到隔壁敲門，請她倒一杯酒給自己，然後告訴她，不要害怕，你不是唯一做惡夢的人，但是這僅僅是念頭，兩個有傷的人之間，總有各自的藩籬與隔絕，限制自己，也限制對方。

第二天

才剛過了午夜，他就從同一個惡夢中醒來。

他喝了一口水，看見手機上她傳來的訊息：「你想不想看我跳舞？」

他想起老醫師的警告，深怕她突如其來的舉動，連忙披上外套跑向她房間，門沒關，門內空無一人，樓下傳來汽車發動的聲音，他急奔至樓下，只見她駛離停車場的車尾燈，他只好跨上機車追上。

深夜的車很少，到了海邊公路上，就只有他們兩人陪伴彼此。走了一段下坡路，她與他的車進入山區隧道，她把車子慢下來，將車轉進了涵洞裡。

他將機車靠邊停，再回頭走向涵洞。從他的視線看過去，她站在車旁，涵洞另一頭不斷有車輛伴隨著嘩嘩的聲音與光線經過，她的身影像一個黑色的剪紙，一動也不動，好像永遠貼在這個畫面中。

半晌，黑色剪紙恢復成人型，走進車陣中。

她在車道正中央跳起舞來。

她轉著圈，在車流中。

她跳躍並將身體抽高後往前一跳，路過的司機怒按喇叭。

她奔向迎面而來的光點，車輛急忙往旁一偏閃過她，司機在她身後爆出一串三字經。

她不斷旋轉，帶著憤怒與痛苦，直到汗水浸濕她的頭髮，將她的紅色髮帶浸濕而顯得更接近血的色澤。受過傷的她動作遠不如以往流暢，旋轉過度後失控，身體往旁一偏往隔壁車道倒去，他趕緊一個箭步上前將她拉到路邊。

「你來了。」

她笑，將他拉近，吻了他。

他回應了她的吻。

他帶給她喘息。

她帶給他汗水。

她的紅色髮帶掉落地上，隨著車流捲起的隧道風翻滾。

還是舞者的時候，她曾有一個瘋狂女粉絲，那個女粉絲買了每一場表演的第一排正中間的票，這樣的舉動一度讓她緊張，深怕對方會有什麼樣的激烈行爲，然而女粉絲只是安靜地坐在第一排正中間，乾淨整齊的打扮，眼線、眉型與腮紅極度刻意勾勒出明亮的神采，開場前到，安可之後離開，沒有獻花，沒有卡片，從不多留，後來她放心了習慣了，漸漸把這個人當成表演的定海針，只要女粉絲在場，她就安心穩定，從此她的舞蹈因爲專注而進入另一個層次，在舞蹈界無人能敵。

彷彿是不願目睹她的殞落，這位粉絲在她出車禍前半年就不再出現，她沒有多去猜想原因，畢竟世界級的殿堂在她前面閃耀光芒，她無暇回頭。

車禍後經歷漫長的復健，她曾試著返回舞台。她知道一流的舞團容不下仍帶著傷的她，但她在次級的舞團中依舊會被當作巨星對待，就算無法上台，她還是可以教舞、編舞，仍有她的容身之處，於是她穿上最好的衣服，上髮廊整理妝髮，帶著名牌包前去次級舞團面試。

她是那樣自信滿滿，直到進了大樓，走入電梯，在電梯關上後從鏡面的電梯門看見自己的模樣。整齊乾淨，眼線、眉型與腮紅極度刻意勾勒的神采，讓她想起那個女粉絲。一瞬間她心領神會，知曉那樣的表面裝扮都僅僅只是裝扮，皮相下的內在是另一片風景，慘絕而淒絕。

女粉絲來看她的表演是因爲她明亮耀眼，令她心生嚮往，而女粉絲始終沒有接近她，是因爲自慚形穢。

她沒有進去面試就離開了那棟大樓，接著搬家來到這個小鎮，任由日復一日的疼痛削去她的堅持與理智，任由自己荒蕪頹敗。

拜託，求求你，在我心中放把火，燒掉所有的荒煙蔓草。抱著這樣的祈求，她帶著他回到家中，在他面前脫下上衣，露出女舞者條理分明的身形，細長結實的手臂與肩膀，偏小而挺立的乳房與收束的腰線，接著她請他幫她脫下裙子，請他親臨那一片屠殺與暴虐的風景。

她的髖骨附近佈滿密密麻麻的疤痕，交錯而深淺不一，看得出來是各種重複的手術疊床架屋後的痕跡。

他後退一步，她卻拉著他的手，帶著他，撫過這上面的每一條疤痕。

像是在輕觸一件紡織工藝品，他的手指撫觸那些疤痕，蜿蜒，起伏，如同天光雲影掃過山脊上的公路。

她緊緊抱著他，帶領著他進入體內，帶領著他壓在她依舊破裂的骨盆上，讓劇痛如萬根針從她最裡面竄向全身，然後，她帶著全身的顫抖與滿臉的淚痕，要求他不要停下來。

「我愛妳。」他說。

而她在劇痛中無法回應。

第三天

清晨，他與她被鄰居發現兩人在房中昏迷休克而一起被送到醫院，她在到院前失去生命跡象，而他急救後脫離險境。

警方調查，認定是殉情，只不過，由於他是尚在假釋期的前科犯，特別引人注意，警方高度懷疑他而請他再次來到警局製作筆錄。

那是一場名爲筆錄實爲偵訊的騙局，保釋官力勸他千萬不要赴約。

「偵察已經結束，你不用去的，他們對你有偏見，去了只是方便他們安插罪名在你身上。」保釋官這麼說。

「我知道。」他淡淡地回：「我不會去。」然而當保釋官離開，他卻穿上外套騎上摩托車前往警局。

一進入警局，承辦警官就對他露出大大的笑容，邀請他進入偵訊室，接著把門關上，轉身抹去原先的笑容，一邊說話一邊將她的遺體照片一張一張整齊攤開在他面前。

承辦警官拉椅子坐下，說：「鄰居說音樂很大聲，上樓查看發現門沒關。你跟這位小姐躺在床上，兩個人都沒有反應，女生到院前沒有心跳。院方說你們是殉情，可是你現在好好的坐在我面前，你們是怎麼認識的？」

「我第一次見到她的時候，她差點昏倒在頂樓天台上。我送她去醫院，陪了她一晚，知道她以前是一個很有名的舞蹈家。」

承辦警官把她的屍體照片推到他面前，說：「這位李小姐是因爲注射過量藥物而死的。如果你們是殉情，在法律上你無罪。」承辦警官沉默半晌，接著拿出一張裝在透明塑膠袋中的信，說：「這是李小姐的遺書，上面可沒有寫說有人要陪他一起死。」

面對沉默不語的他，承辦警官說：「你該不會想跟我說你們是一見鍾情吧！她認識你第三天就死了，到底發生什麼事？」

「警察先生，我跟她一樣，一起送到醫院後才被救回來。如果晚了一點，你現在應該是站在冰櫃前質詢我。」

「所以是這位李小姐動手殺你之後才自殺？」

「她不會殺我。」

「也許她只是想找人陪葬？」

「她不會殺我，你們都不了解她，她只是需要一個人陪。」

承辦警官重拍一下桌面，問：「陪她，她現在在哪？在冰庫裡。你在假釋期內，去陪一個有狀況的名人，不會太高調嗎？喔，忘了你也是個名人，我還記得你的新聞。有哪家的小孩會殺了重病的媽媽？」

沒有料到這個問題，毫無心理準備的他從心底深處生起一股對眼前這位警察的恨意，他知道這是警方的質詢技術，多年前他已經經歷過一次，被問了無數次同樣的問題，以及一次次地被要求陳述事發過程。

第一次偵訊時，他說，當他拿著枕頭準備悶住媽媽的臉，媽媽轉頭看著他，媽媽短暫恢復了意識，看著他，微微的點頭，以氣聲對他說了聲：「謝謝。」話還沒說完，當時負責質詢的員警就一巴掌將他打到地上，他吐出幾顆牙齒，帶著滿嘴鮮血起身坐回位子上，然後被要求再說一次，重複幾次後，他知道該刪掉的是媽媽望著他說謝謝這一段，據說那是罪犯才會想得出來的脫罪之詞，那些大人都這樣說。

十年過去了，眼前的承辦警官看起來與十年前打他逼他認罪的警察沒有兩樣，他們都是一臉不屑看著他，設法激怒他，讓他情緒波動而露出「破綻」。他感嘆著眼前的承辦警官可能缺乏想像力，想像不到這十年他究竟經歷了什麼。

他調整呼吸後，緩緩告訴承辦警官：「這些話我在法庭上說過了，其他話我也不想說。你不會懂，我也不需要你懂。」他試圖讓自己語調平淡面無表情，但是當他說完後將臉別過去，眼淚還是落了下來，他重複說著：「我也不需要你懂」，最後變成氣音與哽咽的喃喃自語。

離開警局後，他將摩托車騎上濱海公路，下午的天光因為雲彩流動的關係時陰時晴，他想起他與她做愛後，兩人互相凝視著，她對他露出一個淺淺的微笑，問：「你，可以幫我一個忙嗎？」

他沉默了一下，半晌，點頭。

這件事他沒有告訴警方，就如同他剛剛在承辦警官面前說的：「其他話我也不想說。你不會懂，我也不需要你懂。」

他將車騎進隧道，往隧道內看，前方隧道中一點一點的隧道燈排列整齊如同一整排的燭火，像是一個神祕儀式祭壇。行走其中，他想起她曾跟他說車禍後，她好像走進一個很長的隧道，隧道裡只有她一個人。她走了很久一直看不到出口。她覺得這是一場惡夢，可是她醒不過來，眞正在隧道裡的人，是沒有機會醒來的。

他在涵洞旁停下摩托車，走進涵洞，他緩緩前行，抬頭看著涵洞頂部的燈光，每走幾步就進入照明範圍內，也每走幾步就進去相對黯淡的區域，於是光與暗，明與滅，一陣一陣灑在他身上。

那一晚，依照李靜如的要求幫她注射針劑後，她的體力迅速流失而不斷發抖，李靜如看著他，眼神迷茫，猶如媽媽生前望向他的最後一眼。

就在李靜如用了最後的力氣跟他說：「謝謝，再見。」之後，他拿起另一管針筒往自己手臂扎下。

他緊抱著她，逐漸昏迷過去，在這個煙塵漫揚的室內，陽光斜射進來，看起來安靜溫暖美好。

而現在的他回到隧道內，凝視著她原先跳舞的位置，突然瞥見她的那條紅色髮帶在車流捲起的隧道風中飛舞，他看準車流動態向前撿起那條髮帶。

他緊緊握著那條髮帶，深怕它又在眼前飛走，因爲這是這個世界上，僅存的，她唯一能讓他保有的物品，是她曾經存在的證明，也是她從此不在的證據。

現在的他，是獨自一人在隧道中。

如果能再遇到李靜如一次，他希望李靜如能送他一張紙。

最好是牛皮紙，可以承受多一間時間與汗水的折磨。

他隨身攜帶一隻字跡清晰，墨水不會褪色的筆。

如果他們能有機會再相遇，且注定還會再分離，他會在李靜如送她的紙上寫著：

「如果有人問我關於我跟妳的故事，我只能告訴他我也走在一個隧道裡，在那個隧道的最深處，我遇到了一個人，她叫做李靜如，她就是妳。」

如此一來，無法離開隧道的李靜如可以帶著他送她的燈繼續往前走，在某個失去希望的時刻，她能就著那盞灰暗而橘黃的燈看紙上的這句話。

那不會帶來足夠的力量，或是任何意義，但是對身在隧道中的人來說，不明不亮，淡淡遠遠，猶如星光，僅此而已，僅此就夠。

・劇本摘錄・

6	
時間	夜
場景	魚市場

△深夜吵雜的魚市場，哲生正在整理魚貨，保釋官站在一旁看他工作。魚市場的工作量很大，魚貨在地上拖，冰塊跟水花四濺，保釋官觀察工作中的哲生。

△哲生做完已經滿頭大汗，他拿毛巾擦汗，接著準備下班。哲生走向停車場時，保釋官也跟上。

保釋官：做得挺上手的嘛。

哲生：還好啦，做久就習慣了，習慣了就比較快。

7	
時間	夜
場景	停車場

△兩人走到停車場，哲生在機車前戴安全帽的時候，保釋官拿出小筆記本，寫下一個電話號碼，撕下給哲生。

保釋官：這是我老婆的手機號碼。

哲生：（笑了一下）謝謝，但是我比較想要你女兒的號碼。

保釋官：我女兒都老到可以當你媽，你如果找不到我可以打給我老婆，不要像上次一樣，沒有講一聲就沒有來報到，身爲觀護人，我會很困擾。

哲生：已經三年了，你可以放心。謝謝你幫我。

保釋官：你救的那個人，李靜如，她的資料我看了，她讓我想起一個人。你不要跟她靠太近。

哲生：那件事情過很久了。

保釋官：不夠久，你假釋期還有一半，記錄不會消失，你多注意一下。

△哲生看著保釋官，半响，保釋官拍了一下哲生的臂膀，哲生才點點頭，有著一種被理解的感動。

8	
時間	日
場景	哲生幼年的家裡

△夢境裡，一個蒼白的房間，哲生的母親躺在病床上，周圍都是醫療器材，呼吸器、心跳記錄、點滴以及抽痰機，環境有點非寫實的氣氛，有些煙霧瀰漫，病床上的媽媽全身癱瘓，就連痛苦的表情也很微弱。

△哲生站在媽媽身邊，他把媽媽的呼吸器拿下來，幫她擦臉，梳頭髮。

△在這個過程中，悶悶的音樂聲進來，媽媽感覺到哲生的存在，看著他，嘴唇顫抖，想講話，哲生把耳朵靠向媽媽嘴邊，但音樂也越來越大聲，完全淹沒媽媽的唇語，此時的音樂聲大到令人無法忍受。

9	
時間	夜
場景	哲生的房間

△接上一場的音樂聲，但這音樂變得非常清楚，顯然就在附近。哲生從沙發上猛來醒來。哲生走到黑暗的走廊，看到隔壁的門沒有關緊，露出一條線的光。走進去看，李靜如沒有關上音樂，也沒有在房間中。走到陽台的窗戶沒有關，風吹動著窗簾，哲生往前走到陽台，只見李靜如在樓下開車離開。

10	
時間	夜
場景	濱海公路

△李靜如的車子不斷往前，她不知道哲生的摩托車從車流中追上來。

哲生（V.O.）：出院那天醫生告訴我，她很不穩定，我帶她出院送她回家，想要跟她保持距離。

△在海邊的某一段公路上，就像是只有他們兩人陪伴彼此，走了一段下坡路。兩台車走到了車潮較多的區域。李靜如車子進了隧道，哲生也將機車騎進這個雙孔雙向隧道裡。

哲生（V.O.）：我知道照顧一個不穩定的人是非常痛苦的。可是三天後，我愛上了她。我一直想疏遠她，卻又一直追著她。

△哲生發現李靜如把車子慢下來，哲生也保持安全距離，李靜如隨即將車轉進了涵洞裡。

△哲生經過涵洞，發覺李靜如的車停著，於是往前將機車靠邊停，再回頭走向涵洞。從鎮東視線看過去，李靜如在車旁站著，涵洞另一頭不斷有車量伴隨著嘩嘩的聲音與光線經過，李靜如的身影像一個黑色的剪紙，她一動也不動，好像永遠貼在這個畫面中。大約靜止了五秒，這個黑色的剪紙，才恢復成人型，李靜如走進這個車輛流瀉的車陣中，哲生被這個行為嚇到，準備上前制止。

△只見李靜如在車道正中央跳起舞來。動作很優雅，但是車來車往看起來很危險。李靜如的舞蹈動作越來越大，也差點與車子擦撞，司機憤怒按喇叭。

△李靜如有個旋轉動作非常大，停下來的時候身體往旁邊一偏，差點被車撞倒，哲生趕緊上前，將李靜如拉到路邊。

△兩個人的距離瞬間變得很近，李靜如的汗珠一顆一顆滴下來，李靜如主動將哲生拉過來，她吻了哲生。

△李靜如的紅色髮帶掉落，她的頭髮垂落下來。紅色髮帶在車流中翻滾，就像他們兩人激吻滾到地上，他們擁抱、纏綿，車子紛紛繞過他們。

後記

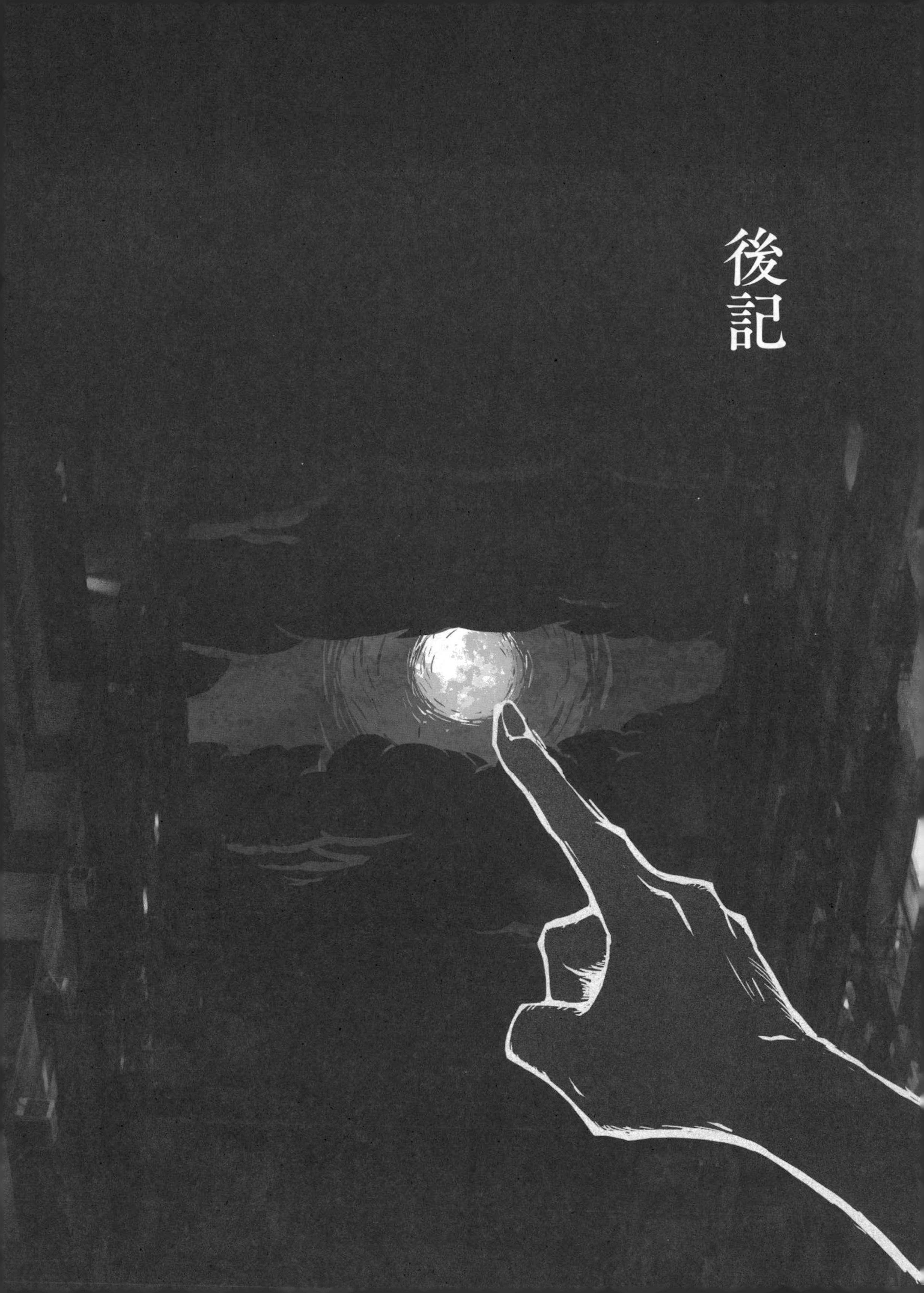

後記一：我只是看著牠們吃肉吃了一下午

王仁芳

初入行時，帶著熱血敲字，橫衝直撞，我手寫我口、寫我心，雖情感坦然，但太過直球對決，少了琢磨幽微的意趣。而缺乏人生經驗，更是一大硬傷，寫出的人物總被嫌棄言語幼稚、計謀淺薄。畢竟世上資源有限，長大只能靠自己努力，世界不會等你。所幸當你擅長的勞動是寫作的時候，有一種方便，因爲只要有一台電腦（以前是一支有墨水的筆和可以染上字的紙），隨時隨處，你就能寫。憑著不放棄的執著性格，和同被嫌棄文字的好友約定，每日寫五百字隨筆，任何題材、任何形式，只要寫、持續的寫，終有一天有所進益。

後來發現這五百字給予我非常大的快樂。工作時總是被交派要寫什麼內容，戰戰兢兢地想符合業主的要求，追逐著一項項標準。這五百字卻是我能恣意發揮的天馬行空，把日常所遇、腦內奇想，隨意彎折扭曲成自己想要的樣子，創世者的權力感，十分令人滿足。〈虎〉就是在這隨筆約定下的產物。一段時間裡迷上了獨自到處去旅行，那日去到了美國最南端，佛羅里達的一處動物園。我不是一個方向感好的人，胡亂走著就來到了豢養虎的大園，即使有著比台灣大好幾倍的活動區塊，這佛羅里達虎仍對被攔在蜂巢狀網格後的生活感到不滿意，牠飛快地沿著圍欄邊竄過來又竄過去，怒氣沖天，圍觀者都不自覺退後了幾步，我卻感到，活生生的、野放的生命力，那是活在蒼白都市叢林中的人們，忘卻遠離的。

另一處園區裡，住著像是更雄壯些的貓咪，兩隻幼豹。幼豹在下午負責的，是吃午餐給大家看。工作人員拿著長竹籤，叉起一塊塊小生肉，輪流餵食兩隻幼豹，童稚的臉龐配上血淋淋的肉塊，某片刻突然想起了藍西莫導演的《單身動物園》（The lobster），看似乾淨無波的形體變化，實際上卻是由血肉模糊的撕扯轉換而來的。想起那對電影裡的戀人，想起夫妻關係，想到：若是有一位丈夫，天天去動物園裡面，看那隻把牠妻子吃掉的老虎，那會是什麼樣的光景？他看的是老虎、是妻子、還是他自己？於是故事開始在腦內編織，想到的是悠遊肆意的妻子與強自包容卻掌控不住她的丈夫，直到妻子玩火玩到開心地把自己燃燒殆盡的那一刻，丈夫經歷這一切的複雜感受。

這是一篇富有多重意涵的書寫，蘊含不同解釋空間，作爲短篇小說沒有問題，但要化爲影視作品，卻有其困難。在鏡文學爲《驚悚劇場》得獎者上的第一堂課上即受到挑戰，丈夫作爲這篇作品的主角，卻沒有「主動」的行爲，如同表演理論，角色必須有強烈欲求，受到阻礙後克服或放棄，才會有戲劇衝突。於是角色關係必須扭轉，角色「想要什麼」並「發起行動」的整個過程，重新構築了整個故事。也是在尋找角色想望的過程中，更加確立的這篇作品想敘述的主題：愛與承諾的衝突。主角老周羡慕奔放的妻子，承諾讓她永遠做自己，奉獻無止盡的包容。然而愛的另一面卻是獨佔性的，當妻子將遊戲人間玩到極致，老周卻無法眞如自己理想中的那樣，做到極致的包容，這兩種不似一般人的極致互相碰撞之下，最後只能以燦爛的血光作結。

課堂最寶貴的是每一位參與者無私的意見給予，同樣是寫字的人，老師指導著、同學鑽研著如何編排能讓節奏更清晰、角色更合理、故事更引人入勝。而我喜愛的隱喻也在劇本這一載體中找到方式，「虎」作爲一股野性奔放力量，化爲母題，在劇本中數次出現。此外，更重要的還有畫面。影視劇本和一般文學最大的不同，就是成品是以畫面組成，作爲基底的文字是用來描摹規劃未來的影像，影像畫面在腦袋裡越具體，被順利拍成的機率就越高，而短片更是一種高濃度的影像類別，在僅有的半個小時內，所有片段都是精華，不可拖沓、岔題或浪費。

隨著作品逐漸成形，進入拍攝前製，劇本又重新翻天覆地了一遍。作爲文字創作者，可以擁有自己作品的絕對掌控權，但作爲編劇，你的文字卻只是藍本，在台灣的習慣做法裡，必須騰出空間，讓其他創作者一同進來，人與人如此不同，溝通對話尚且有誤讀，遑論切身相關的創作。要努力讓合作的導演、製片、演員、各組人員可以共同理解文本裡書寫的意思，進而傳遞給觀眾。在這過程中原本創作的散失、重組、添增，時而貼近核心，時而遠離。在無數次的討論與糾纏中，釐清最重要、最需要留下的精髓，當劇本前往拍攝的過程中，加入了不同的生命，你不再擁有它，你只是它的發起者，號召大家一起加入這道創作的行列。寫作者也在這旅途中不斷重新發現自己，再三質問自己要的是什麼？要表達的是什麼？決不能妥協的是什麼？以及用各種姿勢、態度、法門，努力表述立場，保有作品的靈魂。

不是一件容易的事，從寫作技巧本身、人生經驗累積與田野調查、用畫面思考、到導演團隊合作溝通。透過鏡文學《驚悚劇場》將流程走過一輪，更全面地了解作爲編劇的困難與成就感之處。再用思緒倒轉時光，回到最初的那日豔陽午後，看著動物園靜靜食肉的幼豹們，以及那隻吼聲響徹園區的憤怒的虎，創作的過程如此神奇，野性力量與弱肉強食的血肉淋漓又是那麼眞實，無論在虎的世界還是劇本寫作的世界，看似平靜的樣態下層疊著生存的多重困難挑戰。

後記二：我不是作者

蔡得豪

在此之前我都不敢稱自己是作者。

我的創作之路並不順遂，我來自台北市山區大學的創作系，但我沒有學成創作的方式，可能是因爲資質不佳的緣故。畢竟跟我同期畢業的朋友，已經有人出了兩三本書，得了幾個獎。我一直以爲得獎是成爲作者的入場券，進入文壇的敲門磚。

畢業以後，立志成爲文字工作者，我也跟著臉書上創作社團前輩的指路，一起在獎金獵人網站，登記一個又一個懸賞徵文活動，還開了好幾個外包派工網站帳號。大家像是ＲＰＧ遊戲一開始登入毫無個性與統一穿著的初心者冒險家，什麼裝備與觀念都沒有的情況，前撲後繼的將自己丟進新的迷宮，總是戰死沙場，並且總是疑惑爲何被稱爲冠軍的一直是那幾個。

有時候幸運拿到佳作之類的陪襯名次，上榜了但是沒有錢，回頭想想覺得那也許只是徵獎單位的宣傳，可是當時的與有榮焉卻成爲一帖興奮劑。於是我、我們又再次做出申請與登記，然後寫寫寫、期盼寫出一個明天。

投驚悚劇場被選上佳作的時候，其實有點忐忑。因爲只是將曾經的夢境寫成故事就快速投遞出去，但我心裡其實很興奮，這就像是得了文學獎一樣的入場券。

我終於有機會成爲作者，有機會一睹看不見去不到卻存在的文壇。

當初心者寫手眞的很苦，有時候會被試稿有時候會拖Pay，嘗盡人心險惡。竟然有個單位會發給佳作獎金，單位名稱沒見過感覺像甚麼詐騙集團，還說可以參加第二階段課程與考核，獎金更高！（越來越像詐騙）

我的男友越歌看了獎金金額就只撂下一句：「欸，你最好給我去上課，一天都不准遲到，我和狗就靠你了。」被點名到的黑色柴犬，立刻跑過來躺在我們腳邊，翻出肚子賣萌，兩隻小腳一直往前踢踏做「拜託」手勢。

懷著追夢的心情，我就到鏡文學參加驚悚劇場編劇課，對我來說那幾乎是我重生的一天，而上課的日子也很巧，是我的生日。

遇見其他學員才發現，大家都不是吃素的。同期學員來歷背景各自不同，科班的非科班的、善良與不善良，但大家的共同點是非常認眞，競爭激烈程度就像考高中一樣。而且因爲獎金或是名額限制的關係，甚至有的人會對其他同學的作品、或是個人外型揶揄、言語霸凌。

那一堂課，老師說因爲筆下角色設定上可能跟自己生命經驗無關，所以必須做田調，增加自己的資料庫，去瞭解與你不同的人、你設定的角色，他的優勢、劣勢，還有心裡的願望，這樣的人物才有眞實感。一位剪短髮十九歲女同學聽完老師的說法之後，立刻轉頭看我，說：「含香，長得醜的人有什麼優勢？」我想我已經找到文壇了，謝謝喔這個生日禮物馬的。

我的劇本其實最先來自我的夢境，我寫了一個僞裝成度假村但其實是政府進行棄老計畫的母女逃生故事。上課過程中，老師會帶所有學員進行討論，把大家進行完成的功課做讀劇，藉由演繹的過程來找出bug，找出劇本主題上的缺陷，以及人物設定的偏離現實的情況。這非常有幫助，對我來說不但快速蒐集到不同角色、不同價值觀的資料庫，也在第一時間獲得觀眾意見。反覆討論之下，我的劇本最後呈現成這個老夫老妻的愛情故事。

進到拍攝階段之後，跟導演、製片的溝通，又是一個天翻地覆的情況。這時候更有接地的感覺，導演會跟你討論畫面感與觀眾感受，製片會提供經費上考量的意見，這些都是一個人創作時難以獲得的意見與知識，當然也不斷衝擊新手編劇的心。但這些混亂的思緒與辛苦創作的過程，通通會在看到初剪片段時一掃而空，辛酸會在殺青酒中化解。

現在我還是不太敢稱自己是作者，但我已經擁有的一個作品，而且它很棒。看著身邊的人爲了你寫出來的故事絞盡腦汁的拍，想辦法演出你筆下的人物，過程感動，完成之後又是另一個成就感。

我會繼續寫下去，但我已經不需要文壇了。

作者簡介

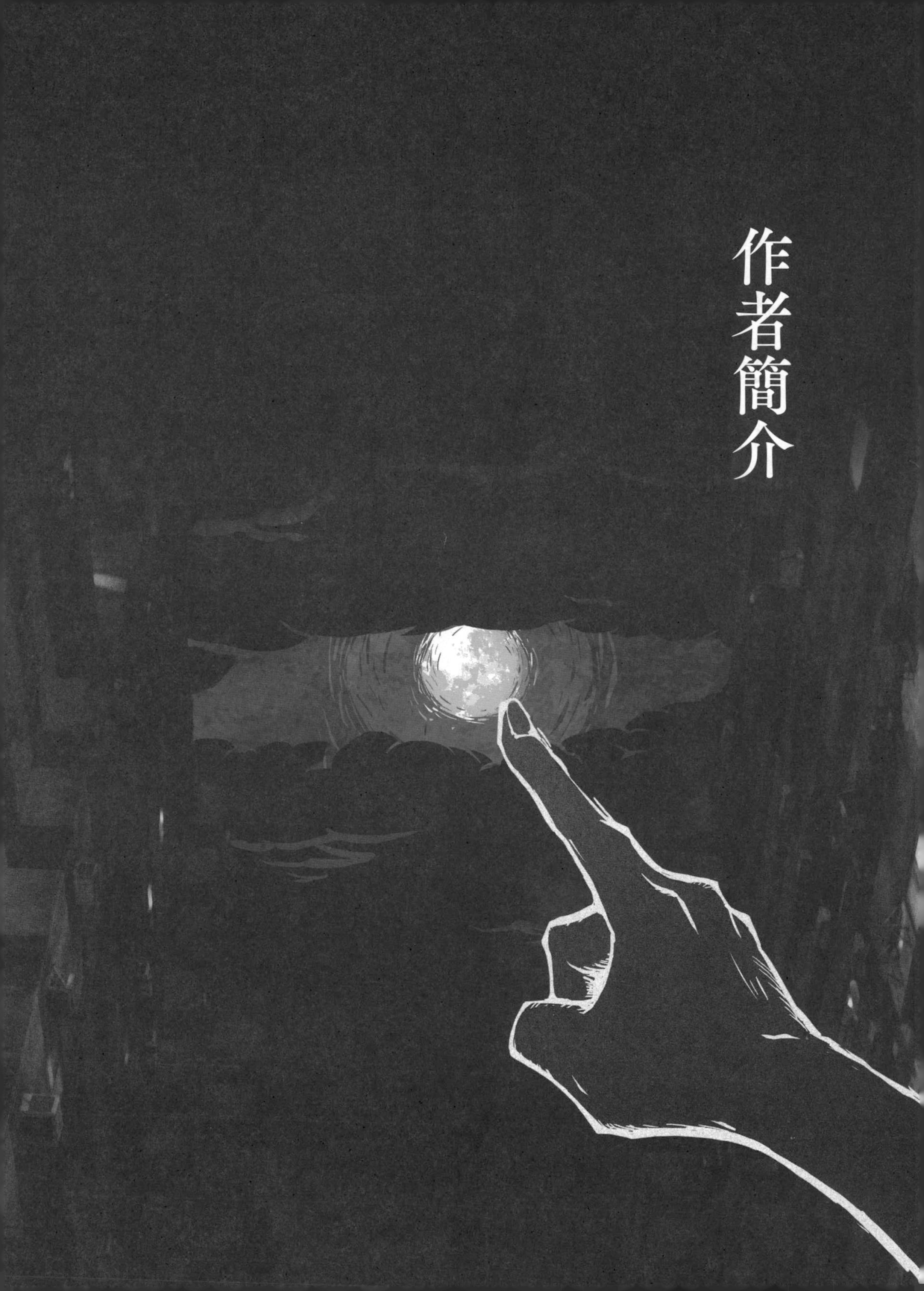

王仁芳

編劇，台灣苗栗人。

曾獲文化部優良電影劇本獎。

從小看古裝連續劇長大，高中迷上電影，大學泡在劇場裡。透過做夢去那些去不到的地方，爲了下一章情節廢寢忘食。近年愛上了旅行，獨自一人或和親愛的人一起，在搖晃的長途車上或走一段很遠的路找靈感。雖然寫字的人常常腰痠背痛，但能用說故事蹭飯吃實在非常幸福。

蔡得豪

和泰勒絲同爲一九八九年出生，基隆人，文化文藝系畢業，創作時喜歡邊看《還珠格格》來提振精神，最喜歡的歌曲是〈Let's Go To The Mall〉，現職【魔幻民謠】黎可辰樂團，表演藝術工作時叫「含香」，爲劇場廣告演員、編劇、藝術行政。曾參與作品《雨信委託行》、《當基隆撞上澳門》、《RO仙境傳說》網聚篇三部曲。

相信胡鬧與怦然心動可以救世界。

羅門生

男，一九八一年生，桃園人，畢業於台灣藝術大學，目前於某電視台擔任節目企劃編導，閒暇時喜歡閱讀、寫作、電影以及攝影。

喜愛聽故事，也崇拜會說故事的人，不管是用文字還是影像。未來也希望自己是個會說故事的人。

余佳穎

生理女，一九九五年生於桃園，中文系轉型中。外表草食內心肉食。嗜書也嗜甜。對吵雜環境沒有辦法，常窩在家或咖啡館。認定生活是文學的一種，因此寫作成癡。現經營部落格廢墟城堡。

阿牛

一九九七年六月生，台中烏日人，目前在台北讀書。不知道爲什麼動作非常慢，覺得慢慢的就是比較舒服，很會拖時間。喜歡寫作，不寫會難受，不過常常寫了又是另一種折磨，但還是很喜歡。喜歡學習新知識，喜歡結交話多的朋友，喜歡看見更大更遠的世界，喜歡發現更多的可能性。最近信奉的一句話是：人情留一線，日後好相見。

只是這句話實際操作起來好難。

周若

冬天出生。喜歡閱讀、寫作及旅行，以日本ＡＣＧ產業行銷策略爲主題的碩士論文，曾獲台日文化經濟協會獎項，並於二〇一七年出版成冊；於閒暇時間，則每年固定出版三至五冊的小說同人誌。喜歡能不斷吸收新知識、發揮創意的工作，過去曾任廣告企畫，目前則爲自由譯者。未來希望能持續精進寫作，成爲專業的文字工作者。

灰階

男，一九九一年九月生，處女座Ｂ型，是個不折不扣的怪人，輔仁大學心理學系畢業，曾於美國交換學生一年，服役後曾前往澳洲打工度假一年擔當台勞，歸國之後無所事事遊手好閒。平常喜歡看電影、打電動、飆高音，最喜歡的遊戲是《忍者外傳》與《黑暗靈魂》系列，必讀小說會選《不專業偵探社》與《夏天、煙火、我的屍體》，音樂則是重金屬，例如Diesear、Amaranthe、A7X。綜前所述，本人上就是隨處可見的宅男，只是不肥而已。喔對了，另有一篇小說《獵警》獲得英雄網站仙俠奇幻大賞的亞軍。

Beck

一九七九年生，AB型水瓶座。政大廣電系畢業後不務正業地當了十幾年基層編輯，學到許多如修理馬桶水箱等額外技能。興趣是漫畫、電玩、小說、同人誌，還有古今中外各種類型的大小八卦。喜歡描寫日常情景和對話，覺得世上所有最美好的和最邪惡的東西都藏在日常之中。業餘小說作家，編劇菜鳥，希望將來能成爲「現在開始永不嫌遲」的勵志故事範本。

達達馬蹄

男，一九九〇年生，桃園人，射手座O型。國立嘉義大學獸醫學系畢，是獸醫師但不會醫狗貓。曾獲全國台灣文學營創作獎。標準考試機器，溫室的爛玫瑰。支持婚姻平權。喜歡聽故事聽八卦以及各式鄉野奇譚。

黃囧熊

出過幾本書，在雜誌與網路媒體上寫過些專欄。不曾得過任何文學獎，沒有受過各方的肯定。塗塗抹抹地也十年了，說是說十年磨一劍，但事實上手邊連小鐵釘的釘頭還鈍得跟什麼一樣。在說書人的生涯上，不只創作時是孤獨的，不創作時也是踽踽獨行。即便如此仍熱血而低調地相信著，每個創作者都有一座祕密的花園，和一扇祕密的窗，創作者們的任務就是倚著窗，注視著窗外，將花園中的所見所聞報告給這個世界願意聽聞的人們知曉。於是秉持著如斯信念一路走來默默地寫著小說或劇本，一如每個路邊都能見到的自以爲偉大的路人。

張耀升

張耀升（一九七五年——），台灣小說家。曾就讀中興大學外文系、台北藝術大學電影創作研究所，就學期間獲得全國學生文學獎、中央日報文學獎、台中縣文學獎、時報文學獎小說首獎，於二〇〇三年十二月出版第一本短篇小說集《縫》，二〇一一年八月出版長篇小說《彼岸的女人》，除小說家外尚有導演、電影編劇等影像創作者身份。

鏡小說017

鏡文學驚悚劇場影像故事集

作　　者：王仁芳、蔡得豪、羅門生、余佳穎、
阿牛、周若、灰階、Beck、
達達馬蹄、黃囧熊、張耀升
責任編輯：王君宇
校　　對：李承芳
責任企劃：劉凱瑛
美術設計：海流設計
副總編輯：李佩璇
總 編 輯：董成瑜
發 行 人：裴偉
出　　版：鏡文學股份有限公司
11070台北市信義區東興路45號4樓
電　　話：02-6633-3500
傳　　真：02-6633-3544
讀者服務信箱：MF.Publication@mirrorfiction.com

總 經 銷：大和書報圖書股份有限公司
242新北市新莊區五工五路2號
電　　話：02-8900-2588
傳　　真：02-2299-7900

印刷：漾格科技股份有限公司

出版日期：2019年6月初版一刷
I S B N：978-986-97820-0-5
定　　價：NT$480

CIP：國家圖書館出版品預行編目（CIP）資料

鏡文學驚悚劇場影像故事集 / 張耀升等著.
-- 初版. -- 臺北市：鏡文學, 2019.06
面；　公分. --（鏡小說；17）
ISBN 978-986-97820-0-5（平裝）

863.6　　108007782